m

阅读之前 没有真相

午夜文库

孤岛的来访者

[日]方丈贵惠 著
穆迪 译

新 星 出 版 社　NEW STAR PRESS

目录

1	霍拉大师写下的序文
8	序章　在船上
24	第一章　本岛　拍摄准备
49	第二章　本岛　拍摄开始
74	第三章　本岛　拍摄中断
98	第四章　本岛　异常事态
123	第五章　本岛·神域　切断
147	第六章　本岛·神域　合并
176	第七章　本岛　密码解读
209	第八章　本岛　袭击对策
238	霍拉大师致读者的挑战
240	第九章　本岛　公开推理
262	第十章　船上　事件终结
287	尾声　在船上

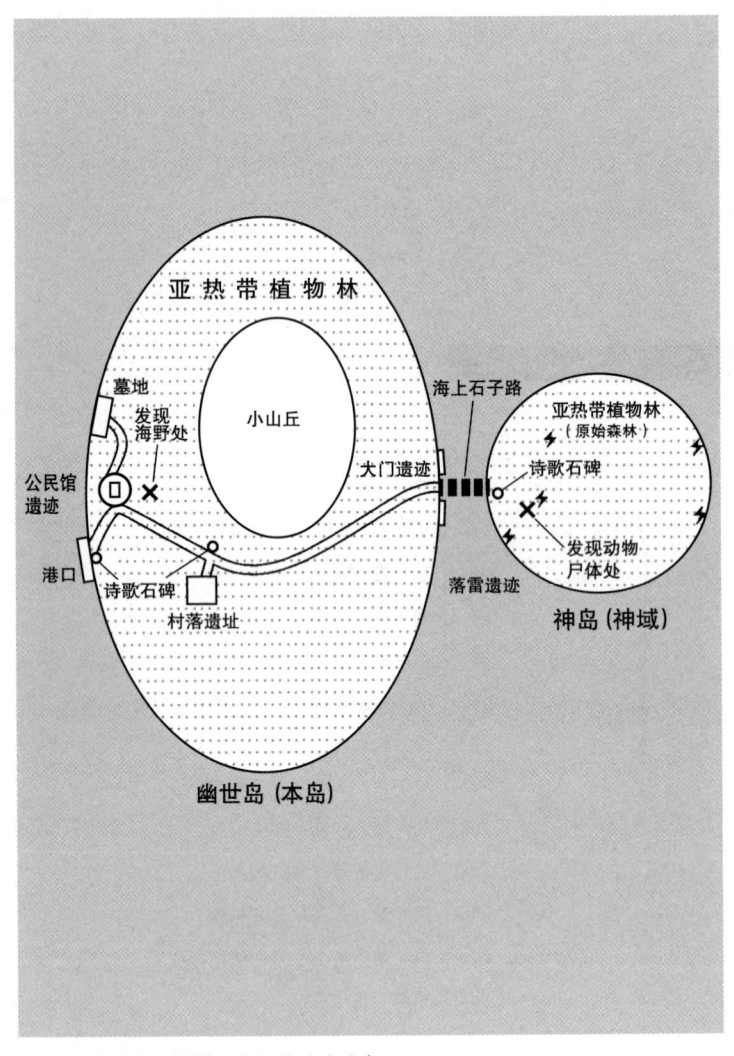

※ 经常将本岛和神域二者并称为幽世岛

幽世岛全景图

后门

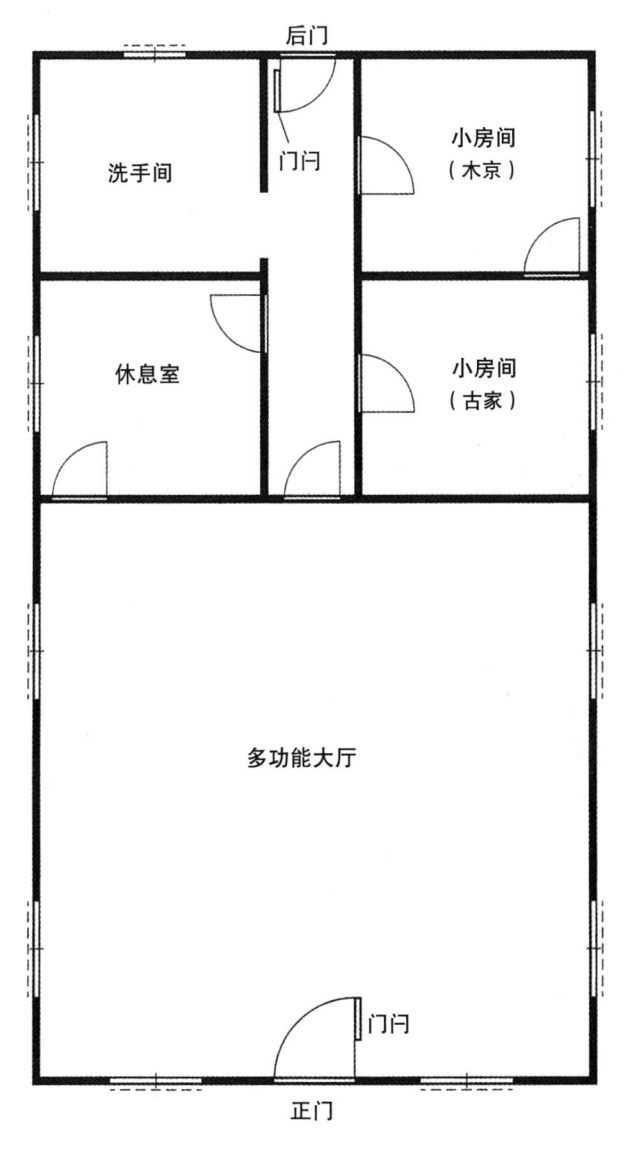

洗手间	门口	小房间（木京）
休息室		小房间（古家）
多功能大厅		

门口

正门

公民馆示意图

出场人物

龙泉佑树（26岁）
　　J制片厂的助理导演（AD），三云摄影组
三云绘千花（27岁）
　　隶属古家PRO的创作型歌手，三云摄影组
木京征矢
　　J电视台精明能干的制片人（P）
海野仁三郎（36岁）
　　J制片厂的导演（D），茂手木摄影组
古家努（46岁）
　　古家PRO的老板，有一条名叫塔拉的爱犬
西城久师（36岁）
　　J制片厂的签约摄影师，三云摄影组
八名川 麻子（32岁）
　　J制片厂的签约摄影师，茂手木摄影组
茂手木 伸次（38岁）
　　S大学教授，研究亚热带地区生态系的学者，茂手木摄影组
信乐 文人（21岁）
　　M大学的学生，现休学一年在J制片厂兼职

续木菜穗子
　　佑树青梅竹马的老朋友，养了一只猫名叫小米
三云英子
　　三云绘千花的祖母，在"幽世岛的野兽"事件中死亡
笹仓敏夫
　　M大学教授，在"幽世岛的野兽"事件中死亡，并被当成该事件的真凶

霍拉大师
　　本故事的引路人

霍拉大师写下的序文

看到我的名字,是不是有人会想"又来了"?

接下来要讲述的是一个关于"报仇"和"袭击"的故事。

主人公龙泉佑树前往一座孤岛,在那里发生了一起不同寻常的事件并有人死亡,从这层意义上来说,这的确是一个密闭空间类型的推理小说。

不过这次……我非但不是扮演华生角色或讲故事的人,甚至没有亲眼看到整个事件,也根本没在故事中登场亮相。我只不过是区区一介无关人员,知道过去发生的事件而已。

然而有时一个故事最好还是能有一个引路人,对吧?更何况跟《时空旅行者的沙漏》相同,这也是与龙泉家族有关的特别的故事。

下面一点也快要成为惯例了,那就是不管故事中发生的事情让人感觉多么荒唐无稽,各位也不必畏缩胆怯。我最看重公平竞争……所以不管过程如何,这是一本本格推理小说,这一点是不会变的。

那么,就在之后的《致读者的挑战信》中再会吧。

新闻报道和《未解之谜》（一）

A 报刊 一九七四年十月八日 早报
接连发现十三具尸体／鹿儿岛县 K 郡幽世岛

五日，前往幽世岛（人口十二名）拜访友人的男子在岛上的墓地发现了两具尸体。次日早晨，该男子使用船舶无线电报警，接到报警的鹿儿岛县 T 警察署警员在岛上的村落又发现了十具尸体，并在距岛五十米左右的海边岩石堆发现了一具尸体。

专案组认为尸体是包括三云英子（四十岁）在内的十二名幽世岛居民，以及来幽世岛研究民俗学的 M 大学教授笹仓敏夫（五十二岁）。警方正在加紧确认尸体身份，同时考虑到可能是凶杀案，正在调查死因等情况。

尸体上均有被尖锐刀具刺伤的痕迹，其中认为是笹仓的尸体损伤极为严重。四日傍晚之前，外部仍能与岛上进行无线通话，因此警方认为四日傍晚之后岛上发生了某种变故。

月刊杂志《未解之谜》二〇一七年二月号
追寻真相系列之"幽世岛的野兽"事件

在鹿儿岛的南方，有一座孤零零漂浮在太平洋上的无人岛，那就是幽世岛。世人经常将与之相邻的神岛也称为幽世岛。

这座岛周长只有四公里，环抱该岛的大海美轮美奂，在日本国内亦为屈指可数的美景。幽世岛上的居民自古以来靠打渔和商业为生，第二次世界大战之后移居到九州本土的人增多，但留在岛上的居民仍传承着独有的文化。

要讲述这座岛，就不能不提到"雷祭"和宝藏传说。

说到离岛秘密祭典，出名的当属冲绳县新城岛上的"丰年祭"。而幽世岛的"雷祭"，是能与之媲美的神秘祭典。

"雷祭"在幽世岛（本岛）的邻岛举行。这座神岛亦被称为神域，过去是只有神职人员才能进入的地方，可看成与冲绳的"御域"①具有相似性质。

既然叫秘祭，就是说只有岛上的居民才被允许参加"雷祭"。

运气不好碰上这个时候造访幽世岛的外来人都会被不由分说地赶回去。有一种说法是，祭祀是为了迎接来自大海另一边的神……可因为让岛外的人看到祭祀仪式本身就是禁忌，所以没有留下任何记录该祭祀活动的画或照片，甚至连文献也没有。

为了能够更深入地了解幽世岛上的文化，我们采访了到上小学为止一直居住在岛上的A氏（本人要求匿名）。

据A氏说，"雷祭"不是规定在某特定时期举行的祭祀活动，而是在神域内发生大规模雷击时举行。也许是笔者孤陋寡闻，从未听过任何祭祀活动是以这种方式举行的。A氏也不了解祭典的详细内容……猜测是把偶尔会击中幽世岛而导致极大损害的雷电当成神来祭祀。

A氏还说，岛上捕鱼仅使用针和线，到战前为止仍有土葬的

---
①指祭祀神的圣地。

风俗，战后才使用棺材进行简单的火葬等，让我们获得了关于幽世岛风俗的珍贵信息。

还有一则有名的宝藏传说。

可能很多人会觉得话锋一转说到了无稽之谈，但该传说跟岛上发生的惨剧有极深的关联，这也是事实。

传说幽世岛上藏着基德船长的秘宝。威廉·基德是十七世纪真实存在的人物，他是一个海盗，在海上兴风作浪，据说世界各地都藏着他抢夺来的宝藏。

然而，因基德的秘宝传说而出名的岛屿，原本是同样位于鹿儿岛县南西诸岛吐噶喇列岛的宝岛。

那是一九三七年的事情，外务省收到了一封信，信中写着南西诸岛可能藏着基德宝藏，并附上了与宝岛相似的岛屿地图复印件。这件事被报纸报道之后，宝岛上有基德财宝的传说就扎根了。当然，秘宝仍未被发现……

这虚无缥缈的传说之所以会波及幽世岛，是因为在江户时代，岛上的居民曾私自贩卖金器。直到现在还有人认为那些金子来自基德藏起来的金币。

然而根据文献记载，在幽世岛上交易的金子数量很少。因此，认为岛上居民偷偷跟东南亚进行交易获取金子这一想法更为合乎情理。

不管怎么说，财宝传说的真伪并不重要，问题是曾有人相信幽世岛上藏有财宝。

一九七四年十月四日晚上，幽世岛上发生了一场前所未有的惨剧。

三天前，研究民俗学的笹仓敏夫博士来到了幽世岛，并住了下来。据A氏说，岛上有来客本身就是非常罕有的事情……因此，当天包括岛上居民在内，共有十三人在幽世岛本岛上。

接到报警后，警方于六日上午前往幽世岛，那时候岛上居民已无一人幸存。警方只在岛上找到了十三具尸体。据当时县警公布的消息称，每具尸体的心脏部位都被窄长的刀具或锥形工具刺了一刀。

负责这起案件的，是当时鹿儿岛县警署的警部B氏（本人要求匿名），他接受了我们的采访。

原警部B氏说，到达岛上之后，因为现场过于惨烈，以致曾无数次出过杀人案现场的警务人员都吐了。

警方分别在三个地方发现了尸体。在墓地发现了笹仓博士和一位岛上居民，共两具尸体。三云英子氏的尸体漂到了距离墓地悬崖下方五十米左右的海上石堆边……剩下的十具尸体都在村落里各自的家中。

其中笹仓博士的尸体状态极为凄惨，全身都遭到野兽啃咬。若非跟牙科诊所保存的牙模比对一致，甚至无法确认是其本人。

这起多人遇害的凶杀案被称为"幽世岛的野兽"案。这个名字应该是模仿十八世纪法国的那起导致多人丧命的"热沃当怪兽"案起的。

事关鹿儿岛县警的威信，他们进行了大搜查。

据B氏说，搜查的范围不仅限于包括神域在内的整座岛，还扩大到了近海。他们投入了上百人进行搜查，还动用了警犬。

结果，在岛上发现了第十四具尸体。

那具烧焦的尸体是在本岛南侧的洞穴中发现的，不过调查后发现死者死于一九七四年之前二十年到三十年。因此警方认为该尸体与"幽世岛的野兽"一案没有关系，未查明身份就直接处理掉了。说不定这也是一个因财宝传说而丢了性命的人。

之后县警继续全力搜查……可是由于案发的第三天下了场雨等原因,搜查难以进行。

这期间,关于案子的报道不断升温。

原因之一在于,案子的第一发现人(居住在鹿儿岛县鹿儿岛市的祖谷氏)之死。

祖谷氏是三云英子氏的朋友。他于案发第二天,驾驶永利庵丸来到幽世岛,原因是三云氏通过无线电叫他过去……祖谷氏的亲属这样告诉我们。

打着研究的旗号在岛上到处调查的笹仓博士似乎让三云英子氏极为困扰,几天前,她向曾是律师的祖谷氏请求帮助。

……而这位祖谷氏,案发两个月后在福井县的东寻坊投水自杀了,这条新闻被大肆报道,各报社都说"幽世岛的野兽"一案出现了新的受害人,但这个说法委实欠妥。

祖谷氏曾目击连警方人员都为之战栗的惨状,并且在警察赶到之前一直留在发生惨案的岛上,精神上所受的刺激不可估量。

据其亲属说,案子刚发生时,祖谷氏看起来很平静,可随着日子一天天过去,他的言行开始变得奇怪。因此他的死应该就是自杀。

〇黑白照片 事件发生后的永利庵丸(被警方船只拖到T港口的永利庵丸浮在水面上)

祖谷氏自杀的新闻报道发布一周之后,鹿儿岛县警署召开记者招待会,公布本案的调查结果。

笹仓博士自一年前开始负债累累。他似乎对幽世岛上藏有金子的传言深信不疑,借研究之名造访幽世岛其实是为了偿还债务。实际上，岛上的墓地确实有被挖掘的痕迹，还有一具陈年棺材被打开，里面的金子陪葬品被拿走。

根据这些情况来看，笹仓可能是看上了能实实在在拿到手的陪葬品。但是……半夜挖坟的时候被岛上的居民看到了，他便用锥形物刺杀了该居民。之后笹仓为了杀人灭口，趁着岛上居民熟睡之际发起袭击，接连犯下罪行。

听到动静而惊醒的三云英子氏拼命想逃，可还是被笹仓发现了。两人在墓地所在的悬崖上缠斗……最终两败俱伤。打斗中锥形凶器可能落入了海中，胸口受了致命一击的三云英子氏也从悬崖上跌入海中。

另外，县警判断，笹仓的尸体上之所以有被啃咬过的痕迹，是因为岛上养有三条狗，狗为了保护主人三云氏而攻击了笹仓。

（待续）

序章　在船上

二〇一九年十月十六日（周三）07：40

龙泉佑树打算杀人。

当然，这不是心血来潮。他花了足足十个月的时间仔细筹备，为报仇做好了充分的准备。

……距实施计划还有十八个小时多一点儿。

佑树一边感受着船身的晃动，一边茫然地望着地平线。海风强劲地吹打在脸上，水面在太阳光的照射下闪亮得晃眼。

接下来他会夺走三个人的性命，可他的情绪相比上船前平静了不少，对此佑树自己也觉得有些意外。

紧紧握着甲板上的护栏，闭上眼睛，令人心烦的阳光消失了，只剩下风声和海的味道。佑树的脑中回想起初高中时经常去玩耍的海滨公园。

记忆中的海风沉甸甸的，还混杂着让人不舒服的腥味儿。即使如此，那时的他依然感到很幸福。因为身边有青梅竹马的朋友和一只猫。

他和菜穗子初次相识，是在小学二年级的时候。

菜穗子随家人从北陆地区搬来，被老师安排在佑树旁边的座位。而在她拿到新课本之前，佑树要和她共用自己的课本。

跟文静的外表截然相反，她是个很有个性的女孩子。

趁着佑树在做笔记的工夫，菜穗子拿着圆珠笔在他的课本上涂鸦。佑树很不高兴，立即报复地在她的笔记本上乱画。结果他们开始比赛谁能先把对方逗笑，被班主任发现后，两人都被叫到办公室狠狠批评了一顿。

"想到了什么趣事吗？"

有人在问，把佑树拉回到了现实中。

他睁开眼睛，看到三云绘千花站在身边。她穿着白底印花的休闲连衣裙。船的发动机声音很吵，佑树没听到她走过来的脚步声。

她望着面前一望无际的海面，平静地继续说："……你看起来笑得很开心。"

佑树并不知道自己露出了怎样的表情，似乎过分沉醉于追逐苏醒的记忆，而处于完全不设防的状态。

佑树将如今已不在人世的菜穗子的相关回忆偷偷藏到心底，回头看向三云说："我在想海牛。"

她皱起眉。

"海牛？"

"不管是海龟还是海蛇，甚至连海怪也是……它们的长相都跟名字挂钩吧？不过海牛就有些莫名其妙了。"

本来佑树就有说话没头没尾的毛病，还总爱深入思考一些对生活没有任何帮助的疑问或事情。

他也明白，无法让大多数人接受这样的自己。面前的她应该也会觉得这话题太无趣，没法聊下去而马上逃开吧……或者说他希望会这样。

然而三云的反应出乎他的意料，她露出伤感的表情，说："没想到龙泉你居然是个一本正经地说谎还满不在乎的人。"

闻言佑树不禁仔细打量起三云。

此刻三云面对着大海，他只能看到她的侧脸。

及肩的头发被风吹得飘扬起来，遮住了肤色白净的秀丽脸庞，一米七的高挑身材，手臂和腿都修长且纤细。

"为什么……你会觉得我在说谎？"

他自认说话的口吻表达出了"出乎意料"的意思，三云却一副充满自信的模样回答："我对谎言很敏感。"

"这不算回答。"

"说实话，我也不知道为什么会觉得你在说谎。"

"……光凭直觉就这么说我，有点过分吧？"

佑树略显让步地回应，三云则咬着嘴唇沉思了起来。

"跟直觉不一样。这种感觉很难解释，硬要说个理由的话，那就是说到海牛的时候你看起来一点儿都不开心。"

这回答让佑树不由得沉默了。

确实，为了快点结束交谈，他说出了心里想都没想过的海牛。可他的口吻跟平时别无二致，应该没出什么差错才对。

明明如此，三云却一口断定他在说谎。这也许是单纯的偶然，也许她真的对谎言比较敏感。

这时他才第一次意识到，对自己的计划而言，三云可能会是一个威胁。

可能是他盯着她的时间过长，三云露出讶异的表情。佑树注意到她的表情后微笑着掩饰道："话说回来，我们还没正式交谈过吧？"

他边说边把视线投向船舱，三云也抬起头，微微点了点头道："因为一直没空呢。"

刚才船舱里那痛苦的呻吟声不曾间断，现在稍微安静了一些。

此刻船舱里有七个人垫着毛巾躺在地板上，原因是佑树投到饮品里的毒药——当然没这回事，他们只是晕船而已。

"抱歉，大家应该都吃了晕船药，可好像不起作用。"

从T港口出发还不到一个小时，他们就一个接一个地倒下了，等回过神来，没事的人除了船长就只有佑树和三云了。没办法，他们俩只得忙前忙后地照顾大家。

晕船的人把能吐的都吐了出来，又吃了船上备的强效晕船药，之后就只能忍着了。

据船长说，这一带的海极易起风浪，今天这样还算是平静的。而船身现在仍在不断地大幅度起伏。

佑树没事，但身材高挑却娇弱的三云在三个多小时的颠簸后仍面不改色，这让他有些意外。

对方仿佛看穿了他的想法，眼神飘忽地说："小时候，父亲常常租一艘小船，带我在风浪大作的海上航行……都已经是十五年前的事了，神奇的是，身体似乎还记得。"

还以为她会继续往下说过往的回忆，可三云却突然沉默，不再作声。

佑树无法估算出她对自己的计划会有多大的影响，于是试探性地问："你父亲是幽世岛人吧？"他边说边从随身包里拿出关于这次节目的策划资料。

资料上是这样介绍三云的。

静冈人，现居东京都。KO大学毕业后在食品相关公司工作，三年前用本名以创作型歌手的身份出道。现隶属古家PRO，出过三张单曲和一张唱片。

其中尤为强调的一点是，她是三云家的后代。三云家曾是幽世岛上掌管祭典的家族，是岛上的权威。

只见她点点头，望向船只前进方向的视线飘忽不定。

"我父亲一直在岛上生活到初中时代。我从没去过幽世岛，但经常听父亲说起岛上的事情。"

在她的视线前方，正是尚隐没在水平线下，不见踪影的幽世岛。

此刻AD（助理导演）佑树一行人就是要前往那座离岛拍摄外景。从位于港口的T村雇船，单程也要近四个小时。

这次出外景是为了拍摄《探索全球不可思议的侦探团》这一电视特别节目。播放时段已经决定在两个月后，会拨给这期节目整整两个小时的时间。

而目的地幽世岛，正是一九七四年发生"幽世岛的野兽"事件这起多人遇害案的岛屿。

导演海野的计划是，介绍案情时适当地发挥发挥，编排成岛上的财宝传说引发的悲剧事件……直白地说，这座岛屿就是电视节目的题材宝库。别的电视台居然都没注意到，真是不可思议。

佑树是制作方的人，三云则是要站上舞台表演的人。

她在节目里被称为"神奇的旅人"，担任导游的角色。一位歌手追寻自己祖先居住的岛上发生的事件之谜，以前从未有过这样的策划，作为电视节目，这个创意颇具实验性，应该也足够吸引人。

三云的手里拿着外景的剧本和资料，还有智能手机。大概她还打算在船上抽时间确认拍摄流程。

她突然仿如自嘲般开了口。

"自己家的祖先曾在幽世岛上生活,我从未为此高兴过。不过要不是有这个原因,像我这样没什么名气的歌手也没道理被选为'神奇的旅人'吧。"

"节目的主角怎么总说别扭话。"

"我只是在说事实。"

"三云小姐你应该多点自信啊。"

这是佑树的真心话。

……话虽如此,听她的歌时佑树完全没被打动,这也是事实。

音很准,可是声音里没有神采,也没有打动人心的力量。明明是个美女,唱片封面上的照片看起来却极为阴郁。

可实际见到三云,佑树持有的所有负面印象就全都烟消云散了。偶尔会遇到这样一种人,静止的画面无法传达其魅力,她应该就属于这一类型。特别是那双知性光辉和阴影并存的眼睛,让人无法不被她吸引。

只要好好磨炼演技,三云肯定会成为大有作为的演员——导演木京是这样说的,并强烈推荐她来担任这次的"神奇的旅人"。

不过三云在这方面经验不足,所以赞助商及J电视台的高层好像不太赞同。但木京硬是不顾反对意见拿到了批准……他竟会采取如此强硬的手段,佑树现在觉得可以理解了。

三云看上去好像没在认真听佑树说话,突然冒出这样一句:"换个话题……龙泉是个少见的姓呢。难道……"

没想到顺着话说下来会被突兀地问这样一个问题,佑树吃了一惊，没有作声。对此三云似乎以为是自己说得不够明白，又补充了一句："如果不是的话，那真不好意思。我在想你跟龙泉制药是不是有什么关系呢。"

佑树用手整理着被突如其来的风吹乱的刘海，开口道："倒也没什么需要隐瞒的，我正是你说的那个龙泉家的人。也就是创业者家族的人。"

"那你为什么要干这么辛苦的工作？"

她这番单刀直入的提问让龙泉露出苦相。

"我干电视制作的工作很奇怪吗？"

"倒不是那个意思……不过除了做这种辛苦得连睡眠时间都没法保证的工作，你应该还有其他活法吧。"

这个问题佑树被问过上千次。他苦笑着说道："当然也有别的活法。我哥他就是遵照父母的要求在龙泉制药工作。不过只是想想要照着被安排好的路线奔跑，我就浑身发抖。"

"你觉得预料不到会发生什么的人生比较有趣？"

"我要是这么说，你肯定会骂我身在福中不知福。"

佑树笑起来，三云看着他，既没肯定也没否定，淡淡地继续说道："我家算不上富裕，船都是父亲为了工作借来的……父亲曾说，因为'幽世岛的野兽'事件，三云家失去了一切。不过十二年前，说这话的父亲也病逝了。"

这个话题对佑树而言过于沉重，他不知该怎么回应，于是沉默不语。三云似乎也不在意佑树的反应，她拿出了手机。手机早就没信号了，她大概是在离线状态找什么东西。

"因为接下了这次的工作，我便查了查发生在幽世岛上的事件。最终连衍生出来的其他重大事件的相关资料也都下载了下来。"

三云光顾着看手机，不小心弄掉了外景拍摄的剧本和资料，佑树帮她捡了起来。正捡着，他看到了月刊杂志《未解之谜》中文章的复印件，面部不由得一阵抽动。

那篇文章详细记述了"幽世岛的野兽"一案，所以将其复印下来当作外景资料发给了相关人员。这个"追寻真相系列"一向信息准确度极高，且能够针对过往发生的案件提出崭新的见解，在《未解之谜》杂志上也是热门栏目。

可佑树出于某个理由，对这篇文章怀有复杂的感情。

问题在于……写下这篇文章的是加茂冬马。顺便一提，加茂是佑树的表姐伶奈的丈夫。

佑树承认他是个优秀的写手，跟表姐伶奈是感情极好的一对夫妻。可尽管如此……佑树对他还是有点儿发怵。

加茂是个写手，曾曝光过几起冤案，具有令人战栗的锐气。就在最近，他提出，这五年来在东京不断发生的流浪汉连续伤害案会不会和五年前在关西引发骚动的连环随机杀人案是同一人所为……这大胆的推测成了热门话题。

特别是在决心要报仇之后，佑树开始躲避加茂。虽然他认为自己的计划应该不至于被看穿，可总不免觉得不要接近身上不知何处透出一股侦探气质的加茂比较安全。

仅有一次，佑树接到上级命令，让他去采访身为写手的加茂，当然是为了这次的外景拍摄做些事前调查。那次佑树和加茂随便聊了一会儿，复印了几张老照片后就告辞离去，但他仍觉得伤了不少脑细胞。

三云一边道谢，一边从佑树手中接过外景剧本和资料，接着她把手机递到佑树眼前。手机屏幕上是打开的电子书阅读应用程序，正显示着比《未解之谜》更具八卦色彩的一本杂志。

一看到画面，佑树就猜到她接下来想说什么了。

"……这是上上个月登了'死野的惨剧'的那期吧？"

"是的。四十五年前，包括我祖母在内的很多人在幽世岛上丧命①，而你的祖先也一样曾被卷入凄惨的事件中，对吧？"

她说的是不折不扣的事实。

一九六〇年，在诗野的别墅，包括佑树的曾祖父在内的多人遇害。这起事件当时的报纸也有报道，如今过去了六十年，留在龙泉家的巨大阴影却仍未消散。

如果是平时，他肯定会为出于好奇而提起这件事这种不经大脑的行为感到愤慨，可是这次不一样。

三云大概长这么大却依旧无法挣脱那起过去的惨剧吧。若是如此，那自己和她在某种意义上也许算是天涯沦落人。

佑树回想着六岁时的自己，开口道："我小的时候，听祖母讲'死野的惨剧'，感到害怕又伤心……甚至觉得天都塌了，哭了整整一夜。"

话虽如此，但他对那起案件了解得并不多。

在惨剧中存活下来的人们，还有佑树的祖母文乃，不知为何都没对他说太多。初中的时候他曾怀疑过大家是不是在隐瞒什么，可随着年龄的增长，他连追究那些事的心思都没有了。

即便如此，"死野的惨剧"现在仍让佑树痛苦。因为他准备要做的事跟"死野的惨剧"没什么太大的不同，不管他怎么做都无法抹消这一事实。佑树的想法跟制造了惨剧的凶手的想法别无二致，他同样企图制造一起绝对不会被问罪的犯罪事件。

而无从知晓佑树心中所想的三云已完全卸下了戒心，她喃

---

① 详情参见本系列第一部作品《时空旅行者的沙漏》（新星出版社，2021.5）。

喃说道："我也一样。第一次听说幽世岛上发生的事件时，听到一半我就大哭着逃开了，因为父亲说的那些话都太可怕了。"

佑树感同身受地明白她的心情。可她接下来说出来的话却出乎意料。

"那时我相信了那些话，同时下定决心，绝不会踏上幽世岛半步。"

她说话的口吻带有一种甩开一切的感觉，至少从此时的三云身上看不到一丝怯意。佑树觉得奇怪，问道："唔，你现在不相信你父亲说的那些话了吗？"

"我觉得父亲说的那些或许只是讲给孩子的怪谈。肯定是看我害怕他觉得有趣，才越说越来劲。不过自己的父母这么做，你不觉得很过分吗？"

"或许……都是真的呢。"

佑树极为认真地说，三云却毫不客气地瞪了他一眼。

"行了！你都不知道他说的有多荒唐无稽，别瞎评论。"

"不是内容的问题。自'死野的惨剧'以来，龙泉家就立下了一条家训。"

大概因为话题有些跳跃，她明显愣了一下。

"家训？"

"对。内容是'这世上充满了不可思议的事情，不管多么不可能的事情都有可能发生'。"

听完三云就笑了起来，笑得肩膀都在抖。

"这算什么啊？像灵异爱好者的口号一样。"

"请你别笑了……反正我是按'就算发生用普通常识解释不了的事情，也不要因此慌乱不安，而要灵活对待'的意思来理解的。"

"不管多么不可能的事,也不该不分青红皂白地否定?"

"就是这样。"

明明不是什么会给人带来不快的话题,可不知为何三云像是不高兴了,陷入沉默。佑树似乎无意中踩到了地雷。

三云好半天都不再说一句话,毫无办法的佑树看向了船只前进的方向。

"啊,好像能看到幽世岛了。"

地平线上出现了一个孤零零的小黑点。

菜穗子之死

接到续木菜穗子死亡的消息，是二〇一八年十二月十三日的晚上。

当时佑树居住在关西，在大阪的一家专利事务所工作。第二天他就请假坐上了新干线，赶到了菜穗子的身边。

从ＫＯ大学毕业后，菜穗子在东京都内租了一间公寓独居，在Ｊ制片厂工作。可现在她在位于东京都江东区的父母家中，躺在被子里，像睡着了一样。

菜穗子的父亲隆三憔悴不堪，佑树感觉似乎在他的双眼深处看到了极亮的光芒闪过。可隆三很快就垂下了眼帘，开始用消沉的口吻讲述事情经过。

那是上个周日的事，隆三给女儿打了个电话。

但是电话没人接，当时他想着可能女儿正在忙，也没怎么往心里去。然而第二天他接到了警察的电话，告诉他菜穗子遭遇了交通事故。

肯定是哪里搞错了，隆三这样想着，去了遗体安置处。而在那里，无从逃避的现实摆在了他的眼前。

警察跟他说菜穗子周六因工作前往山梨县山里的一个村子，回程的路上发生了交通事故。她开的小型车在一处急转弯未能完全转过去，坠下了悬崖。

因为出事时间是深夜，而且那条路很少有车经过，所以她的遗体在出事后一天多才被发现。

"要是我星期天打电话的时候察觉到了的话，至少……"隆三声音悲痛地继续说道。

警方进行了现场勘查，判断没有犯罪成分，于昨天傍晚将菜穗子的遗体送回隆三身边。现在家里正在准备守夜和家族内葬礼。

"其实我还什么都没跟妻子说。"

菜穗子的母亲患有晚期胰腺癌，正在住院。光是想到总有一天要把这一切都告诉她，佑树就几乎要落泪。

他在陷入永眠中的菜穗子身边坐下。

她已经死了快六天了，不过大概因为是寒冬，并且大部分时间都存放在遗体安置处……尽管脸上有些擦伤，可闭着眼睛的菜穗子看起来和高中时一样，一点也没变，表情也很平静。

佑树和菜穗子小学、中学和高中上的都是同一所学校，所以直到上大学，他们几乎每天都能见面。

可能因为当时年纪尚小，又或者是他们的性格使然，二人的关系从未发展为恋人。可说是好朋友又有些不一样，也许说是损友最合适。他们是因在课本上涂鸦而相识的，又因为一起逃课出去玩而越走越近。

佑树和菜穗子都喜欢海，所以他们经常去海滨公园玩。

小学四年级的春天，他们在公园发现了一只幼猫，附近没发现母猫。第二天那只幼猫还是孤零零地待在公园里，菜穗子就把它捡回家养了起来。

这只灰色幼猫被起名叫小米，它跟主人一样与众不同。

平时它从不愿踏出家门一步，可菜穗子要出门的时候，它就会跳进自行车的车筐里，像是缠着菜穗子让她带上自己。大概它也知道只要进了车筐就能去海滨公园吧，对它而言，那里就相当于它的故乡。

那之后，他们去公园就肯定会带上小米。来钓鱼的人也喜欢它，经常喂小鱼给它吃，每次它都会边吃边从喉咙里发出咕噜声。

身后传来令人怀念的翻滚声，佑树回过头，看到猫床上躺着一只灰猫。它瘦弱且毛色灰暗，可那双贵妇般充满骄傲的碧绿色眼睛毫无疑问就是小米。

上了大学之后佑树就几乎没见过菜穗子，所以他也有七年没见过小米了。可是，它似乎还记得佑树。

佑树伸出手，小米就凑过来，把头放在他手上蹭了蹭。但它看起来极为虚弱。

隆三说，菜穗子去世之后小米几乎什么都不吃。它已经是一只老猫了，而且肾功能衰竭，可能快要寿终正寝了。然而在佑树看来，小米就是想追随菜穗子而去。

他轻轻抚摸着小米的脖子，发现隆三正眼神炽热地看着自己。

佑树把手从小米身上拿开，问道："您怎么了？"

"那孩子……寄来了一封信。我在犹豫这件事该不该跟小佑说。"

小佑是菜穗子对佑树的昵称，隆三也习惯了这么叫他。

这时佑树回想起跟菜穗子通过LINE交流的内容。他们聊到今年冬天上映的电影，都很兴奋，还说好久没见了，约好了要见一面。那只不过是两个星期前的事情。

他感到胸口处一阵发热，本该在隆三面前压抑住的真心话不禁脱口而出："我无法相信菜穗子已经死了，那真的是无法避免的事故吗，还是……"

"那孩子根本不是死于事故。"

隆三斩钉截铁的口吻有些吓人，佑树噤声不语。

隆三从桌子上拿起一个信封，递了过来。那是一个很常见的褐色信封。

"这是？"

"是那孩子留下来的，今天上午刚寄到。"

"今天？"

菜穗子是六天前死亡的，大概是死前投进邮筒的信由于投递意外或什么原因而送达晚了吧。

隆三像是看穿了他的想法般答道："她好像把信交给了什么人。信应该是那孩子死了之后才被寄出的。"

佑树正准备伸手拿信，却突然顿住了。

不知为何，那信封看起来格外恐怖。也许是知道只要打开那信封，自己就无法和从前一样了。

但仅犹豫了几秒，他便接过了信封。里面有一张折了三折的信纸，上面是熟悉的字迹，密密麻麻写满了整张信纸。

稍微扫过一眼，佑树就有种四周都在摇摆晃动的错觉……整个世界又要崩塌了。但即便如此，他也还是忍不住往下看。

"跟警察说过了吗？"

他声音嘶哑地问道。隆三嘲讽地撇了撇嘴，说："当然说过了。我一看完信就去了警察局。不过警察对这封信一点都不在意，说那场车祸没有疑点，不会再做更多的调查了。"

这结论下得实在武断。

"怎么会……"

"他们还说那孩子因为工作压力大，患上了综合失调征。说什么公司里的医生一直在劝她去看精神科。"

"就是说信上写的都是妄想？"

听到妄想这个词的瞬间，隆三发出歇斯底里的笑声。

"就是这么回事。不管说什么都没人听。岂止如此，他们还劝我去看心理咨询师，要拿走菜穗子的信……我气坏了，没再跟他们多说就回来了。"

佑树把信还给隆三，隆三小心翼翼地接过来，仿佛那是一件精巧的玻璃装饰品。佑树想了一会儿，说道："就算警察靠不住，也能查到信上写的内容是不是事实。我父亲有位大学时代的朋友在J电视台工作，应该可以不被信上提到的三个人察觉，暗地里收集信息。"

这个提议让隆三高兴得差点儿跳起来。

佑树答应隆三一旦了解到什么情况就与他联系，又问了一下守夜和葬礼方面有没有要帮忙的，之后便决定告辞。

他正要走出房间，小米发出了极为悲伤的叫声。

第一章　本岛　拍摄准备

二〇一九年十月十六日（周三）08∶10

发誓要报仇后，佑树定下了几条规则：

  规则一：不管发生什么事都要独自一人下手。
  规则二：绝对不能连累跟报仇无关的人。
  规则三：失败的时候要干脆地收手。

没有一条对他有利，全是增添了限制的规则。
  因为若不这样做，他怕自己会失控。就算是为了报仇，就算目标是十恶不赦的人，也不能伤害不相关的人，否则就是绝对不可原谅的。他可不想变成一个见人就杀的杀人魔鬼。

  船停靠在幽世岛本岛的港口，佑树开始搬运摄影器材。
  所有人都上了岸，可是能自由行动的依然只有他和三云两个人。佑树拜托三云照看其他人，和船长两人往下搬包括住宿装备在内的东西。
  症状最为严重的三个人在港口的水泥地上翻来覆去，发出呻吟。还有四个人相对不那么严重,可看起来也还没有力气走动。

"……这岛怎么回事啊,感觉连陆地都在晃。"

如此抱怨的,是这次外景拍摄企划负责人兼制片人木京。

他脸色苍白,盘腿坐在水泥地上。他是这次工作人员中唯一一名J电视台的员工,平时都穿西装,这次为了配合外景拍摄,穿上了白色风衣和米黄色的棉布长裤。

今年十二月他就满四十六岁了,不过若佑树的计划顺利进行,他将不会迎来这一个生日。

佑树对目标之一的他笑眯眯地说:"大概是看到海浪大脑会产生错觉,面朝陆地可能会好受一点哦。"

要是平时,木京应该会讥讽几句,可现在他大概顾不上那些,仰躺着闭上了眼睛。

接着身后传来另一个声音:"为什么?真搞不懂。"

佑树回过头,发现直属上司海野有气无力地站在身后。海野曾公开宣称自己是个秤砣,光是听到海浪声就害怕。此时他脸色铁青地说道:"为什么龙泉你屁事儿都没有啊。"

"大概是体质原因吧。"

"回去以后你去医院看看吧,是不是半规管和脑子坏掉了。"

"好的好的。"

这种程度的恶语相向是家常便饭。

不过预计跟这位海野也马上就要道别了,所以这些话对佑树而言不痛不痒。海野也是他复仇的目标,而且是计划中第一个牺牲的人。

海野是J电视台的子公司J制片厂的员工,以派赴总公司工作的身份进行外景拍摄及节目制作。海野今天也一身休闲装,牛仔裤配叠穿的亮色T恤。他说话的方式像个小孩子，可年龄已经三十过半，在导演中也属老手。

顺带一提，佑树身边基本没有总把"行话"挂在嘴边的人。虽然常听艺人用"姐小""座银""木六本"①这些恶搞词汇，佑树自己却从未用过。

大家都习惯说实用的电视业内用语。比如"推"（指超过了预定时间），"卷"（指加快进度），"下巴、腿脚、枕头"（分别指用餐、交通、住宿），类似这样的词语……

冷不丁传来一阵喘息声，佑树看向码头，只见一个穿橙色T恤、土黄色休闲裤的年轻人正面朝大海趴着。那是工作人员中最年轻的信乐。

他在船上的时候晕船的症状相对较轻，可上了岸好像又难受起来了。三云一脸担心地陪在他旁边。

信乐目前大学休学，在J制片厂打工。他平时喜欢独自露营，于是这次外景拍摄就由他来负责餐食。

信乐看向佑树，声音嘶哑地说道："真……对不……"

"别在意，你先歇着吧。"

等大致卸完行李，船尾处传来激烈的狗叫声，声音越来越近……只见船长一只手提着装小狗用的便携宠物包，一脸为难。

"不行啊，塔拉不吃东西，喂它也不吃。好像完全不接纳我呢。"

船长的声音几乎淹没在不知疲倦的汪汪叫声中。佑树接过宠物包，露出苦笑。

"塔拉就是不肯跟主人以外的人亲近，没办法啊。"

---

①故意将"小姐""银座""六本木"等词颠倒顺序说。

塔拉是这条狗的昵称，全名好像是叫塔拉提诺还是塔拉塔莎来着。

软式宠物包的窗和门蒙着黑色的纱网，看不太清里面。佑树凑近黑色纱网往里看，只见一条白色的博美犬正凶巴巴地低吼。

他是那种猫狗愿意亲近的人，但这条狗是例外。

幸好塔拉不晕船，小便垫也没脏，可能事先吃了兽医开的晕船药吧。佑树担心它脱水，想给它喂点水，可塔拉一个劲儿地叫，完全无法靠近。

想着最好不要再刺激它了，佑树就把宠物包提到岸上，放到了器材旁边。他一走开，宠物包里立即安静了……这种狗的性格好像就是这样。

上午八点四十五分，行李都搬下了船，佑树目送着船离开，偷偷笑了。

下次有船来将是两天后，十月十八日下午两点。

在那之前，幽世岛将完全与外界隔绝。手机没有信号，卫星电话他也动过手脚。万一来接他们的船出了问题，J电视台和J制片厂都知道他们在这里，大概马上就会动用别的方式来救援。

这样一来，连累无关人员遇难的风险较低，不会违反他定下的报仇原则。

另外，他们将在岛上逗留三天两夜，在国内外景拍摄计划中算时间长的，这也是有原因的。因为木京想完成一次一石二鸟的节目策划。

佑树默默地收拾着搬到岸上的行李，这时茂手木过来了。

"龙泉先生……是不是应该先去确认住的地方啊。"

"我马上就去。"

嘴上答着，佑树瞅了一眼还很年轻的教授，这人讨人嫌的说话方式让他感到厌烦。

这次"一石二鸟外景拍摄计划"中的第二只鸟，就与这位茂手木有关。

佑树也是查了才知道，幽世岛还因岛上的固有昆虫和植物种类繁多而出名。就在最近，又有新闻报道说在岛上发现了新品种的蕨类和甲虫。

正是出于这个原因，他们邀请了S大学的教授，研究亚热带地区生态系统的茂手木来担当节目顾问。

茂手木是海野高中时代的前辈，差不多一年前海野请他去别的节目当过嘉宾，之后他又在其他电视台的知识类节目中火了起来……也就是说，为了提升收视率，他必不可少。

木京与茂手木约好，会留给他自由研究的时间，但若找到了新品种，就要把发现过程的独家播放权交给他们节目组。

大概是平时经常在野外工作，茂手木打扮得像探险队队员一样，一身米色服装，看着像模像样的。

他说过自己极其不适应坐船出行，属于那种"晕船药都不起作用"的体质。然而随着坐船次数增多，每次恢复得都会快一些，现在他已经从包里掏出一本文库本看了起来。而且正如其他人对他的评价，此时他在看的是本推理小说。

见此一幕，佑树不得不费力维持正经神色。情况真是糟糕。

虚构的小说中，凶手都会弄出密室或制造不在场证明以逃脱嫌疑。而小说中的凶手多以惨败收场，大多也出于这个原因……因为实际做的手脚越多，出错的概率就越大。

站在凶手的角度来想的话，"虚构的犯罪"大多无法在现实中实施。特别是比拟杀人和别墅里的连环杀人，更是想都不要想，这是佑树一向抱持的看法。

换句话说，他的目标是进行"实用性犯罪"。

不去下功夫搞出什么复杂的花样，甚至不让警方觉察到发生了案件，这就是他追求的理想形态。不过这次要接连对付三个人，很难不被怀疑有犯罪成分，对此他也有心理准备。

但是，不管多么追求完美犯罪，要是遇到了一个能通过小细节看穿真相的头脑聪明的名侦探，那也只能认栽。不过现实中大概没有那种名侦探，关于这一点佑树并不担心。

比起那些，更成问题的是，若在远离陆地的孤岛上有人死了，其他人难免会惊慌失措。要是有人在惊恐中做出无法预测的行动，对凶手而言也是一桩麻烦事。

必须防止发生这种情况，佑树打算利用喜欢推理小说的茂手木，让他来扮演侦探角色，发现佑树预先准备好的"伪解答"。以他的性格，估计只要煽动一下，就会高高兴兴开始推理。

为了让这位教授届时好好表现，佑树来踩点的时候定下在废弃的公民馆住宿。

踩点（location scouting）指实际拍摄外景之前事先来了解环境。由于一周前海野还在海外拍摄，便是佑树一个人负责踩点。

这非常幸运。可以仔细确认即将作案的现场，对凶手而言没有比这更值得感激的事了。

他来幽世岛踩点是十天前。

那时他和向导在岛上到处逛，确认拍摄地点等事宜，并查看了一下将成为宿营地的公民馆遗迹。

T村村公所的人说，大概三周前W大学的研究队上岛，也是在公民馆遗迹留宿。佑树办理了正规的手续，向村公所借来了公民馆的钥匙。

佑树回过头,看了看晕船极为严重的三个人。他们好像还只能勉强翻翻身,脸上都盖着外套或毛巾遮阳。这三个人里也有一个报仇的对象……不过现在似乎很难确认他的情况。

佑树决定先去公民馆遗迹,于是迈开步子向通往岛上深处的路走去。

没走多久就看到了一块小小的石碑,石碑顶部停着一只背上有白色 X 形纹路的红色椿象。来踩点的时候佑树以为这是指路的石碑,但其实并不是。

不断被海风侵蚀的石碑上刻着这样的文字:

"× 童 × 梦黄 × ×　岂料 × × 不 × ×　但若觅其心 × 处自有 × × 宿当中"

有些地方看不清了,不过看来幽世岛上曾有过喜欢和歌[①]的人。

走了约一百米就到达了建筑物前。

手上的电波表显示现在是上午九点多。过来的路多少有些破损,不过踩点的时候他也确认过,搬运行李不会有太大的问题。

冷不丁响起沙沙的脚步声,佑树一愣,回头看去,是三云正快步走来。

"有什么能帮忙的?"

可以的话,此时他更想要一段独处的时间,但没办法……佑树一边在心里叹气一边说:"没什么事,用不着帮忙。要不你

---

① 日本的一种诗歌形式。

先来看看住的地方？"

废弃的公民馆是栋一层高建筑，完工于"幽世岛的野兽"事件发生的那一年。正如其名，是岛上居民举办各种活动的场所。

房子建得很结实，而且入口处装有卷帘门，窗户外加了防雨板。加上村公所的人一直负责管理，会来打扫整修，所以好歹经受住了四十五年的岁月侵蚀和严酷环境的影响。

佑树从向村公所借来的一串钥匙中选出一把，打开锁，将卷帘门推了上去。结果后面又现出了一扇门。见状三云眨了眨眼睛。

"怎么结实得像金库的门一样。"

这扇厚实的金属门跟公民馆很不相称，散发出一种生人勿进的森严气息。

佑树又从同一串钥匙中找出这扇门的钥匙，点了点头，说道："我来踩点的时候也觉得挺奇怪的。"

"可能是为了防台风吧。这岛上刮起大风来应该跟冲绳一样，本州完全不能比。"

"防风的话，刚才那道沉得要命的卷帘门还不够吗？而且这扇门里还装了一个超大的门闩呢。"

佑树打开门，指着粗粗的铁门闩，三云看着，不知为何露出不快的神色。然后突然语气嘲讽地说："龙泉先生，你是那种发现有蹊跷就会暂停工作的人吗？"

"我不否认，但这个门闩真的很怪。这种东西，除了守城时用，其他应该就没什么用处了。退一万步说，如果建造的时候正值战争时期的话……"

"啊啊够啦！要是总说这些，要说到天黑了。"

三云二话不说走进昏暗的建筑物里，佑树只好无奈地跟在她身后。

之后两个人默默地在房子里走了一圈，打开窗户和防雨板①。一般有防雨板的窗户都不会再装防盗网，可这栋房子的窗户外还全都装有金属防盗网……说不定还是特别定制的。

一进门是多功能厅，大概有四十帖②大。地上铺着木地板，因年头太久而有些变形。借着从窗户透进来的光看，屋里不算太脏，仅仅留宿应该完全没问题。

"哇，居然这么大。"

三云注意到多功能厅深处有一扇嵌着毛玻璃的门，走了过去。踩点时佑树去看过，知道门那边是一道走廊，走廊靠右边有两个小房间，左边是休息室和洗手间。

佑树略迟一步也来到走廊上，看到三云正很感兴趣地在小房间里张望。佑树把这两个房间的防雨板也打开了。

第一个小房间里空荡荡的，第二个小房间里堆着四个纸箱，箱子上写着"T村公所"，里面塞满了毛毯、纯净水和即食米等应急物品。虽然没仔细问过村公所，但毫无疑问是紧急情况时用的储备物品。

"说起来，计划是大家各自睡睡袋，自立式帐篷分配一下当作私人空间，好换衣服什么的。"

听了佑树的说明，三云怀念地笑了。

"我只在小时候睡过睡袋呢。"

考虑到使用的时间，这栋房子可以说被照顾得相当好。之

---

① 原文为"雨戸"，常见于传统日式建筑，一般用木板制成，设置于窗外，可水平滑动用于防雨、防寒、防风和防盗。
② 一帖为一张榻榻米的面积，约为1.656平方米。

前在这里留宿的 W 大学的研究队走之前应该也打扫过，走廊和小房间里都没有一点垃圾。

回到走廊，佑树指着后门说："你看，连后门都有门闩。"

后门上也是很粗的钢铁门闩，泛着金属的光泽。门本身也同样厚重得让人想到金库。

三云的脸上露出"又要开始说那些话了"的表情，没去看休息室和洗手间，直接回多功能厅了。又一次被晾在那儿的佑树走向洗手间，打开了防雨板。

洗手间不分男女，结构简单，只设了两个隔间。村公所的人嘱咐过"禁止使用洗手间"，好像因为是老式的掏取式厕所，一旦用了清理起来会很麻烦。角落里有一只已经死掉的十五厘米左右长的长脚大蜘蛛，可能是被困在房子里饿死的。

之后，佑树又打开了休息室的防雨板和后门的卷帘门。

当他握住后门的门闩准备取下来时，才发现这个门闩比看上去要沉，而且很紧，必须双手用力，否则弄不动。

不过除了装了门闩以外，门倒是很普通。正门和后门都是里面有旋钮锁，在外面锁门时需要用钥匙上锁。当然钥匙都在佑树从村公所借来的钥匙串里。

门一直开着的话，即食米被老鼠啃了就麻烦了，这么想着，佑树转动旋钮锁上了后门，并且以防万一把门闩也插上了。因为他想着与其走的时候忘了，还不如一开始就锁上。

发现休息室的窗户外也装着防盗网时佑树十分惊讶。这栋房子的所有窗户都装有防盗网，还是网格空隙很小的井栏。

明明不觉得离岛上的治安很差，这过分的防范意识究竟是怎么回事？……佑树一边思索一边回到多功能厅，看到三云正百无聊赖地等他。

两个人回到港口的时候，严重晕船的三个人也恢复了不少，能坐起来说话了。

看到信乐忙碌地跑来跑去佑树还以为出了什么事，一问才知道原来是木京说"饿了，弄点儿吃的"，然后就突然决定先吃顿简餐。仔细一想，这一行人从早上四点左右到现在什么都没吃，从晕船症状中缓过来以后自然会觉得饥饿。

佑树把带来当午饭的带馅面包和瓶装咖啡分发下去，众人各自找到喜欢的地方坐下吃了起来。

佑树很快就吃完了一个比萨面包，不过晕船格外严重的古家好像吃不下去自己的那份。

他用扇子遮着脸说："听说这里是南方的乐园，我还很期待来着。可晕船晕得太厉害了，差点挂掉去了极乐世界。"

闻言佑树在心里叹了口气……你可去不了极乐世界，因为你也是这次报仇的目标。

古家是三云所属的艺人事务所"古家PRO"的老板，今天他穿了一件水蓝色POLO衫，配深蓝色棉质长裤。

趴在他膝盖上的博美犬安静地吃着零食，跟之前冲着船长和佑树狂吠不止的样子简直天壤之别。这只狗在博美犬中算体型大的，可不管怎么说也是小型犬。

古家突然抚摸起爱犬，狗像在表示回应般舔着他的脸。

"塔拉不晕船，太好了。呵呵，好痒啊！"

那宠溺的口吻简直不堪入耳。佑树趁着还没显露出厌恶的表情，逃到堆成小山的行李那边去了。就算是他，精神上也承受不了看着古家、木京和海野这三个万恶之源聚在一起谈笑风生。

堆放行李的地方已经有人在了。

是两个身上莫名散发出一股禁欲气质的人。他们逐个拿出器材进行确认。佑树发现其中一人还没吃东西，就对他说："西城先生，你休息一下再弄也没关系的。"

高个子的男性回过头，摇了摇头道："那怎么行，必须先检查一下这一路颠簸有没有弄坏相机。"

西城是J制片厂签约的专属摄影师。

这次来岛上拍外景的男性大多身高在一米七左右，只有西城有一米八五，而且体型瘦削。另一个例外是佑树，他的身高有一米七七。

西城说过只带必须要用的摄影器材，没想到也相当多。他把器材一个一个拿出来开机检查，重复着这项工作。

"我想确认一下电源情况，移动电池我这边也有准备，不过发电机带来了吧？"

"嗯。打算今天晚上就用上，你们也可以充电。"

佑树边说边把手放在行李堆里的发电机上。

这台发电机是一个边长约六十厘米的立方体，不加汽油的状态下重量也超过五十公斤。重是重了点，但考虑到搬运，专门选择了配有四个轮子的型号，所以移动起来不成问题。

"就是这样……咦？你太着急了吧，八名川小姐。"

佑树把手从发电机上拿开，冲着另一位摄影师叫了一声。那人刚把最后一口面包塞进嘴里，就准备开始摄影了。

"我这可不叫着急哦。"

操着一口关西口音回话的八名川也是一位摄影师。

业内对她的评价是无比顽强，就算出国去热带雨林拍外景她也不当回事儿，当地的食物（包括青虫）她都能大口大口地吃下去，而且好像不管吃什么都不曾食物中毒。

她身高超过一米六五，在高强度工作的历练下看起来非常健康。今天她跟平时一样，穿着印有品牌名的T恤和牛仔裤，说不定就算是寒冬她也会穿差不多这样的衣服。

　　听说前天去鹿儿岛做准备之前，她被某新闻类节目的AD找去救场，为了采访流浪汉连续伤害案而东奔西跑到深夜……可看她此时精力充沛的样子，完全感受不到一直在奔波的疲倦。

　　"……你看，老师好像也早早就开工了哦。"

　　佑树看向她伸长脖子示意的方向，看到茂手木似乎正在港口旁的斜坡上提取样本，旁边的地上掉着吃剩的比萨面包。看来是正吃面包的时候被什么东西吸引了注意力，就直接丢在那儿了。

　　"啊，真的呢。"

　　佑树边小声说着边在行李堆里翻找，找出三个适用于中距离通话的无线对讲机。这款机型功率较小不需要许可证，在野外的通信距离能达到两公里。

　　他拿出一个回到古家身边，海野正在那儿拍马屁。

　　佑树说道："不好意思打扰一下。茂手木教授好像已经开始工作了。"

　　见无线对讲机递到眼前，海野皱了皱眉，但马上收拾表情接了过去。

　　这次的外景拍摄有明确的分工。摄影分成两组，一组跟着三云介绍幽世岛，叫"三云组"，由佑树和西城负责摄影。另一组是跟着茂手木拍摄调查和研究经过的"茂手木组"，有海野和八名川二人。

　　当然，节目主体是三云出演的部分，而且可以预料茂手木那边的野外调查会非常辛苦。海野会去茂手木组，仅仅是因为茂手木教授点了海野的名字。

虽不太清楚在学生时代是前辈后辈关系的这两个人到底谁强谁弱,但看起来海野在茂手木面前有些唯唯诺诺。

海野毫不掩饰提不起劲的表情,一口喝光了手里的咖啡,然后把对讲机塞进了口袋。

"……看他那样子,肯定没什么大发现吧?"

"他舀了一堆橙色的黏糊糊的东西。是黏菌之类的吧。"

"呕啊,至少弄点能在电视上播的东西啊。"

海野一边发着牢骚,一边招呼架着相机的八名川去茂手木那边。佑树微笑着目送他们,把一台对讲机塞进了自己的随身包。

无线对讲机是为了在幽世岛上拍摄期间,拍摄总部协调配合三云组及茂手木组而准备的。

剩下那一部是木京的,他会在设于公民馆的拍摄总部对拍摄的整体进度进行统筹和调度……至少表面上是如此安排的。

而实际上,这次拍摄就没有木京能做的事情。本来实际拍摄就是制作公司的监制和导演的工作,与电视台的监制木京无关。

他擅长的领域不是拍摄,而是调整各个节目的策划,利用人脉安排演员,谈赞助商,以及取得公司上层的批准等。因此木京大多窝在电视台里,一步都不迈出去。

他这样的人竟会主动提出跟来这座南方岛屿参与拍摄,这让与他一起工作了半年的佑树都很意外。

心存疑惑的佑树曾试探着问了一下,才知道木京和古家不知听谁说的,以为幽世岛是个夏日乐园。可能外人未经许可不能上岛这一规定也让他们好奇,助长了想来看一看的念头。

也就是说，木京和古家仅仅是以拍摄外景为借口到南方的岛上来玩的。

确实，幽世岛的海和天都蔚蓝得通透，十分美丽。特别是大海，在日本也是为数不多的美景。但这里并没有海滩，也没有完善的观光设施，能让这两个人满意吗……佑树心存疑问。

不管理由是什么，这两个人决定到岛上来都是件幸运的事。不必搞什么小动作，复仇对象就齐聚于一处，这让他几乎想把幽世岛称为恶徒趋之若鹜岛。

……距离杀第一个人还有十六个小时。在那之前要进行外景拍摄，至少不能让人觉得不自然。

佑树对转眼就吃完了第二个面包的信乐说："身体没什么问题的话，差不多开始搬行李吧。"

这位来兼职的小伙子中气十足地应了声"知道了"，可脸色似乎还很苍白。不知是不是注意到了，西城把相机放回盒子，开口说："我也帮忙。"

平时除了摄影别的什么都不干的西城居然主动开口帮忙，这很少见，所以佑树和信乐互看了一眼。西城可能有些不好意思，继续道："毕竟我晕船给大家添麻烦了，说不定活动一下还能恢复得快一些……而且总不能把领导们丢在一旁太长时间吧。"

他以视线示意，佑树看去，那边木京和古家正指着地平线继续聊天。木京抽着他偏爱的"七星"烟。看他们时不时还会发出笑声，应该没生气。

佑树和信乐双双决定接受西城的好意。

趁着领导还没厌倦南国的风景，先布置好宿营地大概是上策。

*　*　*

开始搬运行李之前,要先把室外用的东西和室内用的东西分开。

室外用的烹饪工具等放在正门附近,发电机和三桶汽油放在后门旁边。每桶汽油都是十升。

后门附近也有屋檐,又朝北,不会受到日光直射,汽油桶放在那儿应该没有危险。

然后再把室内用的东西搬进去放置好。

结果用了将近一个小时,才把打开并摆好一触式帐篷等一连串工作弄完了。佑树主要负责监视屏的设置,最后他把给拍摄本部人员使用的无线对讲机放在了帐篷旁边。

之后,佑树看着摆在多功能厅的帐篷,叹了口气。因为紫红色和蓝灰色的帐篷没有摆成他预想的样子。

"西城先生……我没说把紫红色的放到最右边吗?"

其中一顶帐篷是打算给女性专用的,为了便于分辨,佑树计划把紫红色帐篷分给女性成员。

闻言,负责摆放帐篷的西城难为情地笑了笑。

"不好意思,一不小心放错了。"

"红色系就是女性,龙泉先生你这想法太老土啦。不过我先调整过来吧。"

信乐边刻薄地说着边动作利落地搬动帐篷。蓝灰色的两顶是给海野、佑树、信乐、西城和茂手木五人用的。

"这是双人帐吧?"

西城低头看着帐篷,嘟囔了一句。佑树轻轻点头。

"商品说明上写着是两人到三人用的,但感觉比想象的要小呢。"

另外，帐篷是作为私人空间用来更衣睡觉，以及当蚊帐防虫用的，因此选择了薄且通风好的产品。

"……老实说，一想到几个大男人两个晚上都要挤在一个帐篷里，不觉得特别郁闷吗？要不在外边睡吧？"

信乐无所忌惮地这么嘟囔了一句，佑树和西城都发愁地看着他。

"信乐，你又把心里话说出来了。"

"我是个臭烘烘的大叔，真不好意思。"

脱下了外套、只穿一件深蓝色Ｔ恤的西城双手抱胸道。他的身高就给人一种压迫感。

总喜欢多说一句的信乐连连摆手，道："对不起。我当然不是那个意思，不是在埋怨啦。"

"你这么说也于事无补哦……唉，算了，没事，放在小房间里的帐篷是给木京Ｐ和古家社长用的吧？"

佑树边做着把睡袋放进帐篷这项收尾工作边答道："嗯，至少也得弄成那样，不然那两个人会发火的。"

之前就定好里面的两个房间是ＶＩＰ室，信乐进去各放了一顶帐篷，颜色是紫红色的。

"嘁，再怎么细心安排一样会挨骂。"

西城属于自己说话带刺，可对方不管怎么说他都能接受的类型。他和佑树相差十岁，在职场算是佑树的大前辈，二人非常投缘。

信乐怨恨地看着刚摆好的睡袋。

"晕船搞得我好累，真想眯一会儿……可做饭用的东西还没弄好，还要准备饭菜。"

不愧是爱好露营的人，以前在其他节目做野外烹饪特辑时的经验也起了极大的作用。

可就算是他，应该也是第一次做九人份的饭菜。信乐对吃的好像挺讲究的，听说他准备的菜单很细致，还带了各式各样的调味料来。

而佑树带了一大堆安眠药上岛。他费了不少工夫才弄到易溶于水、无色也无味的安眠药，装在了放维生素的小瓶子里。

他打算待会儿吃晚饭时，在分发给各人的纸杯上做手脚，给除了海野和自己以外的所有人下药。他们应该不会怀疑那袭来的困意，会以为是长途奔波的疲劳和白天吃的晕船药导致的。

明明还没喝下安眠药，西城就已经显得困倦不已了，不停地打哈欠。

"一待着不动就犯困了。我们差不多可以开始拍摄了吧？"

"也好。"

佑树点点头，看了眼手表。几乎与此同时，信乐发出一声哀号："糟了，都快十一点半了啊！让木京Ｐ和古家社长等了一个多小时了。"

这个时候才着急也没用了，佑树等人脚步沉重地慢吞吞向外走去。

公民馆前是一片开阔的空地，放着烧烤台和双灶头煤气炉，以及装在箱子里、尚未开封的食材和水等。他们先布置了室内，还没来得及处理外面这些东西。

可已经有东西摆出来了。

木京、古家还有三云围坐在折叠桌边，估计是自己打开了折叠桌和椅子，连塞在行李缝隙里的户外用超强效果的防虫蚊香都用上了。

　　折叠桌上摆着威士忌酒瓶和塑料瓶装的苏打水，金属冰桶里装着满满的碎冰，旁边还放着碎冰锥。碎冰锥是便携式的迷你尺寸，针尖部分长约六厘米。

　　木京和古家手里拿着塑料杯，杯子里装着放了足量冰块的淡琥珀色液体，大概是加冰的威士忌。桌子上还摆着鲣鱼干和颇有小资情调的芝士等下酒小食。

　　看着这情景，佑树不禁半张着嘴愣住了。

　　……这些酒吧里用的物件都是从哪儿弄来的？这里可是大海上的无人岛啊。

　　想是这样想，其实他也并非完全没有头绪。

　　随船一起运来的行李中有两件佑树和信乐都很陌生。看到时两个人都警惕起来，生怕是可疑物品，不过很快就搞明白了，那是木京的私人物品。

　　其中一个是也能当保冷箱用的便携式冰箱，木京还借用船上的电源使用来着。另一个是普通的蓝色保冷箱。估计便携式冰箱里装着板状冰块，保冷箱里则塞满了制作加冰威士忌所需的东西吧。

　　酒量异常好的木京看起来就像滴酒未沾，他嚷嚷起来："这帮废物，做事总是这么慢，要让我们等到什么时候？"

　　三人搬运沉重的行李累得浑身是汗，可他们大白天就喝着加冰威士忌，凭什么要被他们这样说。

　　接下来是阴阳怪气的挖苦。

　　每当这种时候，木京肯定会压低声音说话。然后冷不丁激动起来，扯着嗓子大喊一些否定对方人格或否定这个世界的话……感觉他的冷嘲热讽是在慢慢磨损人心，而呵斥则是正面伤人。

至今为止，因木京的职场PUA导致身体健康受损、精神状况失衡的人数不胜数。离职后自杀的超过了五人。

一次又一次领教过他的训斥之后，佑树发现这人冷嘲热讽和激动大骂的次数总是维持着同样的比例：不管什么时候都是九比一。

其实吧……木京扯着嗓子骂下属并不是因为他真的气疯了。他假装"激动"似乎是因为知道那是打击下属最有效的办法。

总之，木京好像十分享受通过打击摧毁掉什么。

比如说他会频繁地购买宠物，但不管是狗还是猫，每一只都养不了几个月。当然他会找借口说送人了或生病死了，但只要稍作深究，就不难知道他对宠物做了一些什么事情。

更糟糕的是，为了不让虐待行为曝光，木京施加暴力的对象仅限自家的宠物，而精神打击则仅限于针对自己的下属。

木京有一种近乎恶毒的狡猾。因此在佑树的下手目标中可以说是最棘手的一个。

不知是不是因为木京训斥的时间太久，同样坐在桌边的三云头越垂越低。感觉面对着装满苏打水的塑料杯的她极不舒服。

而看着这一情况，古家对膝盖上的狗说："对不起啊，这些人太吵了，塔拉害怕了吧？"

博美犬舔着放在桌子上的纸盘。虽然佑树很想相信盘子里装的只是水，可那液体看起来像是掺了威士忌，真是过分。

木京又进入了激动模式，可佑树没怎么认真听。

为了报仇，他辛苦混进了J制片厂和J电视台，所以不管多么不怀好意的嘲讽，在他听来都是当事人在坦白自己夺走了菜穗子的性命。

木京的训斥一般会持续四十分钟，因为知道这点，所以佑树等足了十分钟，就打断道："对不起，怪我太没用了。"

"道歉的话，不管多没用的人都会。问题是——"

"已经为木京Ｐ和古家社长二位准备好了单间。木京Ｐ请使用靠里的房间，古家社长请使用前面的房间。"

"别转移话题。"

"啊，请不要擅自食用纸箱里的即食米，那是村公所的东西。"

"啊什么啊！谁会吃啊！"

木京眼里泛着杀气，对此佑树故意回了一个"我是出于好意才提醒一句，不懂你为什么会生气"的表情。

"算了……我忘了跟你说不通。"

木京深深叹了口气，伸手去拿装鲣鱼干的袋子，看来他已经没有心思继续推进那虚伪的激动了。

"那我们去拍摄了。"

佑树冲着木京微微低头致意，便催着三云和西城往港口走。

木京会干脆地作罢，原因之一是不管怎么打击佑树都没有乐趣。不过还有一个真正的理由。

佑树的父亲是国内规模最大的制药公司龙泉制药的副社长，光从这点也能知道，现在他们家仍是商业的中心。也就是说，龙泉家在商界有一定的影响力。

要是佑树有那个意思，大可以动用龙泉家的人脉。他能在Ｊ制片厂当上ＡＤ并跟着海野工作，也是托这个的福。

当然……佑树也可以选择动用人脉进行复仇，可他偏偏不那么做有几个原因。

暗地里出手很有可能无法彻底毁掉木京等人。

特别是木京，他巴结上了某众议院议员，二人关系极深。那人曾连任大臣，木京在他的庇护下，在电视界、音乐界、广告界都建立起了稳固的地位。饶是佑树，也很难毁掉他的堡垒。

不过就算没有那个众议院议员，佑树大概还是会选择跟现在一样的方法。因为平常的报仇方式……比如不幸失去权势、丢了工作，或是遇到事故丧命这样的事情，都无法与他们深重的罪孽匹配。

所以佑树甚至祈祷这三个人要健康平安地迎来今天这个报仇的日子。

跟他们共事半年，佑树知道这三个人最怕的就是"死"。这样的话，就让他们充分品尝死的恐惧，之后再在他们耳边悄声告诉他们为什么不得不死，这样挺好的……这项工作佑树是不会考虑交由他人代劳的。

他看着眼前大片的亚热带植物。

岛上手机收不到信号，既不必担心目标三人逃跑，也不必担心受到干扰。报警之后要好几个小时警察才能赶来，这也很合他的心意。

幽世岛……这是一个为佑树的复仇计划度身定制的地方。

《未解之谜》（二）

月刊杂志《未解之谜》二〇一七年二月号
追寻真相系列之"幽世岛的野兽"事件

（续前文）

然而，县警得出的"是岛上居民养的狗啃食了尸体"这一结论，有太多解释不通之处，这也是事实。

笔者会这样想，依据如下。

第一点是关于岛上的三条狗（中型犬）。

事件发生之后，在本岛上发现了两具狗的尸体，胸口皆被锥形物刺伤。剩下的一条狗被发现逃到了神域。警察把那条狗杀掉了。

可据当时参与搜查的原警部B氏说，兽医检查了狗的胃中残留物，认为这三条狗都不曾袭击人类。

一九七四年，岛上除了家养的狗和半野生的猫之外没有其他食肉动物了。考虑到这点，兽医的说法就显得很蹊跷。

……啃食笹仓尸体的真的是家养的狗吗？

第二点与发现笹仓博士尸体的地点有关。

据B氏说，发现笹仓博士尸体的地方，距离认为是三云氏从悬崖跌落时留下的痕迹超过十米。

这样的话，要说两个人曾缠斗过，那距离未免太远了。当时的警方高层牵强地解释说，是笹仓博士濒死时往前走了几步。

……可心脏被刺中的人有可能走动吗？

第三点是关于留在现场的打斗痕迹。

据B氏说，悬崖上方的打斗痕迹不像是人与人打架留下来的，树木也折损得很严重。而且紧挨悬崖边的地方除了三云氏跌落时留下的痕迹之外，还有崭新的泥土被刨开过的痕迹。

……那天跟三云氏打斗的真的是笹仓博士吗？

第四点是关于猎枪。

三云氏从家中拿出了猎枪，而墓地所在的悬崖上丢着一把弹夹打空了的来复枪。据原本是岛上居民的A氏说，三云氏枪法极好，能打落一百米开外的海鸥。然而笹仓的尸体上没找到枪伤。

……枪法极好的三云氏究竟是对着什么开枪呢？

第五点是最难以解释的。

当时岛上的港口停着两条船，都是岛上居民的，警方发现船的发动机遭到了破坏（而且遭到破坏的只有发动机，备用的燃料等都安然无恙）。调查指纹的警察从推断是用来破坏发动机的工具上收集到了三云英子的指纹。岛上和船上的无线电设备也都遭到了破坏。

……三云氏为什么要破坏无线电和作为交通工具的船的发动机呢？

当然，笔者对鹿儿岛县警公布的"笹仓博士偷挖坟墓，最终犯下杀害岛上居民的罪行"这一见解没有异议。只是，若宁可被指责想象力过于丰富也要一吐为快的话，那也不能否定那个时候幽世岛上可能有未知的野兽。

比如说，岛上会不会发生了这样的事情呢？

笹仓博士出于某种原因带了一条大型犬上岛，可那条狗并不听笹仓博士的话，而且性格非常凶暴。

狗挣开绳索逃走，在笹仓杀害了岛上十一名居民和岛上养的两条狗之后扑向他。笹仓受到撞击，手里的凶器刺穿了自己的心脏从而丧命。

之后笹仓的尸体成了疯狗的食物。发现事态不对的三云氏拿着猎枪把狗逼上了绝路，可枪里的子弹用完了。

无奈之下，三云氏只好拿起笹仓用过的凶器应战，成功将疯狗打落悬崖，掉入海中……可打斗中她也和笹仓一样丧命，跌下了悬崖。B氏看到的悬崖附近有原因不明的泥土被刨开的痕迹，可能是疯狗掉入海中时留下的。

长篇大论了这么多，可这充其量不过是一种可能性。

另外，笔者也明白，这样的假设也无法解释一切。比如就无法解释三云氏为何要破坏无线电和船上的发动机。

警察的解释是对的吗？幽世岛上曾有未知的野兽吗？距事件发生已过了四十几年，现在也许无从得知真相了。

第二章　本岛　拍摄开始

二〇一九年十月十六日（周三）11：55

走在佑树身后的西城语气半是佩服半是无奈地说道："你总是这样，龙泉，你真厉害。我看着都替你担心。"

"不过木京P可真是能吃。"

"的确啊，每次拍外景他都能吃两份盒饭，还要放好多鲣鱼干。"

"要是有他喜欢的虾天妇罗饭团便当，不准备三个他就会像个小孩子一样闹脾气。"

木京是个鲣鱼干狂，这在台里也是出了名的。拍外景时他会自己带着鲣鱼干，配着盒饭一起吃，刚才他们喝加冰威士忌的下酒小食会是鲣鱼干也是因为如此。

说到这儿，西城伸出手指指着佑树，冲着三云戏谑道："顺便说一句啊，龙泉明明长了一张老实人的脸，可其实表里不一……他只有在被上司训话的时候才装出一副谁都拿他没办法的天真模样，所以他本性可坏啦。"

听了这话，三云毫不惊讶，微笑着说："而且他是个骗子，我都知道。"

西城轻轻吹了个口哨。

"看来你的本性被彻底看穿了呢。是吧,龙泉?"

"能不能别再讨论我了。话说回来……三云小姐,刚才真不好意思。"

佑树停下脚步说完这句话,三云吃惊地回头看着他。

"有发生什么需要你道歉的事吗?"

"有啊。搞得好像是让三云小姐接待三位领导一样,真抱歉……在往公民馆搬行李之前,我或者信乐应该想到先安排好的。"

听了这话,三云的表情变得柔和了。

"哟,你也有贴心的一面嘛。"

"只是偶尔。"

"不过……那时候我们社长也在,J电视台的制片人也在,对吧?我想这是个推销自己的机会才那么做的,所以你根本没必要道歉。"

这话让佑树心情复杂。

他发现因为知道木京和古家几天内会死,所以自己想事情时都是以此为前提的,因此没考虑到她说的这些。

这不是个好兆头。不能因为说错话这种低级错误毁了计划。看来今后要更加注意自己的言行。

回到港口,先开始拍摄片头。

这次的外景拍摄是少人数团队,没有专门拿话筒的人,就由佑树和西城轮流负责。

正式拍摄时三云总是神色不安,她是第一次做这种工作,也情有可原。虽然NG了好几次,但没出什么大问题,就这样完成了片头的拍摄。

差不多要汇报进度了，佑树拿起无线对讲机联系海野。

海野回话的语调低得异常，看来茂手木组的拍摄进行得不太顺利。那边说接下来的拍摄要使用话筒，叫他们除了紧急情况之外暂时不要联系。

汇报完之后，西城从背包里拿出作为午饭的比萨面包，站着吃了起来。然后低头看了看表。

"……十二点四十五分了啊。到傍晚还有不少时间，接下来去哪儿？"

"为了节省时间，边走边说吧。"

说着佑树便往公民馆的方向走去，并继续道："我们组重点拍摄岛上的三个地方。具体是村落遗迹、墓地和神域。踩点的时候我确认过，都是非常能带来震撼感的地方。"

"从哪儿开始？"

三云到底还是对自己的祖先有些在意，说话语调显得很雀跃。

"先去村落遗迹吧。"

佑树负责带路，后面跟着三云和大口吃着面包的西城。

从港口到村落的路两旁曾是广阔的农田，据说战后主要用于种植甘蔗，但如今只有矮树及丛生的杂草，全无当时的风貌。

走过公民馆前面之后，柏油路的风化现象越发严重起来，被植物占领只是时间问题。

因为担心穿着休闲连衣裙在如此恶劣的道路上行走不方便，三云换上了黑色的运动紧身裤。这样既能做出幅度稍大的动作，还能防蚊虫叮咬，一石二鸟。保险起见，佑树又一个不落地通知了所有来岛上的人要喷防虫喷雾。

没走多远，就听到右边的草丛深处传来很大的声响。

佑树一愣，站住了。他旁边的西城也露出紧张的神色。

"是野生动物吗？"

"……好像不是。"

透过草丛的间隙望过去，冲进佑树眼帘的是茂手木教授的身影。刚才那声巨响似乎是他为了调查什么而翻开石头弄出来的。

三云也松了一口气。

"搞来搞去，原来他们组就在这么近的地方拍摄啊。"

"真是，这样都没必要用对讲机联系。"

隐约能看到茂手木好像不太高兴，他把翻过来的石头丢到一边，冲着海野和八名川不停地说着什么。

佑树竖起耳朵仔细听，好像是茂手木对野外作业的成果不满意，把气撒到了那两个人身上……似乎是说植物、昆虫和鸟类都如期采集到了样本，可在动物方面没有任何收获。

茂手木身为学者，擅长通过足迹、粪便、食物残渣追踪动物，并且在这方面很出名。可即便是他，似乎都没在岛上找到新鲜的野生动物留下的痕迹。

"怎么回事啊，难道这岛上只有家猫吗？"

听到茂手木这样大叫，佑树不由得笑了。不知是不是听到了他的笑声，八名川注意到了他们几个。佑树冲她微微招了招手，又继续往前走。

"……虽然教授那么说，可这种无人岛上要是有猫，也挺奇怪的吧。"

过了一会儿，西城这么嘀咕了一句。

"没什么奇怪的啊。我来踩点的时候就碰到了带着小猫的黑猫妈妈。"

"哦，可能原本是家猫，后来成了野猫。"

随着三个人有一搭没一搭地聊着，通往森林之中的柏油路渐渐变得让人忐忑。森林里不时传出小鸟的叫声，但正如茂手木所言，没有动物的气息。当然也可能是察觉到人类的气息，动物就藏了起来。

三人走了六分钟左右，在佑树的带领下拐进了右边的岔路。佑树认得转弯处那块已经风化了的石碑。

三云在石碑前蹲下，十分意外地小声说道："这不是指路的啊。"

石碑上刻着这样的文字：

"稚童尤×× 金虫 岂料×片不×众 但若觅其心脏处 自有真理宿当中"

"以前幽世岛上很流行和歌吧。港口那儿也刻着和歌。"

这里这块石碑的状态较好，可还是有一部分字迹无法辨认。三云依然皱着眉，双手抱胸。

"把这种和歌刻在石碑上是要干什么呢？"

"谁知道。说不定是幽世岛历史上的伟人留下来的呢。"

佑树一边漫不经心地听着他们的对话，一边在岔路上大步向前。不一会儿树木变得稀疏，他们来到了一片开阔地。

展现在眼前的光景让西城轻轻吸了一口气："……怎么说呢，比资料上看到的更梦幻啊。"

面前是村落遗迹，矗立着约十栋房子。

大概是为了防台风，基本都是平房。其中还有在本州很难见到的石头房子。也许石头房子更适合岛上的气候。

外墙统一都是白色的。这里肯定曾经充满异国风情，是会让人联想到地中海的漂亮房子。而如今都被比人还高的树木或藤蔓植物覆盖。

渐渐被植物吞没的光景不知怎的让人想到地球末日。

屋顶残破，墙壁剥落，到处都有裂缝。很明显四十五年来饱受严酷的风雨侵袭，也许下一秒就会坍塌。

"在这个村子里……一九七四年时生活着十二名岛民。"

而这里也是发生惨剧的现场。知道此事的西城面容扭曲地说道："应该就是在这里找到了半数以上的尸体吧？"

"是的。事件是十月四日发生的，事发后在这个村子里找到了十具尸体。据说每具尸体的致命伤都是被某种锥形物刺穿了心脏，类似碎冰锥那样的东西。"

不知是不是佑树的解说让他又想吐了，西城再开口时声音像堵在嗓子眼儿一样。

"真是一起离奇事件啊。"

"那起事件中最离奇的部分是，有一具尸体格外惨不忍睹，像是被野兽啃咬过。因此世人才称之为'幽世岛的野兽'事件。"

佑树突然发现三云正如梦游般脚步不稳地向前走去，连忙叫住她。

"请不要靠近房子。听村公所的人说，这些房子随时可能坍塌。"

也不知道三云有没有在听，她凝视着其中一栋房子。那栋房子在整个村落里也散发出一种特殊而异样的存在感。

过了一会儿，她才用愣愣的声音小声问："……莫非这就是？"

"嗯，是三云家的房子。也就是你祖母曾住过的房子。"

那栋三云家老宅建在村落里高出一截的地方。

过去那应该是一栋极其豪华的大房子。它占地面积比其他房子都大，也是唯一一栋两层楼高的……不过也损毁得很严重。

与其他房子最为不同的是，这栋房子是黑色的。但并不是说三云家老宅的墙壁和房顶原本就是黑色的，是之前发生的火灾把房子熏成了黑色。房子的一部分炭化了，没有炭化的部分也裹着黑色的焦炭。屋顶和墙壁上有被火烧出来的大洞，洞口已被灌木及蕨类完全覆盖。

三云对佑树的忠告充耳不闻，走到了大门残骸的近旁。透过茂盛的植物茎叶，只能隐约看到黑色的门环。

过了一会儿，她呆呆地抬起头，看着房子喃喃道："我都不知道发生过火灾。"

"火灾是二十年前发生的，你不知道也很正常。据说是雷劈中了房子，就烧了起来。"佑树把从村公所职员那儿听来的话原样学了一遍。

"不能去里面看看吗？"

明明看见房子损毁得有多严重，可三云仍期待地看着他。佑树摇了摇头。

"你也看到这情形了，村公所的人也再三叮嘱严禁入内。不管怎么说，关键的柱子都毁了，现在房子还没倒，都算是奇迹。"

她难过地盯着房子看了一会儿，很快又恢复了一贯的嘲弄态度，说道："不能去里面看看真可惜……本来听了龙泉家的家训，我也想去验证一下我爸说的是不是真的呢。"

这话似乎引起了西城的兴趣。

"你们两个别净说些我不知道的事啊。三云小姐的父亲说什么了？"

三云回过头，给了他一个别有深意的微笑。

"算是一个父亲为孩子创作的有些残酷的怪谈吧。内容过于荒唐无稽，我可没胆量在这种地方说。"

"别啊，你这么一说我反而更想知道了。"

然而三云只是笑着，不打算再说什么。西城坚持想问出什么，终于还是放弃了，低声嘟囔了一句："三云小姐……原来你这人这么固执啊。"

佑树挥了挥手，如惯常那般漫不经心地打圆场："算啦算啦，等到了晚上说不定就有讲怪谈的气氛了。"

结果西城瞪了他一眼，说："别转移话题，你家的家训也没告诉我呢。"

"你在说什么啊？"

"你们俩啊……"

佑树不再理会无奈的西城，恢复了正色，再次开口："说正事吧，我们要在这里拍摄到一点四十分。能拍多少就拍多少吧。"

三云连忙拿出剧本，刚要看，又马上露出惊讶的表情。

"为什么结束的时间定得这么精确？"

"因为接下来计划去神域拍摄，这关系到退潮的时间。"

佑树一行人按计划离开村落遗迹，向与港口相反的方向前进。

依然是一条让人心生忐忑的路，而且左侧有一座坡度很陡的小山，高低差很大。三个人都专心走路，没怎么交谈。

以三云家老宅为中心的拍摄进展顺利，在村落遗迹的拍摄计划完成了一半。天气预报说明天也是个大晴天，照这个样子，三云组估计明天一天就能完成全部拍摄。

想到这里，佑树微微摇了摇头。

……不，明天没有拍摄了。因为早上就会发现死者。

佑树打算用带来的安眠药迷晕其他人，然后半夜时分把海野带到港口，问完话就直接把他推入海中。他是个秤砣，对水异常恐惧。掉入黑夜里的大海他大概会惊恐万分又无计可施，直至被溺死。

距离实施计划终于只剩下十二个小时了。

离开村落遗迹后大概过了十分钟吧？身上开始出汗的时候，三人听到了海浪的声音。这一带是比较陡的下坡，且变成了柏油路面。

佑树停下来喘口气，看了看时间。快下午两点了。

"我们来到岛的另一边了。也就是说我们横穿了这座岛。"

幽世岛本岛呈椭圆形，短轴长约九百米，长轴长约一千四百米，岛的周长近四千米。刚才佑树等人是沿着短轴走来的。

"刚开始退潮。咱们下去看看吧。"

佑树边说边沿着用水泥加固过的陡坡往下走。

等没有了遮挡视线的树木，就能看到正前方浮着一座圆圆的绿色岛屿。那座岛距离本岛将近一百五十米，大小比本岛小了一圈还多，是座直径约六百米的小岛。

佑树指着对面的小岛，又说："那就是神岛。以前是人们信仰的对象，被称为神域……通常将这座神岛和本岛并称为幽世岛。"

总是偷懒不看外景资料的西城露出尴尬的表情说道："说是岛，可怎么看都与陆地相连啊。"

正如他所说，两座岛之间有一条被蓝色大海包裹、宽约五十厘米的石子路。确实不符合通常对岛的定义。

这时三云用调皮的语气开始解释。

"神域平时都是被海隔开的，只有退潮的几个小时会出现一条石子路，与本岛的陆地连起来。就像圣米歇尔山一样，是潮汐岛的一种。"

"真的？那可挺罕见的啊。"

"要不拍下来？之后说不定能用上。"

西城连忙凑近相机的取景框。

为了不妨碍拍摄，佑树就站在靠近本岛这一边等着，三云跟在他身边。

因为已经决定先拍全景影像，事后再配音乐，所以这次也不需要在意声音。对佑树和三云而言是段比较轻松的等待时间。

三云把视线投向大海，眯起眼睛。

"我可能是第一次看到这么漂亮的海，连游来游去的鱼都看得很清楚。"

"不过好像海流很急，不适合游泳。之前听向导说过。"

"说起来，父亲也提起过，说看到海胆就在眼前却捉不到，特别懊恼。"

佑树突然想起一件事，来踩点的时候他就觉得奇怪。

"之前我就觉得奇怪……这个是大门的遗迹吧？"

靠本岛一侧，坡底的左右两边各立着一堵两米高的水泥墙。水泥墙下方千疮百孔，有密集恐惧症的人看到了怕是要晕倒。

两堵水泥墙之间相隔三米左右。右侧的墙上挂着生了锈的金属门残骸，左侧的墙上有合页留下的痕迹。门的厚度大概有十厘米。

两堵墙的宽度均为五米左右，紧贴岛上的悬崖……过去只要关上这扇门，估计就无法下到通往神域的石子路上了。

三云抬手遮住刺眼的阳光，点点头道："我听父亲讲过，造了一扇门防止有人进入神域。除了有祭祀活动的时候，都会插上铁门闩，三云家以外的人谁都过不去。"

听了这番解释，佑树依然感到费解。

"我觉得门或者围墙应该建在神岛那边啊。像这样也很容易就能入侵神域呢。"

"怎么入侵？"

"坐船在神岛附近转悠，看准退潮的时候走石子路就可以进去啊。我要是想做什么坏事的话肯定会这么干。"

三云没坚持。

"可能吧。我没想过。"

"这样的话，那就不是为了防止入侵神域……你不觉得反而是为了防止有人从神域入侵本岛吗？"

"哪有那么荒唐的事。"

三云的语气急剧变冷，眼睛好像也吊了起来。

佑树完全不明白是什么刺激到了她，愣在原地，三云似乎为自己的失态感到羞愧，低下了头。

"因为有不能随意在神域内活动的规矩，所以我认为或许不能在神域那边建围栏或者大门。"

"加上信仰这个前提的话，那好像也不是不可能。"

"你这算什么？听着好像完全不认同嘛。"

两个人互相看了一会儿。或者准确来说是互相瞪了一会儿。以佑树的性格，在这种事情上是绝不肯让步的，三云好像也一样。

这时，只听完成了拍摄的西城轻轻叹了口气，道："你们聊的都毫无意义。快别说那些了，去神域看看啊。"

他边说边哼着歌往下走,到了石子路上。佑树和三云也跟在他身后。

脚边散落着漂亮的贝壳和没见过的海草屑,海的味道及海浪声让人非常愉快。尽管知道到下次涨潮还有充足的时间,可佑树等人还是急匆匆地往神域走去。

越靠近神域小岛,佑树越觉得跟之前来踩点时所见的有哪里不一样……这种感觉还越来越强烈。仔细一想原因,他恍然大悟。

"对呀,树没有了。"

走在前面的西城疑惑地回过头。

"你说什么呢?"

"之前我来踩点的时候,神域右边的悬崖上有一棵很大的树。可现在那棵树的大部分枝丫都没了。你看,就是那边开着橙色花朵的树的旁边。"

西城费了半天劲才找到那棵树,不过随着与神岛的距离越来越近,他明白了佑树的意思。

长在悬崖上的树一片焦黑,树干上有一道长长的裂缝。

"……是雷击造成的吗?"同样抬头看着悬崖上方的三云不太确定地嘟囔。

"恐怕是。既然有'雷祭',说明这里应该经常打雷。肯定是我来踩点之后被雷劈中的。"

要是运气差点儿,搞不好火势会蔓延开去,不过幸好周围的树木都完好无损,大概是多亏了下雨或岛上的湿度高。

……以前每当神域有大规模落雷时就会举行雷祭。如果没有四十五年前的那起事件的话,现在是不是仍守着秘祭的传统呢?佑树脑中闪过这样的疑问。

西城在走到离神岛还有几十米的位置时又拿起了摄像机。而几乎与此同时，三云惊叫了一声："猫！"

她指着岛上的草丛，只见一个黑影钻了出来。

那只猫看到佑树等人就跳了下来，落地时发出一声极大的闷响，然后慢悠悠地走到了海上的石子路上。西城真是个天生的摄影师，在三云指向猫的瞬间就迅速转动摄像机，捕捉到了那只猫的身姿。

说到猫，大多数都怕水，可这只黑猫却显得完全不在意，一直走到了海浪拍打的地方……这进一步加深了佑树心里觉得这只猫很怪的印象。

虽说它在野外生活，但大小跟佑树见惯了的家猫一样，只是身体精瘦。这只猫有双金色的眼睛，背毛如天鹅绒一般，很漂亮。

近十天前佑树来岛上踩点的时候遇到过一只黑猫妈妈带着小猫，这只猫也许就是那只母猫，不过今天它没带着黑色和灰色的小猫们。

黑猫的眸子闪着光，充满好奇，与他们保持一定的距离观察。猫在小石子路上走动时跟人走过时一样，会踩得小石子互相摩擦发出嚓嚓的声音。

不知道是不是想让猫放下戒备，三云蹲下来冲着黑猫微笑，说道："……这只猫会不会也知道潮汐岛的特点呢？"

猫像是在撒娇般冲她"喵"了一声。

"也许凭借本能知道吧。它在岛上生活，肯定要在两座岛之间来回。"

西城说着，脚下不断靠近猫，佑树连忙提醒："虽说这只猫之前肯定是家猫，但你别忘了它现在是野猫了，不要随随便便去摸它,很危险。"

"没事的,我不摸它。"

猫把鼻子凑近摄像机镜头呼哧呼哧地喷气,似乎很快就认定了这三个人是无害的。接着它从摄像机旁走过,在佑树旁边坐下来,开始梳理身上的毛。

看着那可爱的样子,佑树笑了。

"现在的话……应该可以摸一摸吧?"

小时候佑树养过猫,他刚不由自主地伸出手,西城就夸张地一巴掌拍在了他的背上。

"喂,龙泉,要是连你都败给了诱惑可怎么办啊!"

"……你说得是。"

佑树咳嗽一声,掏出插在口袋里的潮汐时刻表。

"话说,此次退潮的峰值预计发生在下午三点二十六分。"

像是在证明他的话一样,就在他们走过这条海上之路的时候,路面也渐渐加宽为一米左右。也就是说,比刚下来的时候海水退了更多。

三云凑过去看着潮汐时刻表,开口道:"我听说日子不同,海上石子路出现时间的长短也不一样,今天是怎样的情况呢?"

"喵呜。"

黑猫像是在附和她的提问,叫了一声,佑树不由得笑了。

"其实今天和明天好像是水位下降最多的日子,而且海上之路会出现三个小时,是一年之中最长的。"

有的日子前往神岛就会特别困难,佑树他们也是考虑到潮位和天气,才决定了今天来拍摄。

三云沉思了一会儿,小声说道:"这么算下来的话,差不多五点之前都可以前往神域。"

听到这里,西城举起一只手,有些疑惑地说:"不好意思,我没好好看过资料,这涨潮退潮之间间隔多长时间啊?"

"以今天来说的话,晚上九点半左右会迎来满潮,明天凌晨三点四十五分左右又会有一次退潮,大致是这样的。"

"是这么回事啊。好了,咱们赶紧开始拍摄吧。"

西城说完就抱着摄像机沿着陡峭的岩石堆往上爬。佑树一边照顾着穿连衣裙的三云一边爬上神岛。

岩石堆上方并没有一条像样的路,唯一的人造物是仿佛故意藏在树后的石碑。看到石碑,三人互相看了看。

"哎呀,不会刻着同一首诗吧。"

西城说着,第一个凑近石碑,接着露出难以形容的表情读道:"稚童尤梦金甲虫,岂料四片不合众,但若觅其心脏处,自有真理宿当中。"

可能是因为有纠缠的藤蔓保护,神域上的这块石碑状况良好,能看清所有文字。佑树之前一直顾及三云的情绪,此时终于忍不住笑了出来。

"哎呀——这是有多喜欢这首诗啊!"

"……父亲也没说过岛上曾流行和歌啊。"

三云不知怎的显得很不自在。西城一边扯下缠在石碑上的藤蔓一边说道:"真是首奇怪的诗,用的是标准语和现代假名[①],应该可以肯定是战后写的。这么新的诗也不像是祭祀时的祝祷词啊。"

石碑上只刻着这一首诗,也不知道作者是谁。

佑树回过头,发现三云正盯着前方如灌木丛般的原始森林,

---

① 假名为日文中的表音字符,古时与现代略有不同。

那里树木茂密得大白天也很昏暗。

"不会是……要进去这里面拍摄吧？"

见她突然露出胆怯的表情，佑树摇摇头宽慰她。

"神域变成了原始森林呀。村公所的人也嘱咐我们往里走的话千万要小心。所以，三云小姐只要站在附近拍几组就OK了。要是素材不够，我们明天再来拍一次。"

卧在海上石子路上的黑猫正舔着肚子，突然抬起头，不可思议地看着热闹地说着话的佑树他们。

麻利地完成在神域的拍摄，三个人花了约十五分钟回到了林间路上。

那只黑猫好像挺喜欢这三个人的，一路沿着海上石子路跟了过来。它还在佑树他们的脚边嬉闹，三人好几次被它绊住差点儿摔倒。

猫咪的喉咙里不时发出"咕噜噜噜——"的声音，那模样实在可爱，让佑树的表情一直很柔和，另两个人的反应也差不多。

能从树木间看到公民馆的时候，三云诧异地说："咦，不是要去墓地吗？"

"当然要去。墓地在公民馆遗迹后面。"

在公民馆前方的广场上，小型煤气炉和铸铁锅都被安置好了，做饭的准备进行得很顺利。

听到了佑树等人的脚步声，正在切蔬菜的信乐抬起头。

"哟，三云组也回来了啊。"

"我们还没拍完。"

听西城这样回答，信乐便开始跟他们讲计划吃晚饭的时间。

"大胃王木京 P 下指令说要早点儿吃晚饭。我预计五点左右开饭,你们照这个时间回来啊。"

木京和古家刚才喝酒的那张桌子现在空着,也不见那二人的身影。下酒的芝士和鲣鱼干都没了,大概是散场了。

黑猫可能是被食物的味道吸引了,开始围着信乐打转。佑树等人留下黑猫,往房子后方走去。

爬上陡峭的石头台阶,上面是一块高地。

往海那边眺望,视野极好,美丽的蔚蓝海面让人几乎惊呼出声。不过神岛那边会被本岛上的小山遮挡,看不到。

"……对于'死',不同宗教及文化下,人们的看法有很大不同。这里的居民未必认为'死'就是阴暗的。"

正如西城所说,这座岛上的墓地跟常见的墓地氛围不太一样。

制作墓碑大多选择花岗岩,但这里的一排排墓碑选用的是要白得多的石头。而且墓碑边围绕着充满生命力的细竹和开着五颜六色花朵的树木,看上去更显得与"死"无缘。

小路上铺的地砖也不同寻常。

地砖都是边长五厘米的方形,有的被泥土覆盖还长出了苔藓。几乎所有地砖都是灰色的,但好像颜色又都不一样。

有灰白色的,有深灰色的,还有泛着橙色的灰,泛青的灰,发黄的灰……可谓集齐了各种灰色。

在小路上走着,佑树发现只有四块地砖不是灰色的。那四块虽然不显眼,但颜色更接近梅红色和橙红色。

佑树抬起头,开口道:"话说,这里的墓好像都是战后修的。"

这一信息三云好像也是头一次听说,她眨了眨眼,道:

"是嘛。"

"直到战前岛上还保留着土葬的习惯，但墓几乎都是用木材搭建起来的简易坟墓。战后出于预防传染病的考虑，加上地方自治部门过来指导，才开始了火葬。"

这些在《未解之谜》中都有记载，佑树也听村公所的人提过。

一九七四年时幽世岛上并没有火葬场，因此火葬的方式是把木柴铺在地上，然后把棺材放在上面露天焚烧。以往有的岛用风葬，有的岛用土葬……埋葬的方式都不一样，村公所里一位上了年纪的职员还曾发自肺腑地跟佑树说在离岛上办葬礼有多不容易。

待佑树一通解释完，西城口吻严肃地问："……这里也是那起事件的事发现场吧？"

"嗯，在墓地发现了两具尸体，一位是岛上的居民，还有一位是被认为是引发事件的罪魁祸首笹仓博士。三云小姐的祖母英子女士的遗体则漂到了离这里有一定距离的海上，最后在岩石堆后方被发现的。"

佑树低声说完，三云悲伤地往墓地深处走去。那边连着大海，有一段几乎坍塌的石制护栏，护栏的另一边是陡峭的悬崖，正下方就是大海。

"祖母她一定是从这处悬崖……掉进海里的吧。"

鹿儿岛警方的看法是，笹仓为了找到传说中藏在幽世岛上的基德的金币而盗墓，不料被岛上的一位居民看到了。

笹仓杀害了那位居民，然后就像是发了狂，把熟睡中的全岛居民都杀了。只有三云英子躲过魔掌，从家中逃出，可还是在墓地边的悬崖上跟笹仓缠斗起来。两人打得不分胜负，最终受了致命伤的英子掉入海中，以悲剧结尾。

世人普遍认为这就是"幽世岛的野兽"事件的真相。

然而，加茂冬马在《未解之谜》杂志中提出了新的看法……但在佑树看来，存在某未知品种大型犬这一说法实在太过天马行空。

那位刑警所说的内容也很可疑，连当时的兽医的见解也不知有几分是正确的。袭击笹仓遗体的是家犬，这真的是"幽世岛的野兽"的真相吗？

完成了墓地附近的拍摄后，佑树依次拨开附在墓碑上的爬山虎和杂草，开始寻找三云英子的墓。这是为拍摄三云上香的画面做准备，那将是这次拍摄策划中的一个重要部分。

没想到这项工作比想象中的还要难。

缠绕在墓碑上的植物根茎粗壮，徒手根本无法扯开，墓碑上还积着泥巴和尘土，很难看清刻在上面的文字。

结果几分钟之后，佑树对三云和西城说："没有工具不行啊。暂时解散吧，你们俩先去公民馆里待命，等我找到英子女士的墓碑再说。"

佑树事先想到了可能会出现这种情况，所以带了折叠式的小型万能镰刀和毛刷到岛上来。只要把那些工具拿来，大概用不了三十分钟就能找到英子的墓。

菜穗子的遗书和报刊报道

续木菜穗子的信

爸爸，您会读到这封信，就是说我已经不在人世了……这开场白实在差劲，但我决定坚持自己的方式，开始了就不回头，继续这样写下去。

我的一个大学时的前辈可以信任，于是我拜托那个人，要是我出了什么事，就把这封信寄给您。我跟那个人说这封信里写的是对父亲的感激之词，那个人应该会信守承诺，不会看信的内容。

要从哪里开始说呢？这时候还是照爸爸教我的那样，直截了当地写下来吧。

现在我正处于危险之中。

放在平时，要让您相信这句话应该很不容易，可这封信寄到的时候我应该已经死了，所以爸爸肯定会毫不怀疑地相信我的话。

为什么我觉得有生命危险，理由简单得让人伤心，那就是我想告发某个人的罪行，结果失败了。

实际上，在我采取行动之前他们也拼命劝我。但现在平静得吓人，我想就要轮到我了。

不过我一个人死就够了。

为了不连累任何人,我打算不管是对父亲,还是对任何人,都继续装作什么事都没有的样子。

这样一来,他们肯定也会觉得我没察觉到危险正在逼近,是个又笨又迟钝的人。只要让他们认为我没跟任何人说过任何话,就是安全的。

小时候我的梦想就是做跟电视有关的工作,所以,我想得到了这份工作的我也是一个幸福的人。

可在我所处的职场中,欺凌、利用职权骚扰和性骚扰都过于平常,如今我都不知道什么是骚扰了。待在这个地方,我觉得正常的感觉在一点点麻木。

也不知是幸还是不幸,我被分配到现在这个岗位后,马上就被可以说是台风风眼的两个人看上了。那就是J电视台的木京P和J制片厂的海野D。

那两个人总是欺负、羞辱、骚扰除了我以外的其他人,根本不管我的意愿。好几个人因此自杀了,可J电视台里没人能治得了木京P,整个氛围就是这样的。

我所在的世界就是这么疯狂。

这种情况让我完全无法忍受,好几次想辞职。可是制作电视节目的工作很有意义,更重要的是,我觉得要是我不在了,会发生更糟糕的事,这让我很害怕。

为了能多少减少一点木京和海野对他人的迫害,能做的我都做了。尽管我做的一切可能不过是自我安慰,但我确实在努力帮助那些受到伤害的人,让那两个人怒火的矛头不指向任何一个人……那时候我也是很拼命的。

可一个月前去国外出差的时候,一切全变了。

我们去参加在东南亚某地方城市举办的电影节。我在那边跟您联系过，所以您是知道的吧？

木京的朋友，古家PRO的古家社长也来了。然后自由活动那天，木京和古家两个人去嫖娼……可怕的是，他们对那名女性施暴，她死了。

住在同一家酒店的我和海野碰上了要去丢弃尸体的他们。女孩的脸已几乎看不出形状，像是被什么东西连续击打过，脖子上还鲜明地留着被掐过的手印。

掐死人的好像是古家，因为他说"当时火一上来又掐死了一个"，并且十分害怕警方从留在死者脖子上的手印提取到自己的指纹。

我马上就想报警，可海野对那两个人言听计从。他决定帮忙弃尸，而为了防止我在他们抛尸期间擅自行动，他把我绑在了床上。

从他们三个人聊天的内容中，我得知他们以前曾在国外给两名女性下安眠药，这么做的目的想都不用想。那次因为药物起作用的时间因人而异，一人先昏睡过去了，另一个人马上察觉到不对劲。她大声呼救，奋力挣扎，并在药效发作之前打伤了海野的头。

可她的抵抗也就只到这里为止了，慌了神的古家最终残忍地掐死了她。

……我被绑了整整六个小时。

想到也许会被杀，我一直在发抖，现在还会反复梦到当时的情形。更可怕的是，去抛尸的那三个人看起来完全是轻车熟路的样子。

等那三个人终于回来，便要求我保密。我实在过于恐惧，就答应了，选择先乖乖回日本。

回国之后，海野几乎每天都到我住的公寓来。

他用各种方式要求我保守秘密，要么威胁，要么安抚，要么承诺让我成名。每次我都会答应他不说出去，可他们好像还是不相信我。

就在那个时候，海野劝我抽点大麻，说那样心情会轻松。

他说他是个瘾君子，而这事被木京和古家知道了，没办法他才帮他们的。还说在受到威胁这件事上，他跟我同是天涯沦落人。

可那些都是骗人的……因为海野津津乐道地跟我说过要怎样杀人才能伪装成自杀，要怎样才能不留下证据，让一切看起来像是一场交通事故。

我表面上顺从他们，暗地里进行着告发他们的准备。

我觉得日本的警察大概不能去调查在国外发生的事件，而且很可能不会相信我的话，所以我决定利用媒体。我事先把情况跟工作时认识的T报社的记者说了，并与她约定秘密会面。

然而我的判断错了。

对我很友善的那位记者是木京的人。会跟她相识也是设计好的，是为了确认我是否要告发他们的陷阱。

令人厌恶的是，知道我的背叛后海野没生气，只是这样对我说："……真蠢，你做什么都没用的。你不知道不管哪个出版社、报社的高层都有我们的人吗？"

他说这话时的笑容跟之前说起伪装成自杀或交通事故的方法时的笑容是一样的。

我明白自己已难逃一死。我能做的只有不再让更多人受伤害。

最后，我想请求爸爸，看完这封信之后请直接烧掉，不要给妈妈看。

我写这封信的目的不是为了揭发那三个人的罪行——在这件事上我已经失败了,并吸取到了教训……不管谁来做,结果都是一样的,肯定会被干掉。

说真的,该不该留下这封信也很让我烦恼。

我这么做的话,会让爸爸背负上超乎想象的重担。也许我应该不让任何人知道,偷偷地死去。

可只有爸爸,我无论如何都希望……您能明白。我不会丢下爸爸妈妈去死的。我想告诉爸爸原原本本的事实。

一直以来我都只做自己相信是正确的事情,我对这样的活法从未觉得后悔,就算能重来一次,我想我还是会做一样的事情。

可惜不能对小佑说声抱歉,这让我心里觉得很遗憾。明明说好了一起去看电影的,可我不可能守约了。

爸爸,请原谅我的不孝。妈妈就拜托您了。

二〇一八年十二月五日 菜穗子

T报 二〇一八年十二月十五日 晚报
民居烧毁 火灾现场发现两具尸体／东京都江东区

十五日黎明,东京都江东区的续木隆三(56岁)家起火,木造的两层住宅全部烧毁。灭火用了约五个小时,在火灾现场发现两具性别不明的尸体。据F警署的警员说,火灾发生时续木隆三的妻子敦子女士(50岁)正在住院,因此不在家。目前尚未联络上独自生活的隆三先生,警方认为两名死者中很可能包括隆三先生,正在加紧确认,并在调查起火原因。

T报 二〇一八年十二月十七日 早报

民居火灾 两具尸体身份查明／东京都江东区

F警署于十六日发布消息,在十五日江东区发生的民居火灾现场发现的两具尸体身份已查明,为户主续木隆三(56岁)及其女儿菜穗子小姐(25岁)。

司法解剖结果显示隆三先生的死因为一氧化碳中毒,尸体在二楼卧室被发现。菜穗子小姐的死因与火灾无关,原定十五日灵前守夜,故遗体暂时停放在家中。F警署表示不排除纵火的可能,正在加紧调查原因。

第三章　本岛　拍摄中断

二〇一九年十月十六日（周三）15:15

佑树一行从墓地回来的时候，公民馆附近弥漫着一股好闻的味道。这是自然，因为信乐正在用铸铁锅做饭。

"这次算告一段落了吧？"

面对信乐的提问，佑树摇了摇头。

"我只是回来拿干活要用的工具。三云小姐和西城先生两个人要在这儿等一会儿了。"

不过佑树被这香味勾得突然觉得疲劳且腹中饥饿，便决定稍作休息。他从保冷箱里挑了一瓶大麦茶。三云和西城分别拿了运动饮料和咖啡。

三云在折叠椅上坐下，深深吸了一口气后问信乐："好香啊，今天要做什么菜啊？"

"等吃的时候就知道了，敬请期待。我打算搞成简单的自助餐形式。"

这时佑树突然想起信乐之前说的话，问道："……对了，之前我们回来的时候你好像说什么'三云组也回来了'。这么说来，茂手木组已经回来了吗？"

"他们回来得可早了，吓我一跳。"

佑树往公民馆内的多功能厅瞟了一眼，然后又问："可他们好像不在啊。去哪儿了？"

"我一直在准备饭菜，不太清楚啊。木京P和古家社长也不知道什么时候就不见了，杯子和酒瓶还丢在那儿呢。那两个人太我行我素，没辙。"

肩膀上挂着摄像机、嘴上叼着烟的西城苦笑道："每次不都是这样嘛。"

"他们在会打扰我准备晚饭，走开了反倒是好事。"

"喂，你又把心里话说出来啦。"

"不好意思，我不太会说话。我想他们俩现在肯定都在里面的小房间里。"

多功能厅里好像空无一人，要是在小房间里午睡的话，那就算呼噜响彻天估计在这里也听不到。

"……这是什么？"

三云突然插嘴问了这么一句。她指着折叠桌上的纸盘，上面放着没料理过的竹荚鱼，看起来不像是用来下酒的。

信乐露出不好意思的表情，说道："哦，我想给刚才那只黑猫来着。那只猫很亲人，我想它应该会吃吧……可就在我准备的时候，它不知道跑哪儿去了。"

佑树四下张望寻找那只猫的身影，可惜好像不在附近。他稍微有些失望，又问信乐："茂手木组的那三个人呢？"

信乐压低声音说："好像拍摄的时候茂手木教授和海野D吵了起来。教授怒气冲冲地说还有调查不到位的地方，自己一个人出去了。八名川小姐说还想再拍一些岛上的画面，也出发了。不过我想他们很快都会回来的。"

"海野D呢？"

这个问题信乐答不上来。

"这个啊，关于海野D我也完全不知道。他好像不太高兴的样子，不过似乎也没进公民馆里。"

西城舒服地喝着咖啡，说："那就是和平时一样，抽烟去了吧。"

"他看起来坐立不安的，可能是缺尼古丁了。"

……如果是这样，那海野应该是去抽烟了。

这半年来，佑树已经收集到了海野习惯性吸食LSD药物及大麻的证据。他应该也把那些东西带到了幽世岛上来，很可能是谎称抽烟，其实是去抽大麻了。

佑树拿出随身包里的无线对讲机，说："要联系一下吗？"

也差不多到了汇报外景拍摄情况的时候了。他对着无线对讲机呼叫："我是龙泉。海野先生，关于拍摄，有事要向你汇报。请尽快回公民馆遗迹。"

然而等了半天也没有回应。

"……发生什么事了吗？海野先生，请回话。"

又连着问了一分多钟，佑树只觉得胃里发沉。他感觉可能发生了糟糕的事情。

海野是个瘾君子，很可能因为吸食过量昏倒了，这可直接关乎性命。

……在我亲手杀死你之前，你可千万别擅自暴毙荒野。

佑树在心里咋舌，他粗鲁地把无线对讲机放回随身包的外袋，然后对三云和西城说："没人回应，说不定他身体突然不舒服，咱们分头去找找吧。我去港口那边，西城先生去公民馆遗迹后面……"

"我能说一句吗？"

佑树回过头，看到三云正表情凝重地看着他。

"刚才你用无线对讲机呼叫的时候，我好像听到有你的声音从那边传过来。是顺风传来的声音，很微弱。"

"你这么一说，我好像也听到了。"

三云和西城指的是从公民馆遗迹看过去的东边方向，那里树木十分繁茂。

"我去看一下。"

说着佑树就迈步往那边走，西城仍挂着摄像机，一手抓着瓶装咖啡跟了过来。烟他似乎已丢到了烟灰缸里。略迟一步，三云也来了。

路上西城边把咖啡往背包里塞边说："大概是海野 D 不小心弄掉了对讲机吧，没必要一副如临大敌的表情啦。"

"做好最坏的打算反而能安心一些。"

佑树说完再次取出对讲机，按住通话按钮，用手指弹了好几次话筒。

如同在回应他一般，从眼前一棵树的背后传来砰砰的声音。正如三云所言，对讲机好像就在他们前方，距离公民馆前方的广场约五十米的地方。

那棵树约五米高，细长的树叶非常大。最为突出的特点是结着像菠萝一样的果实。

西城看着那棵树，眨了眨眼。

"菠萝树能长这么大吗？"

"不对，这是露兜树。"

"露兜树？"

"果实倒是也能吃，不过好像不好吃。据说冲绳的椰子蟹爱吃。"

"……龙泉先生真博学，人不可貌相啊。"三云用讥诮的口吻插嘴道。

"是来踩点的时候向导告诉我的。"

这是假话，其实佑树为报仇计划做准备的时候熟读了亚热带植物图鉴，这些知识都是他泡在植物园里得来的。

制订计划的时候他也做好了心理准备，知道预料之外的事情是不可避免的。为了到时能灵活应对，他特意重点调查有毒的植物和昆虫，当然这是为了能在当地搞到毒药。

成熟了的露兜树果实散发出甜味。西城走过这棵树，在旁边的灌木边发现了掉落的对讲机，他指着对讲机说道："看，果然只是弄掉了而已——"

不过西城这句话还没说完就戛然而止，因为他已先一步绕到了露兜树后。跟上的三云也低低地惊呼了一声，几乎同时，佑树也僵住了。

……乍一看，完全不知道发生了什么事。

海野仰面躺在盛开着紫红色大花的灌木上。

灌木高约六十厘米，海野似乎压折了树枝，看起来就像他的身体深陷于花丛中。

换个角度或许可以说海野就像睡在装点着花朵的低弹力自然床垫上。然而现场的情形并不容许他们产生这类无聊的联想。

海野的叠穿T恤前面被染得通红，中心开了一个小孔，现在仍有血在一点点渗出。

"……啊？"

虽然知道作为发现尸体的人第一反应是发出这样的声音很不正常，可佑树控制不住。他用尽全力才把从心底涌上来的

"你怎么随随便便就被别人杀了啊"这句话压了回去。

四周全是血。包住海野全身的灌木的枝叶上也沾了血。海野的身体上有蹭到的血迹，周围的叶和花上也有多处血痕，应该是飞溅上的。

过了一会儿，西城用颤抖的声音嗫嚅道："这，是怎么回事？"

说实在的，佑树才是最想知道答案的人。

他拼命让因惊愕而麻木的脑子转起来，试图去理解眼前的情况。

海野不是会搞恶作剧吓唬自己员工的那种人。他的性格要是还有这种可爱之处，那多少还有药可救。如果说这不是他自编自导，那就只能认为是被什么人抢先一步下手了。

这名副其实是最坏的情况。

佑树双手紧握，指甲几乎把手掌掐出血来。然而现在无论多疼，都被崩溃发狂的感情遮盖了。

当然，见计划乱了套，佑树不可能不焦急不慌乱。可比起那些，更让他受不了的是未能守住在菜穗子和隆三的遗体前立下的誓言……这到底是谁干的？他紧咬牙关，因自己的没用而感到极其恼火。

看上去海野像是心脏被刺中了。

伤口很小，凶器肯定是类似碎冰锥（锥形）的东西。然后因为用蛮力硬拔了出来，周围才会到处都是喷出来的血。这种情况不太可能是自杀。

不知是不是正好想到了同样的事情，西城开口道："这简直……跟'幽世岛的野兽'事件一样嘛。"

正如他所说，刺死海野的人应该是想再现过去发生的那起事件。

三云的脸色眼看着越来越苍白,身子也摇晃起来。西城想去扶她,可三云像是拒绝一般,右手撑在了露兜树上。

佑树自己也感觉脑内神经乱跳,头发热,完全无法集中精力思考。他闭上眼睛,想稍微冷静一下。

可以确定,在这座岛上,除了佑树以外,还有其他心存杀意的人。

本来海野这个人就遭到异常多的人记恨,这是他自己不好。想置他于死地的人恐怕多如繁星,从某种意义上来说,他何时被杀都不奇怪。

在杀人计划就要实施的关头却被人抢先了,佑树知道小说和电影里有这样的情节,可没想到竟会发生在自己身上……

而且,那个对佑树而言的"碍事鬼"跟意在打造一次"实用性犯罪"的他目标似乎截然相反,否则那人不会意图重现过去的事件。

渐渐冷静下来的佑树缓缓睁开眼睛。

可不能容许这个不知从哪儿冒出来的人进一步妨碍他的报仇计划。要打破这个局面,他只能想到一个方法。

找出杀害海野的碍事鬼,把他囚禁起来……只有这一个办法。

多少有些消极懈怠情绪的佑树实在抑制不住自嘲的心情。谁能想到为了圆满完成报仇计划,却搞成了要玩侦探游戏的局面。龙泉家的家训"不管多么不可能的事情都有可能发生"竟然是真的。

在小说之类的虚构故事里,经常出现图谋犯罪的人为了保护自己而玩起侦探游戏。但佑树对自保没多大兴趣。

如果说报仇的结果是被逮捕或丧命，他会想着"那就这样吧"，坦然接受。可要是实施计划的途中被一个碍事鬼杀掉，那是绝对不行的。

……无论如何，必须尽快找出这个碍事鬼是谁。

他又打量起事发现场，想找到蛛丝马迹。

灌木周围几米内都很泥泞，泥地上留有一串浅浅的人类的脚印，方向是走向灌木的。要说有什么意外发现，那就是到处都是猫的脚印，除此之外没有其他痕迹了。

那一串人类的脚印应该是海野的，这一点可以肯定。

想到这里，佑树感到一阵头痛。

因为他意识到那个碍事鬼还表演了一出带有不可能犯罪色彩的"无足迹杀人"。这家伙跟他真是水火不容。

"……西城先生，请你用相机把周围的情况都拍下来。"

被佑树这么一叫，一直魂不守舍呆站着的西城表情转为困惑："啊？可这绝对不能在电视上播吧。"

"跟电视没关系，我是想到跟警察说岛上发生的事情时，留下记录比较好。"

倚靠着露兜树的三云猛地直起身子，用沙哑的声音说："特别是留在地面上的脚印，最好着重拍下来。"

佑树不由得眯起了眼睛，他很意外她也留意到了这一点。

"知、知道了。"

等待西城完成一系列拍摄期间，佑树查看了灌木四周的猫脚印。不知是不是因为是野猫的缘故，跟他在家附近见过的家猫相比，爪子好像要大一些。形状可爱的脚印每一个都深深地印在地上，所以很容易看出猫的行动路线。

看起来它似乎来来回回反复靠近又远离灌木，其中还有应该是踩到血之后的脚印。灌木旁边还留下了用力蹬地的痕迹，应该是跳了起来。也许是发现了海野的尸体后凑了过去，又被吓得逃开了。

佑树慢慢走近灌木，尽量避免干扰到海野留下的脚印，但每前进一步，他的脚印还是清晰地留了下来。此时地面似乎仍旧很松软。

海野的身体陷在紫红色的花丛中。

虽说发誓要报仇，但佑树过的一直是标准的平稳人生。到今天为止他都甚至不曾让他人受过伤。他喜欢读推理小说，但从没实际见过死于他杀的尸体。而且这是他第一次亲眼看到如此异常的"死相"。

他压下一阵阵从心底涌出的想逃的冲动，伸出手，手指按在海野的颈部……感觉不到脉搏，不过身体还留有余温。

"没救了。"

过了五秒左右，佑树收回手，回头看向紧挨着他站在身后的三云。她的脸色依旧没有恢复。西城也中断了拍摄，凑过来惴惴不安地问："是被人杀死的吗？"

"看这情况似乎只能这么认为了。体温还没怎么下降，估计刚被刺死没多久。"

"……是谁干的呢？"

"很明显不是我、你还有三云小姐干的。"

不知是不是还没想到这点，西城一怔，之后慌忙点头道："是啊，那肯定是啊。"

三云压低声音，附和般接着说道："我们最后一次看到海野D，应该是环岛途中碰到茂手木组的时候。那之后我们三人一直在一起行动，所以凶手在我们三人之外的那五个人之中。"

"……或者,这岛上说不定除了我们还有别人。"

西城的语气中带有希望如此的期盼。然而佑树觉得实在不太可能。

首先需要获得批准才能上幽世岛,其次,尽管有宝藏传说,但这里也不是众人熟知的知名地点。如果是寻宝的人擅自上岛,这人又刚好是杀人犯,也未免太巧了。

反而是考虑到海野这个人的人品,认为他是被身边的人杀害的猜测比较合理。

"……不像是外人作案。"

佑树蹲下来,边说边抬起了头。西城也学着弯下腰。只见一把小巧的碎冰锥掉落在灌木下方。

"这是凶器?"

碎冰锥掉在被海野的血染红的那一带。碎冰锥还很新,尖端部分呈朱红色。三云好像有些头晕,她以手撑地,很快又闭上了眼睛,说:"我想这把碎冰锥应该就是刚才他们用来调制加冰威士忌时用的那把。大小、形状还有标签都一样。"

"如果这是木京P带过来的那把,那就是凶手把放在营地的碎冰锥拿过来了。"

西城仿如呻吟般说道,佑树也点点头。

"信乐就在外面做饭,就算岛上除了我们以外还有别人,那个人应该也不会冒那么大的风险去拿碎冰锥吧。"

"确实。"

"但如果是前来拍摄的工作人员中的某个人,要不引起信乐的注意拿走碎冰锥,我想并不难。"

一阵沉重的沉默。不久后西城露出一副没招了的表情,开口道:"遇到这种情况的话,在警察来之前不能碰现场吧?"

"是这样的。可就算现在报警,警察过来岛上也要花不少时间吧?在那之前不知道凶手是谁,我想我们会慌乱不安的。"

闻言三云皱起眉。

"你该不会想在警察来之前找出凶手吧?"

"就算只是为了保护自己,我想也该这么做。"

两个人像在互相试探般对视着。

"……怎么被卷入杀人案你还能这么镇静啊?"

"我只是照家训行事而已。而这句话同样能用在你身上。"

"你觉得我应该大声哭喊,或者歇斯底里,抑或直接昏过去才对?"

三云这么说着,露出了微笑,可她的身体在微微颤抖,出卖了努力装出的微笑。

直到这时佑树才发现她的强势仅仅是虚张声势。她的眼中藏着深深的胆怯,同时对危险的恐惧和无措已无处隐藏,流露了出来。

可能是看不下去他们俩这样,西城的声音少见地冷酷起来。

"在这种情况下就别吵架了好不好啊,求求你们了。"

佑树自己也很后悔把话说重了,可他决定不直接向三云道歉,因为他觉得继续假装没注意到她在逞强反而好些。

"……先把尸体从树上搬下来吧。"

之后佑树和西城两人合力把海野抬了起来。

脱力的关节软绵绵的,一旦抬起,尸身就彻底搭到了他们的手臂上。佑树穿着的灰色T恤上沾满了血,可现在不是在意这些的时候。

搬动尸体时西城差点儿摔倒。

"没事吧?"

"抱歉，我被海野D的对讲机绊到了。我先把这个塞到灌木下面去。"

就这样，他们清出一块地方，把海野放到了地上。佑树将视线移到上面已经没有了尸体，空有一处凹陷的灌木上。

除了移动海野尸体时弄断的树枝，灌木上方的凹陷呈现出一个完整的人形。也就是说，他躺倒在灌木上之后就没移动过。

凹陷处下方的枝叶上也有大量滴落的血迹。佑树觉得奇怪，便把海野的尸体翻过来查看他的后背。

"唔，看起来伤口很深，贯穿到了后背。"

海野的T恤后背上也破了一个洞，现在还有血在一点点渗出来。从衣服纤维的破损方式来看，应该是从胸口刺进去的东西刺穿了T恤。

西城似乎忍不住微微发起抖来。

"凶手刺中海野D的时候肯定用了格外大的力气。"

"我……我回公民馆去叫大家来。"

三云这么说着，猛地扭过头开始后退。看她的脸色和踉踉跄跄的脚步，搞不好下一秒就会吐出来。大概她一直在逞强，也到了极限。

"喂，都说别乱动了！"

西城厉声叫道，可三云没有停下脚步。

"让她一个人去太危险了，西城先生你也跟去好吗？我留在这里看着尸体。"

"那抱歉了。"

"可以的话，麻烦你也看一下碎冰锥是不是不见了。"

目送把摄像机夹在腋下跑出去的西城的背影，佑树低下头，冷冷地看着海野的尸体。他看到了尸体胸前口袋里的便携式烟灰盒……佑树知道这个烟灰盒里有个隐蔽的暗格，海野平时都把违法药物藏在那里。

佑树轻轻叹了口气。

"事情变成这样，只能说遗憾了。本来今天晚上该由我杀了你的。"

当然海野没有任何反应。即便如此，佑树也刻意保持恭敬，用平时工作时跟海野说话的语气继续道："就算我说得不对，也请不要当我是在开玩笑。你用卑劣的手段害死了续木菜穗子，我无论如何都要让你遭到惩罚。"

看了菜穗子的遗书，佑树毫不怀疑里面写的都是真的。不过他也进行了一番验证。

首先，佑树通过认识的人收集到了菜穗子车祸现场的轮胎痕迹和已经变为一堆废铁的那辆小型车的信息。接着独立查明了那场车祸极有可能不是事故，而是有人蓄意安排的。他还确认到在续木家被烧之前和之后，附近的摄像头都拍到了海野的身影。

进入 J 制片厂以后，他又花了四个多月的时间，把公司里发生的事情、在东南亚某国发生的事情，以及那三个人的私生活全都彻查了一番。

结果一件一件都证实了菜穗子遗书中写的句句属实。佑树这才下定决心，实施计划。

想到这里，佑树露出苦笑。

"……然而你竟然如此轻易地从我手中逃脱了，真伤脑筋啊。我真服了你的恶人运了。"

唾弃般地说完这句，佑树慢慢站了起来。然后注视着自己和西城、三云留在地上的脚印。

看得出来，只有和西城一起抬起海野时的脚印稍微深一些。应该是海野留下来的脚印的深度跟空手时的佑树等人留下的差不多，都非常浅……看来那串脚印是海野自己走过时留下的。

最后他抬头看向灌木上方。

灌木的正上方毫无遮挡，能直接看到天空，旁边的树也没有树枝伸过来。那么，应该很难利用树枝把什么东西吊到灌木上方。

佑树第二次叹气。

"我真的是不想玩侦探游戏啊……必须赶紧查明事情真相才行。"

没过五分钟，此次拍摄的所有人员……也就是剩下的八个人，都来到了露兜树下。

西城和三云回公民馆的时候，茂手木和八名川刚好回来。木京和古家在各自小房间的帐篷里沉睡。

佑树看了看所有人的着装，没人换过衣服。

而且原本就没有穿黑衣服的人，所以要是沾上了血迹，应该一眼就能看出来，但没有一个人的衣服上有沾染了血迹的痕迹。当然，搬动过海野尸体的佑树和西城除外。

最晚赶来的信乐紧紧地握着卫星电话，一副要哭的表情说："怎么办，卫星电话坏了，既没办法报警也没办法求救。"

这可真是彻头彻尾的最糟糕的情况，木京和古家的酒看起来都彻底醒了。只是这两个人面对海野的遭遇没表现出任何哀悼之情。

古家左手抱着爱犬塔拉，居然还能用右手灵活地抢过信乐手里的卫星电话。

"给我！"

他发疯似的不断敲击电话上的按钮，发出含混不清的叫喊。

关于这个，佑树没什么可说的。因为破坏卫星电话的人正是他。

为了保证计划开始之后就算出了错自己也不会畏缩不前，佑树故意制造出背水一战的状况。而其中的一个环节，就是把卫星电话彻底弄坏。

然而现在想想，这是一处败笔……佑树打从心底感到后悔，但如此异常的事态谁都预料不到。就是对跟报仇无关的人感到过意不去。

木京很平静，和古家表现出两种极端。似乎不管谁死了，对他而言都只是发生了一件棘手的麻烦事。佑树听见他这样嘟囔："这下节目要被束之高阁啦，唉。"

他低下头，目光冰冷地看着海野，缓缓地抽着烟，不知是不是在考虑如何善后。大概连自己人也对他的这种态度感到愤慨，只见古家用力挥动右手，把卫星电话摔在了地上，叫嚷起来："木京，什么时候了，你还有闲心想这些！"

塔拉像在配合般狂吠起来。被摔出去的卫星电话运气不好，狠狠地撞上一块大石头，天线折弯了。木京回给古家一个浅笑。

"……真脏，别喷口水啊。"

"你！"

古家把塔拉放到地上，想去抓住木京。旁边的茂手木和八名川慌忙阻止。一点肌肉都没有的古家轻易就被反扭了双手。

塔拉似乎对主人面临的危机没什么兴趣，冲着佑树叫了一声之后又跑到西城面前汪汪叫了起来。也许是二人搬动海野尸体时沾到衣服上的血刺激了它。

古家打了个手势表示不会再做什么，然后恨恨地丢下一句话："在场的没有一个人有脑子能理解现在的情况吗？我们被杀害海野的凶手困在了这座岛上啊！"

这话虽然没全说中，但与现状相去不远。不过就算佑树没有破坏卫星电话，那个"碍事鬼"也极有可能去破坏。

其实每个人应该都察觉到了被困在岛上的事实，然而被人道破似乎对众人造成了极大的打击。包括兴奋过度后又蔫下来的古家在内，所有人都默不作声。

趁这个机会，佑树把发现海野的经过简短地做了说明。

一些关键的地方西城和三云进行了补充，并告诉大家西城用摄像机把现场拍了下来，还明确指出三云组的人没有行凶的可能。

就在说明到尾声的时候，不知从哪儿传来一声"喵"。

佑树吓了一跳，差点儿原地跳起来，不过马上反应过来应该是那只黑猫的叫声。他连忙寻找黑猫的身影。

黑猫躺在离他们二十米左右的树根下，正挥舞着右前爪扑蝴蝶。

塔拉又以黑猫为目标激烈地吠叫起来。古家见状连忙把它抱了起来。

"会染上病的，不许过去啊，塔拉。"

黑猫似乎瞟了塔拉一眼，依然姿势不变地躺在地上。趁着佑树的注意力完全被黑猫吸引过去，三云开口接着说道："……由于凶器是碎冰锥，所以只能认为凶手就在我们中间。不好意思，需要确认各位的不在场证明。"

她似乎无意多做粉饰，不出所料，气氛僵住了。情绪再次升温的古家瞪大了充血的眼睛，质问她："你当自己是警察了吗？区区一个白拿钱的小歌手，别拿到一次电视台的工作就以为自己多特殊。"

仿佛是为了发泄先前的愤懑，这话说得充满恶意。三云的表情顿时失控。佑树曾多次见过这样的景象，遭到木京或海野的言语羞辱，精神失去平衡，需要住院治疗的人都会露出类似的表情。

佑树沉默不下去了，他开口道："恕我直言……既然卫星电话用不了，船来之前我们又没办法离开这座岛。从现在起到十月十八日还有两天，什么都不做我想不是个好办法。"

古家眯起眼睛，似乎在看是哪个年轻人敢顶嘴。

"你应该是那个，J制片厂的AD？刚才你好像也对木京说了些胡话啊。"

"是的。我也有名有姓，叫龙泉佑树。"

在那些趋炎附势的人身上，他的姓氏总会引发戏剧性的效果。果不其然，古家瞬间面露狼狈，不过他马上就恢复了嘲弄的态度。

"我听木京说过，他的下属里有个说也不是骂也不是的公子哥儿，他很头疼不知该怎么对待。"

"……公子哥儿，是关西话里'少爷'的意思吧？"

古家被气得一口气上不来，这时木京把抽到一半的烟弹了出去，向前一步道："别再装傻充愣了，在这见鬼的情况下还玩这一套，简直令人作呕。"

佑树踩灭了落在杂草上的烟，然后捡了起来。

"我可不是在装傻，只是单纯地好奇'公子哥儿是什么？'……不管怎么说，现在我知道了。"

木京哼了一声。

"脸皮真够厚的。要不是知道你不可能行凶,你肯定是头号嫌疑人。"

木京似乎已认定佑树是个需要戒备的人。

在这个意义上毫无疑问是佑树失算了,不过眼下最好先去考虑如何能尽早解决那个碍事鬼。

"话说回来,就算不调查不在场证明,也能找出谁是杀害海野的凶手。"

佑树接下来的这句话,令众人花了足足约十秒钟才消化理解。黑猫依旧优哉地躺在树下。

带头的是八名川。她双手抱胸说道:"我倒是不介意说明自己的行动……只是我和茂手木教授在完成拍摄之后就分头行动了,独自一人的时间比较多,大概会成为嫌疑人吧。"

茂手木也一脸不情愿地说道:"我在港口附近看到了木叶蝶,就开始调查,仅此而已。木叶蝶是濒危物种,而且在这座岛上的目击案例不多。因为这点事就被当成凶手,也太没道理了。"

这句话引得八名川再次开口。

"我也没干什么可疑的事啊,我只是想去岛上各处都拍一拍而已。"

"照你这么说,那怎么那么早就回来了啊?"

指出疑点的是同为摄影师的西城。

"之前教授和海野D吵了起来导致拍摄中断,我想着这时候差不多该和好了吧,于是过来看看情况……当然了,路上我一个人都没碰到,所以也没什么不在场证明之类的。"

不知是不是无法忍受只有自己这组人遭到怀疑,茂手木犀利地说:"一个人准备晚饭的信乐也值得怀疑啊。因为就算他稍微离开岗位一会儿估计也没人发现,他拥有自由行动的时间。"

被点到名字的信乐不高兴地回敬道:"这点上木京P和古家社长也一样吧?我一直在专心做菜,没注意他们俩拖拖拉拉喝到了什么时候,觉得他们好像进了公民馆里面,但也不是清楚地看到了。"

他又把心里想的啰啰唆唆都说了出来。

不过这次未必是一不留神说出来的,也许他早已下定决心,这次摄影结束之后就辞掉这份零工。决意辞职的人大都无所畏惧,信乐也不例外,不管是古家瞪他,还是塔拉对着他吠叫,他都不为所动。

木京突然低声笑了出来。

"怎么,一听事关有没有不在场证明,一个个就跟女人似的口无遮拦……顺便一提,我也不记得喝到什么时候。散了之后我就去帐篷里睡觉,所以也不知道古家干了什么。"

古家用沉默被动地表达了赞同。似乎知道没有不在场证明的不只自己一个,他就稍微放心了。

佑树苦笑着说:"真不好意思,难为你们都做了说明,可我要说的真的跟有没有不在场证明无关。"

"那你说问题出在哪里?"

三云说这话的口气中带有挑战的意味。

"真相极为简单……最大的问题是能不能让各位接受。"

不出所料,多数人的表情变了,像是在说别拿腔拿调了赶紧往下说。三云是个例外,只有她看上去恐惧多于焦虑。

佑树牢牢记住了她的表情,深吸一口气之后继续说道:"现场有两点解释不通。一个我已经说过了,周围没有疑似凶手留下的脚印。"

闻言茂手木耸了耸肩。

"不就是凶手玩了什么诡计嘛。看这个情况啊,我想是用投飞镖的手法把碎冰锥投了出去。"

听了这话,佑树不由得半张着嘴愣住了。

因为他没想到茂手木这个人会讲出如此粗糙的推理。在他原本的计划中,茂手木将扮演侦探,讲出伪解答……看来需要重新考虑一下角色分配了。

佑树在心里叹息着,说道:"恕我直言,投掷碎冰锥不会造成贯穿到后背那么深的伤口。"

"那就肯定是用什么东西把尸体吊起来,移动到灌木上方。只能是这样。"

"您也看到了,那棵树上方没有伸出来的枝条,所以不可能把尸体挂在树枝上再进行移动。"

"那么就是那个了。用一架巨大的无人机——"

没空听茂手木这些荒诞的推理了,佑树打断了他的话。

"我们先把没有脚印这点放到一边,比起这个,我想更应该思考的是'凶手为什么要特意把凶器拔出来'?"

闻言信乐一副恍然大悟的样子,开口道:"对呀。只要不拔出凶器,周围就不会全是血了啊。"

"拔出凶器还会让自己身上溅到血,对凶手而言是很不利的行为。尽管如此也要拔出来,那凶手肯定有不得不这么做的理由。"

受到这句话的启发,大家开始检查彼此的衣服。其中还有人为了证明自己的清白,主动让别人看后背。

"可好像既没有人身上溅到血,也没有人换过衣服啊?啊,龙泉先生和西城先生的衣服上沾了血,可是你们两个有不在场证明。"

对于信乐的反驳，佑树点了点头。

"凶手要么准备了雨衣之类的东西，以防止身上溅到血。要么现在还穿着沾血的衣服，但是谁都没发现……我想真实情况就在这两者之中。"

"第二个不太可能吧？没有人穿黑衣服，不管是谁，只要身上沾了血，一眼就能看出来。"

这话无从反驳，不过佑树认为未必一定不可能。众人同时沉默了一瞬，茂手木像是瞅准了这个间隙，再次开口："来想想凶手拔出凶器的原因吧……因为碎冰锥就掉在尸体边，所以目的应该不是为了隐瞒凶器。那就只能认为是为了掩盖现场已有的血，所以要洒上新的血。"

佑树不理会这没头没脑的推理，拿手帕裹住灌木下方的碎冰锥捡了起来。

"因为过于简单，我还以为很多人都注意到了：这把碎冰锥不是杀害了海野D的凶器……你们看，针尖部分太短了。"

佑树边说边指了指碎冰锥的针尖。三云在做加冰威士忌的时候用过碎冰锥，所以立即出言附和。

"说得是啊。针尖只有约六厘米长，不够贯穿人的身体。"

"那当然了，我特意选了便于携带的迷你尺寸。"

碎冰锥的主人木京插嘴说了这么一句。

"这样一来，作为前提的事实里就有一件站不住脚了。凶手用不是碎冰锥的某样东西杀害了海野D……那么是不是可以认为凶手不能把那样东西留在尸体上，不得已才拔了出来呢？"

听到这里，西城轻轻呻吟出声。

"还特意准备了用于伪装的凶器，那么那样东西说不定能指出凶手的身份，对凶手而言是很危险的，是这么回事吧？"

"……我想应该不是普普通通的东西。"

佑树垂下眼帘说完，茂手木又一次插嘴。

"那凶器就是弹簧弓箭的箭了。只要看准海野站在灌木旁边的时候下手，就能不留下脚印行凶。"

这次的推理佑树也不好不理会。

"弹簧弓箭的箭能不能造成那么深的伤，我想还不好说。这次的这种情况，还需要绑根绳子，好取回射出去的箭。"

若在箭上绑绳子，则空气阻力增大，威力减弱。佑树继续说道："就算假设凶手是这么做的，是不是能够把箭收回来，也还存疑。"

"为什么？"

"贯穿到后背的箭应该轻易拔不出来吧。岂止如此，我想更有可能发生的是箭和尸体被一起拉动。"

说到这里，佑树借助西城拍摄的影像，给大家看灌木上形成的凹陷，证明没有海野的身体倒在灌木上之后又被移动过的痕迹。

八名川专注地看着留在摄像机里的影像，说道："看留在周围的血迹，不太像拔出凶器之后再搬动尸体放到灌木上的。因为如果是那样的话，灌木周围应该有更多血才对，不然不合理。"

"正是如此。"

"那这样的话……不管凶器是什么，为了拔出凶器，凶手都必须走到尸体旁边，不是吗？"

"嗯，我认为凶手肯定是亲手把凶器拔出来的。"

一直默默听着的木京笑了起来。

"这可跟现场没有脚印的情况相矛盾啊。事件依然无法都释，情况一点都没变，连一毫米的进展都没有吧？"

"不不，距离锁定凶手只差一步了……至少我们发现了凶手的行动上有新的矛盾。这个凶手'明明应该有计划性又很谨慎，可考虑问题时却浅薄又马虎'。"

"什么鬼话。"

"具体来说，凶手会弄出一个没有脚印的现场扰乱我们，并想方设法不让自己溅到血等行动，说明他做事有计划且谨慎……然而同时凶手却又使用了不能留在现场的武器，明明准备了碎冰锥伪装成凶器，真凶器却在海野D身上刺得太深，这又说明他考虑问题时浅薄又马虎。"

木京像是略感佩服，他呼出一口气，道："让你这么一说，确实是这样。"

"这次的外景拍摄还将继续几日，就算对海野D心存杀机，凶手也不必如此着急。他大可以准备好更合适的凶器之后再对海野D下手。"

这是佑树从自身的实际经验出发得出的看法。他就是打算看准大家都沉睡的时机行凶。那个碍事鬼为什么没这么做，一直让他百思不得其解。

"……然后呢，要怎么解决这个矛盾？"

"分析一下凶手的行动特征，就能看到解决的眉目。光天化日之下在公民馆遗迹附近袭击海野D，有被人听到声音的危险，而没被任何人看到也不过是运气好而已。"

三云用力点头表示赞同。

"凶手'考虑问题时浅薄又马虎'，这点又加了一分。"

"要是'考虑问题时浅薄又马虎'这一特性很明显……那凶手或许并不是我们所认为的有计划性且小心谨慎。"

三云似乎不太明白这番话的意思，不再说话了。反而是茂手木瞪大了眼睛开口道："难道你的意思是凶手既没有弄什么脚印诡计，也没有想办法防止溅到血？"

"嗯，凶手本来就不必搞什么脚印诡计，身上溅到血也不会有人注意到。"

"……怪了。那就是说，凶手不在我们八个人之中。"

"这就是真相。"

茂手木嘴里嘟囔着什么，像在反刍这句话，不久后他扫视了周围一圈，然后目光落在一个点上。

"哦，我明白你的意思了。确实有符合凶手条件的家伙。"

他伸手指向那只黑猫。黑猫正如其名，一身黑色的毛，就算沾了血也看不出来。

佑树的视线不离黑猫，用力点点头。

"答对了。杀害海野D的，确定无疑就是那个生物。"

第四章　本岛　异常事态

二〇一九年十月十六日（周三）16:20

黑猫闭着眼睛，不知是不是在午睡。

这番推理就算被认为是无稽之谈也没办法，而最先表现出歇斯底里反应的是古家。他发出尖锐的笑声。

"花了大半天时间故弄玄虚，这算什么啊？居然说猫是凶手，哪有这么荒谬的事！"

他会有这种反应也在预料之内，所以佑树的心情像是认了。

"因为形态是猫，所以出于方便就叫它黑猫了……但它本身并不是猫。"

听到佑树这样一本正经地回应，古家脸上的肉一阵阵抽动起来。

"你还在胡说八道！那要不是猫的话是什么？"

"我也不知道。只能说是名副其实的未知生物。说不定称它为不明真身的生命体更恰当。"

三云"嘶"地倒吸了一口凉气，不过淹没在了其余众人的喧哗声中。

站在批判的风暴中央，佑树只得露出苦笑。

"所以我不是说了嘛,最大的问题是能不能让大家接受……我知道你们恨不得把我踹翻,可是,请先听我解释一下。"

看到大家虽不情愿但也安静了下来,佑树再次开口。

"我应该更早注意到的。毕竟我是这里第一个遇到黑猫的人,其实从那时起就显露出端倪了。"

西城似乎努力想理解佑树的话,可一番脑内苦战之后他还是放弃了,开口道:"抱歉,我完全听不懂。这怎么看都是一只普通的猫啊。"

"第一次碰到这只生物的时候,我就觉得它是一只奇怪的猫……比如说,这只黑猫从高处往下跳的时候,落地时会发出很大的一声钝响。"

"唔,没什么印象。"

"还有走在海上石子路上的时候,这只黑猫踩到小石子时发出了跟人踩踏时一样的嚓嚓声。"

西城依旧一头雾水。亲历过同一情境的三云也不置可否,紧抿嘴唇,一言不发。

即便没得到他们二人的认同,佑树也不着急。

"与黑猫相遇的整个过程都记录在摄像机里,运气好的话也许声音也录进去了。"

听到这里,西城胡乱抓着头发说道:"我好像有点想起来了。走在海上连通路上的时候好像确实有声音。可就算落地的声音和脚步声不对劲,跟它不是黑猫又有什么关系呢?"

"因为事关体重。"

"体重?"

"我小时候也养过猫,知道猫这种动物身体能力很出色,是一种行动轻巧的动物。从高处跳下来落到有土或草覆盖的地面时不会弄出像是重物落地的声音，在石子路上走动的时候也几乎不会发出声音。"

菜穗子养的小米就是这样。它像贵妇一样冷艳，只要它愿意，做什么都可以不发出声音。

这时茂手木教授开口了，像是给佑树的话做补充。

"龙泉先生说的没错……家猫的平均体重在三到五公斤，这只黑猫的大小和体型都和普通家猫一样，体重应该也在平均范围内才对。"

"正是如此。只有三到五公斤的猫，从高处跳下来或走动时，不可能发出那么大的声音。"

这次西城似乎想不到什么反驳的话，只是有气无力地嘀咕："让你们这么一说，确实不对劲。"

茂手木双手缓缓抱在胸前，转向佑树。

"也就是说，龙泉先生是这么想的吧？不可能有这般大小却那么重的猫，因此那边那只可能不是猫……"

到底是屡次说出不靠谱推理的茂手木，他似乎拥有不管对方说的内容多么天马行空，他也能接受的柔软的思考能力。岂止如此，此时他甚至眼里放光。

然而……他是极少数。不出所料，多数人散发出实在难以苟同的气息。

第一个将此化为语言的是木京。他语气嘲弄地对茂手木说："老师，别这么轻易就上当了。你这样居然也能当上教授。"

"你说什么，真没礼貌！"

"总之你们醒醒吧。龙泉从头到尾都没有找出凶手的意思，他只是想逼我们相信'幽世岛的野兽'确实存在。"

一口气说完，木京猛地一个转身，冲着佑树说："我不知道你想干什么,但这里没人傻到会接受你这种超时代的解释……说什么体重不正常的依据是'发出的声音'什么的,全都是模棱两可的话。这些鬼话没有半分可信度。"

早就料到会有这种反驳,佑树露出苦笑。

"唉,通常都会像你这么想吧。不过,就是现在,这个现场也留下了猫的体重不一般的证据。"

包括木京在内,所有人的视线都集中到了灌木周围。

留下的脚印已经被踩乱了,不太好分辨,但也有不少完整的。不一会儿,凑近地面查看脚印的信乐惊呼出声。看来他第一个领会了佑树的话中之意。

信乐的眼前有一个猫脚印。

人留下的脚印都只在泥地上印下极为浅淡的痕迹,而猫的脚印在地面上实实在在地按下了深深的痕迹。

"正如你们所见,只有猫的脚印异常之深。就连我和西城把海野D从灌木上搬下来的时候留下的脚印也只是稍微深了一点点。这也就是说,那只猫踩在地面上的压力,比我们的鞋子踩在地面上的压力大了好几倍。"

木京露骨地白了佑树一眼。

"你这是诡辩。猫的爪子要比人的脚小得多,因此即使体重很轻,也会在泥地上留下较深的痕迹,只是这样而已吧?"

"我认为不是这样的。"

"为什么?"

"就算猫爪子的底面大小不到人脚底大小的十分之一,可猫的体重同样不到人的十分之一呀。"

茂手木轻轻点头。

"而且猫是四只脚行走的,走路的时候一只脚上承受的体重比双足行走的人要分散……不太可能留下比人深这么多的脚印。"

木京听罢似乎有了刹那的退缩，可马上又反驳道："那就是猫的脚印是在下雨之后、泥地变硬之前留下的。在泥土水分多的时候留下脚印，肯定就会深一些了。"

佑树用力摇了摇头后开口道："这也不对。脚印中有一些应该是猫踩到血之后留下的。看，就在木京Ｐ和古家社长脚边。"

古家怪叫一声跳开了，木京则沉默着退后了几步。二人都死死地盯着地面。

一直激烈否定的两个人此时都默不作声了，现场的气氛也随之改变。剩下的人似乎也跟着逐渐认可佑树的说法有一定道理。

黑猫依然沉睡着。八名川厌恶地盯着它，然后伸手摸着短发，说："龙泉，即便黑猫是凶手，是不是也还有很多事情解释不了？"

"我也有同感。"

这是佑树发自内心的感受。八名川无力地笑了。

"哎呀哎呀，威风凛凛地做完一番推理之后不能这样吧？"

"说实在的，意识到存在呈现猫的形态的某种东西的时候，我也彻底没辙了……这是一个未知的生物，在不知道其生活习性等情况下尝试推理，真是闻所未闻。根本就是无稽之谈。"

"哈哈，你的感受倒也不是不能理解。"

"总之很不公平。信息严重不足，不确定的因素太多，不可能猜中真相。"

直截了当地把自己的想法一口气全都说出来，佑树终于痛快了。等心情平稳下来后他又继续道："虽然这么说……但根据目前收集到的信息，也许能对那只黑猫的生活状态及习性进行一些猜测，建立假设。"

茂手木突然钦佩地哼了一声，佑树一愣。

"怎么了？"

茂手木换上装腔作势的口吻说道："推理小说中有一个类别，叫'设定系'。"

"呃。"

"这类小说中会出现只在该小说的世界里通用的超自然现象，然后会围绕现象设定特殊的规则，而那些特殊的规则就是解开谜题的前提条件。"

佑树也读过这类书，知道有这种类别。因为融合了推理、科幻还有恐怖设定，最近似乎颇有一些人气。

然而尽管知道这些，佑树依旧猜不到茂手木想要说什么。摸不透对方的话风，佑树渐渐不安起来。

"那个，这和这次的事件有什么关系吗？"

"当然有啦。这次的事件，有些地方我觉得跟虚构的'设定系推理小说'很相近。"

"……这里可是有人死了，真亏你还能跟推理小说做比较啊。"

佑树原本是想嘲讽一句，可教授却当耳边风，继续说道："因为这是现实中发生的事情，没人能告诉我们仅限在这座岛上通用的特殊规则……所以我们需要靠自己，从袭击我们的生物留下的蛛丝马迹中找出特殊规则是什么。这就是龙泉说的要进行的推理吧。"

包括木京及古家在内，其余六人似乎连对茂手木这番草率的发言感到愤慨的力气都没有了。也可能他们认为跟这个人说什么都没用。

佑树越发感到困惑，无奈地回应道："确实，要是能了解这种生物的生活状态及习性，那用来推理出事件真相的线索也会多起来。可是——"

"就是这个哦！这次事件最大的特征是，解决问题需要分成两个阶段进行推理。要不我们暂且把这起事件称为'袭击之谜'吧？"

"不要，听起来像是'日常之谜'一样，感觉不太舒服。"

尽管觉得连反驳他都是一件傻事，佑树还是这么嘟囔了一句。不过不知是不是声音太小了，没传到茂手木的耳朵里。

"'袭击之谜'的推理第一阶段是，'通过反复推理，掌握特殊规则'。然后推理的第二阶段是……'在确定为正确的特殊规则之上，推理出事件真相'。"

此刻茂手木似乎完全沉醉在自己的话语之中，他继续道："嗯，倒也不是没有这样的推理小说，可即便如此还是发人深思啊。"

这家伙在说什么呢？佑树终于也败下阵来，沉默了。

不知是不是觉得这么下去会成为茂手木的独角戏，这时西城表现出抗拒。他见茂手木想要再次开口，以"怎么能让你得逞"的态度硬是插嘴道："我想问一下龙泉……要怎样才能保护自己不被那只黑猫伤害？那是一种怎样的生物，你有没有什么想法？"

好不容易夺回了话语权，佑树重新开始说明。

"首先，我认为这个生物肯定是由超出常识的物质构成的，因为从脚印的深度来看，它的体重是普通猫的好多倍……不仅如此，构成其身体的物质，比重有可能类似于重金属。"

听了这话，西城无力地笑了起来。

"喂喂，这么一来，岂不成了金属构成的生命体了嘛！"

"实际上说不定就是这样。"

一听佑树说出这句话，西城便盯着蜷在树根边的黑猫，表情僵住了。

"不会吧？"

"而且，这只神秘生物现在至少外表上完美地化成了一只猫，那它应该有改变身体形态的能力。"

一个能够随心所欲变幻形态的金属生命体……听到佑树如此说明的一瞬间，在场的每个人应该都想到了某部科幻电影。不过在电影里出场的是一种智能机器人，不是生物。

木京哼唱起那部电影的主题歌，像是在暗讽。佑树不理会他，继续说道："电影里也有这样的场景……这种生物能够改变身体形态，那么也许能让身体的某个部分变形成刀具，当武器用。"

似乎一直在找机会插话的茂手木再次哼哼起来。

"这也发人深思啊。"

佑树提防着他又会说出什么来，不料这次的发言相对正经。

"……也就是说，凶手取走凶器的原因并不是担心'留下真正的凶器就会因凶器暴露自己的真实身份'。如果是把身体的某个部分当凶器用，那的确没法留在现场。"

佑树趁着茂手木停顿了一下，连忙开口。

"海野D应该是想在灌木边抽烟，而黑猫则在寻找单独行动的人。当然了，是把那人当作自己的猎物。"

实际上海野应该是打算吸食毒品，不过这些事就没必要在此细说了。

"没人会因为黑猫靠近而警惕。特别是那只猫以一副亲人的样子靠近的时候。黑猫就这样让海野D放松警惕，扑向他，刺中了他的心脏。"

海野的体重加上那只神秘生物的体重，把灌木中较粗的树枝都压折了。

"结果不小心刺得太深而贯穿到了后背？"

听到西城小声嘀咕，佑树微微点头。

"我想是的……在行凶之前，黑猫跟着我们一起去了公民馆对吧？那时候它发现了碎冰锥，大概想着可以伪装成凶器就捡走了。"

"可这不是很奇怪吗？它明明不是人，却放下一把碎冰锥作为伪装，我想不明白这是为什么。如果那只神秘生物是凶手的话，那就算让人知道是它干的，应该也无关紧要吧。"

"大概是为了让人误以为'杀害海野D的凶手是人'吧。因为如果凶器是碎冰锥的话，我们就会认为凶手在我们之中。至少不会想到猫是凶手。"

这个解释让西城皱起了眉。

"目的是让我们起内讧？"

"不，我想是为了继续袭击我们。它打算以猫的样子让我们掉以轻心，然后把我们一个一个、实实在在地变成自己的猎物。"

信乐的声音变了调。

"呃……你可别说那只黑猫有这么高的智慧啊。"

黑猫依旧闭着眼，时不时摆摆尾巴，还没表现出要逃跑的举动。

佑树只得苦笑。

"很遗憾，我想这只黑猫的智力应该跟人差不多。不过似乎还不够老到。"

信乐像是打从心底感到害怕，身子都缩了起来，声音也带上了哭腔。

"该不会，四十五年前在这座岛上发生的事件，凶手也是……？"

"既然已能确认实际存在未知生物，那所有的前提就都被颠覆了。我想当年那起事件很有可能是同一种神秘生物引起的。"

一直默不作声的木京低声说道："这个不明生物，杀死猎物的时候似乎习惯于直刺心脏。这么看来，跟那起事件的共通点很多……"

当时的警方记录中也说没在现场找到凶器。如果那个时候的凶器也是该生物身体的一部分的话，那就没什么可奇怪的了。

佑树用力吸了一口气之后继续道："看来'幽世岛的野兽'是真实存在的。"

伴随着佑树说完这句话，黑猫睁开了金色的眼睛。然后它起身优雅地伸了个懒腰，举止间丝毫不见焦急之意。

木京面容扭曲，嫌弃地说："该不会连我们说的话它都能听明白吧？"

黑猫从树根边离开，迈着慢悠悠的步子向这边走来。

它的嘴角高高扬起，眼睛眯成新月状。那不像是猫会有的表情，仿如正打心底里嘲笑眼前的人类。

"我也不想相信……但看起来它能在一定程度上听懂人类的语言。"

像是在回应佑树的话，黑猫轻轻叫了一声。

"喵呜。"

就连那撒娇似的声音，此时听起来都令人发怵。

随着黑猫越走越近，在恐惧的驱使下不断有人往后退。结果等猫靠近到三米左右时，留在原地的只有佑树和三云两人了。

黑猫突然站定。它已经不再"笑"了，抬头看着他们，双眸闪着灿烂的光芒。

佑树好不容易挤出一个皮笑肉不笑的微笑，冲着黑猫说道："……你问我为什么不逃？"

黑猫定定地看着佑树，佑树就当这是让他继续说下去的意思，便又开口说道："理由很简单。因为我知道你成不了太大的威胁。"

之前一直很放松的黑猫突然紧张，毛都竖了起来。

说这话佑树只是想试探一下，但似乎说中了。见状他乘胜追击，继续说了下去。

"我们有两个或更多人在一起的时候你不会袭击，只把单独行动的人作为目标……那是因为跟人一对一交战你有胜算，可再多你就觉得危险了，对吧？"

此刻黑猫的耳朵倒向后方，尾巴缩进两条后腿之间。这表示它害怕了。

"也就是说，作为生物，你的力量和战斗力也就那么回事。"

佑树继续说下去，黑猫开始往后退。

"这家伙想逃跑！"

古家突然叫了一声。他的声音格外大，接着塔拉也像疯了一样狂吠起来。看来黑猫流露出的胆怯给它壮了胆。

要怎样才能捉住它……正在苦苦思索这个问题的佑树差点儿跳了起来。不出所料，黑猫高高跳起，转过身一溜烟跑远了。

黑猫向神岛方向逃去。它的体重明明应该比普通的猫重上好多倍，可跑起来的速度极快，一转眼就钻入树木之中看不到了。

要是用对方法，说不定能抓住它呢。佑树这么想着，瞪了古家一眼，可这也无济于事。而且古家似乎全然不知自己的冒失行为带来了什么后果，仍在嚷嚷。

"还愣着干什么呢？这不正是了结它的机会吗！"

一听这话，佑树控制不住地发出了哀号。他做梦都没想到，在这种情况下居然还有人做出让大家分散的荒唐举动。

佑树还没来得及说出下一句话，就听到一段牛头不对马嘴的对话。

"不行……这么珍贵的新品种怎么能杀掉呢。"

"新品种？不是应该暴打一顿吗？"

丢下这几句话，科研呆子和虐待动物惯犯——茂手木和木京——就狂奔了出去。

"你们在干什么啊，快回来！"

佑树连忙叫道，可那两个人都像没听见一样。

茂手木人不可貌相，跑得很快，一下子就看不到身影了。木京可能是想拿点东西当武器，只见他捡起一根粗树枝，也消失在了树木之间。

佑树呆愣着，可马上意识到剩下的五个人搞不好也会失控，连忙回过头说道："各位请回公民馆。只要五个人结伴行动，应该就不会被袭击。"

"那龙泉先生你要干什么？"

问话的是三云。她一脸不安。

"我去把那两个人找回来。对了，监视屏旁边有备用对讲机。随后我会联系你们。"

顾不上好好听三云回应，佑树也朝着茂手木和木京消失的方向跑了出去。

尽管也担心茂手木，但佑树更在意复仇目标的安全。要是再让黑猫抢先，就太对不起隆三和菜穗子父女了。

然而刚跑出去，他就叹了口气。因为他听见身后有脚步声紧跟而来。

"真是的，怎么一个两个没一个人听话啊？"

佑树回过头，西城不高兴地回敬道："怎么，我这是担心你，你单独行动也很危险。"

被黑猫踢开的泥土和落叶在地面上留下了星星点点的痕迹。

由于体重极大，黑猫快速跑过时在地面上留下了大大小小的痕迹。这让追踪比想象的要简单。黑猫好像想横穿岛屿。

"这家伙有多少斤啊……真是瘆得慌。"

听到西城这样嘀咕，佑树出于也借机给自己打打气的目的，这样说道："不管多重，幸好体型只有猫那么大。"

"要是有老虎那么大，感觉就没救了。"

佑树一边追踪，一边苦苦思索。

海野之死将导致摄影活动中止，而在船来岛上接他们之前，必须让所有人待在一起。要想活下去，这绝对是最好的办法。

这出乎意料的事故，无疑让复仇的难度猛然提高了。而且还附带上要保护自己不被那不知为何物的神秘生物攻击这一莫名其妙的任务。

话说回来……现在应该优先考虑报仇吗？还是该优先保护与复仇无关的五个人？佑树难以做出抉择。

无论如何他都想继续推进复仇计划，可与此同时，让不相关的人有生命危险会违背他定下的规矩。而且是佑树自己破坏了卫星电话，毁掉了从岛上逃脱的手段，这也让他愧疚。

边纠结地想问题边奔跑好像会额外消耗更多体力。

在树林中跑了近十分钟，终于能看到海上石子路的时候，佑树感觉双腿如同灌了铅，连气都喘不过来了。

黑猫似乎从树林边的斜坡滑下去，跑上了海上石子路。斜坡上清晰地留下了踢开泥土的痕迹，但难以看出石子路上是否留下了脚印。

西城也耸着肩膀大口喘气，他伸手一指。

"喂，那不是木京P嘛？"

木京已经跑到了神岛，正要爬坡。

"看这样子，茂手木教授应该已经进神域了吧……"

望着木京的身影消失在原始森林里，佑树踌躇了。

现在过去神岛的话，大概马上就会涨潮。此时海上石子路就仅仅是勉强可见了……要是路没入海中，他们就会被困在神域九个多小时。

失去对计划而言非常宝贵的时间固然不是他的本意，但眼下的事实是如果想保护木京等人不受黑猫伤害，似乎没有别的办法了。

"我们也去神域吧。"

可能已经有了心理准备，西城只是微微点点头，什么也没说。

两个人鞭策着已经疲惫不堪的身体，一口气跑过了海上石子路。也是因为平时运动不足，这不到一百五十米的距离就让他们跑得分外艰辛。等爬上神岛的岩石堆，佑树已经彻底累趴下了。

西城的情况也差不多，不过看起来比佑树稍微强一点。

"……西城先生体力不错啊。"

"摄影师平时要锻炼嘛。"

就在他们调整呼吸期间，海上之路也在不断变窄。不久后便随着一个大浪，中间部分完全没入了水中。

"好险啊。我听说这一带水流很急，哪怕水深只到膝盖下方，也有被冲走的危险。"

西城惊愕地看着佑树。

"这种事……你应该事先说明啊。"

"不不，我认为是没有认真看外景资料的西城先生你自己不对。"

就在二人你一言我一语争论这些的时候，木京从神域的原始森林里冒了出来。他还举着树枝。

看到海上石子路已经消失了，他顿时脸色发青。马上又看到了佑树二人，换上了一副放心的表情。

"怎么，你们也来了啊？"

"不来也得来啊。因为教授和木京P都跑过来了。"

木京一反常态，没有要反驳的意思。不仅如此，他还绷着脸，心不在焉地开口道："我跑出来之后，一下子就看不见黑猫和茂手木教授的身影了。我是顺着黑猫留下的痕迹追到了这里。可到了这一带，脚印太多，就搞不清楚了。"

"我们之前就是在这里遇见那只黑猫的，大概新旧脚印混在一起了。"

顿了几秒钟，木京低声说："……你说得对，我们不该穷追不舍的。"

恐怕是从没见过他后悔的样子，西城皱起了眉。

"发生什么事了？"

木京看似不打算再往下多说,他依然用力紧握着树枝,转身返回原始森林。佑树和西城互看了一眼,跟在他后面。

向神域深处走了七十多米,木京猛地停下了脚步。他抬起左手指向前方,指尖似乎在微微发颤。

有一棵结着黄红色果实的树——这种颜色大概是叫橙黄色吧。那棵树像是被落雷直接劈中,树干裂开,呈焦黑色。看来神岛上最近连续有落雷。

那棵树的树根处有一团毛。

佑树诧异地走近,发现是许多动物的尸体堆积在一起。

多达几十具尸体被胡乱地丢在那里。多数是老鼠,混着几只蝙蝠和松鼠等小动物,周围全是苍蝇,嗡嗡地飞舞着。

西城也战战兢兢地靠近尸体堆成的小山,轻轻地惊呼了一声。

"看伤口,这莫非是?"

正如他所说,每具老鼠尸体的胸口处都有被利刃贯穿的伤口,形态跟海野胸前的一模一样。

而让佑树大为震惊的是,除了老鼠尸体……他还看到了成堆的猫的尸体,应该有十只左右吧。有几只还是小猫,其中黑毛和灰毛小猫毫无疑问就是他来踩点的时候碰到的那两只。这景象实在过于惨烈。

风向变了。将一股浓重的血腥味吹到了三人所在之处。

这味道让佑树忍不住想吐,西城也捂住了嘴。只有木京一副无所谓的样子,自言自语般地低喃:"那只黑猫太反常了……对了,我想起来,教授先生拍摄完回来的时候发了些奇怪的牢骚。他说'再怎么调查,都没在这岛上发现动物的气息'。那可不是嘛,一大半都被那只怪物吃掉了啊。"

西城不安地四下张望，又问木京："你看到茂手木教授上到这边的岛上了吗？"

"我哪知道……教授先生丢下我，光顾着自己往前冲。"

他似乎仍对被丢下一事耿耿于怀，继续说道："我是在石子路那一带跟丢的，可那位教授先生不是很擅长野外追踪吗？他肯定是发现了我们看不出来的痕迹，继续追到了岛的深处呗。"

这倒是很有可能，佑树只能深深叹口气。

"不妙啊。明知道单独行动会很危险。"

鉴于茂手木有可能在岛上，他们姑且试着大声喊了几遍他的名字。可惜没有回应。

"……先跟你们说好啊，我可不去找教授先生。他又不是小孩子，很清楚有多大的风险却还跑去。无论他遇到什么事，我都不会管的。"

木京和平常一样，说得事不关己。不过眼看着太阳慢慢西沉，如此情况下，他说的也合情合理。

佑树的包里有手电筒，可要靠这点光源在夜里搜索原始森林实在是不够。在那样的状况下遭到黑猫出其不意地攻击的话，就算三人结伴，大概也不堪一击。

西城脑中似乎也在想同样的事情，看样子也无法积极说出要去找茂手木的话。

"走吧，别管那个任性的书呆子了，想想怎么挨到天亮吧……结果让黑猫跑掉了，我们什么都做不了。"

说着木京转过身，开始往海岸边走。

这时不知从何处传来一声轻轻的叫声。

佑树反射性地绷紧了身体，但马上反应过来那不是黑猫的声音。传来的是细细尖尖的"咻咻"声。

他走近成堆的猫尸，叫声似乎是从这一带发出的。

佑树听见了西城制止的声音，自己也惊觉正在进行的行为很危险，可他就像被什么附身了一般，仍继续在找声音的源头。

借助那断断续续的声音，不多时他就找到了一个哆哆嗦嗦的小东西……是一只幼猫。

一开始佑树还以为那是小米。

看大小估计才两个月。当年和菜穗子一起捡到小米的时候它也是这么大。这只小猫的毛色，以及眼睛的颜色都跟小米一模一样。不过幼猫的眼睛都有一层蓝膜，长大一些后可能会变成别的颜色。

小小的灰色幼猫被埋在已不会动弹的兄弟姐妹之下。它害怕走近的佑树，拼命往兄弟姐妹身上靠，还不停叫着。小猫的头顶和前爪上染满了血，大概是沾到了兄弟姐妹的血。

"……走开。"

冷不防听到木京的声音，佑树抬起头，接着面色大变。因为木京高举着树枝，对准了小猫。

"你干什么，快住手。"

佑树迅速伸出双手抱起了小猫。指尖立即感受到了温暖和柔软。木京似乎被他的行为吓到了，不过马上就换上一副居然抢走我的乐趣的表情，咋舌道："你给我清醒一点，这家伙说不定是'幽世岛的野兽'的同伴啊！应该马上杀掉。"

佑树低头看着手中的小猫。

小猫在努力发出微弱的恐吓声，但没做出任何攻击或想逃跑的举动。佑树心想它可能受了伤，查看一番后发现小猫的后脚上有个伤口，表面结了一个大血块，这样子它就算想逃大概也逃不了……而且这只小猫轻得让佑树感到不安。

"没事的。它的体重很正常,无疑是一只真正的小猫,肯定是运气好才活了下来。"

佑树边说边用指尖摸了摸小猫的下巴,小猫渐渐安静了下来。木京悻悻地摇了摇头,没再说什么。

西城一直站在稍远处看着他们二人,此时不安地问:"龙泉,你打算把这只小猫怎么办?"

佑树想了一会儿。要是丢在这里不管,这只小猫迟早会成为黑猫的口粮。他没办法眼看着这只像极了小米的小猫被杀。

"……在咱们离开岛之前,我来照看它。"

佑树安抚着又开始出声恐吓西城的小猫,从随身包中取出一条毛巾,裹住了它的身子。小猫后腿上的伤口看起来很疼,但现在能为它做的也只有这些了。

过了一会儿,木京开始无所事事地挥动着树枝。

"真是的,都怪龙泉这个废物,光顾着看小猫,这下太阳都下山了。咱们赶紧回去吧。"

小猫猛地抬起头,用水汪汪的眼睛看着佑树,然后身体仰成"弓"字形,像是要传达什么。

佑树差点儿没抱住小猫,一阵手忙脚乱。

"怎么了?"

小猫轻声叫着,眼睛定定地盯着兄弟姐妹所在的地方。

佑树随之垂下视线,一愣。因为他从动物的尸体间看到了一样显然很异常的东西。

"木京P,树枝能借我用一下吗?"

"啊?"

佑树直接从不明所以的木京手里抢过树枝,一点点拨开堆成小山的猫尸。西城面部扭曲地问:"你在干什么啊,太恶心了。"

佑树没理会他,继续默默地拨开尸堆。

几乎所有猫尸的胸前都有被刺穿的伤口,但有一具尸体……不一样。

那只猫的样子极为凄惨,像是被什么东西用力撕咬过,皮毛都完全没有了。看起来像是已经死了好几天,血已发黑凝固。

看到这具猫尸的瞬间,佑树脑中闪过了《未解之谜》上的报道。同时一个可怕的假想慢慢成形。

"……这也是那只黑猫干的吗?"

背后传来木京的声音。佑树回头一看,连他这个虐待动物惯犯脸上都彻底失去了血色。西城也满眼惊恐地低喃:"为什么只有这只猫是这个样子?"

佑树刻意不回答,在惨不忍睹的猫尸旁蹲了下来。

刚蹲下来,手里小猫的叫声就变大了,声音悲痛。佑树顿时明白死去的猫是谁了。这一定是小猫的妈妈。

来踩点的时候他曾看到一只黑猫领着一黑一灰两只幼猫。此时小猫头上和前爪上的血,应该就是蹭到被杀的母猫时留下的。

佑树咬了咬嘴唇。

"抱歉啊,你妈妈已经……"

然而猫听不懂人话,小猫依旧充满期待地看着他,似乎深信眼前的这个人能救它的妈妈。

佑树于心不忍地站起来,离开母猫身边。结果小猫像是受了惊,在他怀里又抓又挠地挣扎起来。

"对不起。"

他轻声说着,把随身包里的东西都装进塑料袋,然后把用毛巾裹着的小猫放进了包里。小猫仍旧喵喵地叫着。

佑树把随身包放在身前,保证小猫一直在自己的视野内,不会一不小心把小猫摔出去。他还把拉链拉开了一点,让小猫能自由地伸出头来。

做完这些,他从随身包的侧边口袋里取出了无线对讲机。

"喂,要汇报情况也等回到岸边再说吧。"

木京像是觉得佑树在胡闹,伸手想从他手里抢过对讲机。佑树躲开了,按下了通话键。

"……我是龙泉。现在在神域。听得见吗?"

过了十秒钟左右,一个女声回答:"听见了。这边的四个人都安全,现在在公民馆,你可以放心。你们找到茂手木教授和木京P了吗?请讲。"

八名川最后加了一句"请讲",这是使用不能实时通话的无线对讲机时的正确方法。

但佑树忽视了她的问题,说道:"请说出来……三云小姐,你都知道些什么?"

三云的父亲

"绘千花,你必须去幽世岛。"

父亲一边驾驶着小船一边这样说,他的表情罕见地严肃。绘千花不高兴地抬头看着父亲。

"我听不懂你的意思。"

今天早上,听父亲说这是最后一次出海,她的心情就一直很低落。

刚上小学六年级的绘千花并不明白这意味着什么。

父亲直到住院那天都一直瞒着她……这时他已被确诊患有肺癌,且已经扩散。为了专心接受药物治疗,父亲辞去了工作,因工作借来的船明天也要还回去了。

已经开始消瘦的父亲深深地叹了口气。

"我跟你说过很多次吧?三云家的人为什么能担任神职……还有那座岛上的神域是多么特殊的地方,这些都说过。"

绘千花瞪着驾驶室里的父亲。

"你以为我会相信那种骗小孩子的话吗?什么岛上出现了怪物,会刺穿猎物的心脏把猎物杀死。"

父亲极为难过地摇摇头,望向地平线。

"我说的那些都是真的……三年前你还相信爸爸的话呢,这是怎么了?"

绘千花发出略带讥诮的笑声。

"是因为我的思想成熟了吧。爸,你是不是也相信什么吸血鬼啦、时空旅行啦,还有外星人是存在的啊?"

"我没那么想。不过稀人是真实存在的。"

父亲平时很爱开玩笑,可今天他的表情极为严肃且显得很固执,绘千花的心渐渐凉了下来。

"……夺取猎物的血和肉来改变自身形态的生物?"

"不仅如此,他还具有极高的智慧。正因如此才可怕。"

"可当我问到关于稀人的事时你却一问三不知,这就证明你说谎了吧?"

第一次听父亲讲完稀人的故事后,绘千花几乎每个晚上都会盯着自己房间的门,害怕得发抖。因为她总觉得稀人会打开门来袭击她……担忧一直持续到父亲在她的房门上装了一个小小的门闩为止。

升入小学高年级后,她总算从那些孩子气的恐惧和妄想中解脱了。

她长大了父亲应该高兴啊,为什么还总说这种话呢?绘千花怎么也想不通。

驾驶室里的父亲表情痛苦,垂下了眼睛。

"爸爸上初中的时候,想法也和绘千花一样。我觉得岛上的规矩全都太疯狂了,并感到厌恶。甚至借着上高中的机会选择了住宿制的学校,就为了离开那座岛。"

"哟,那时候的爸爸,头脑还很清醒嘛。"

这时父亲的声音突然颤抖得厉害。也许他在哭泣。

"如果能时空旅行的话,我想回到那个时候,让一切都重来一遍……在高中的学生宿舍接到警察打来的电话，得知发生了'幽世岛的野兽'事件时，我一听就知道凶手是稀人。"

绘千花没辙地叹了口气。

"拜托了，爸，你振作一点。那是人干的。不存在什么稀人。"

"不，全都是一九七四年来到神域的稀人干的。只要一想到我的母亲孤身跟那个怪物对峙的时候是怎样的感受……到现在我还会觉得撕心裂肺般的难受。"

父亲猛地关掉了船上的发动机，绘千花差点向前栽出去。绘千花轻呼一声，父亲用发烫的手用力地按住了她的肩膀。

"我很后悔。不管谁的话爸爸都没好好听过，对举行雷祭的方法一无所知，就那样离岛而去了。"

"……好疼。"

绘千花甩开父亲的手。然而父亲继续往下说道："不过我也知道一些事。之前我跟你说过雷祭分假雷祭和真雷祭两种吧？"

"应该是平时在岛上举行的是假雷祭，真雷祭几十年才举行一次。"

见绘千花记得这些，父亲似乎放心了。他的表情松弛下来，然后紧紧抱住她说："我还没好好跟你讲过。真雷祭按规定每四十五年一次，下次真雷祭必须在二〇一九年举行……绘千花，你要在那个时候去幽世岛。"

这话让绘千花愕然。

"为什么我要去？"

就算不知道真雷祭的详细情况，她也知道那是件危险的事情。所以绘千花无法理解父亲为什么要说这么吓人的话，她感觉父亲背叛了自己。

"爸爸也不想让绘千花去做那些事。原本爸爸打算自己去完成下次的真雷祭。"

"那你就别跟我说这些啊!爸爸你自己一个人去做。"

绘千花哭喊着。父亲痛苦地摇了摇头。

"我原本是那么打算的。就像以前我的母亲跟稀人同归于尽一样,我也做好了为此丢掉性命的心理准备。可是……抱歉,我做不到。爸爸做不到。"

父亲应该是知道自己命不久矣才说出这些话的吧。可当时的绘千花什么都不知道,只知道记恨父亲。

父亲重新发动引擎,小船开始缓缓前进。之后直到船返回港口,两个人都没再说话。

就在下船之前,父亲又一次用几乎不可闻的声音说:"我知道这是个残酷的请求,可是知道稀人存在的人只能回幽世岛去。否则……"

接下来的内容,绘千花没有听清。

第五章　本岛·神域　切断

二〇一九年十月十六日（周三）17:45

本岛那边好一会儿都没有回应。

西城受佑树影响，也神情严肃地牢牢盯着对讲机，而木京故意叹着气，把不想听这些话的态度贯彻到底。

不久后，对讲机里传来了三云的声音。

"你想让我承认什么？"

她的语气居然很沉着。佑树眼前浮现出她黯然苦笑的样子。他按住通话键，又开始说话。

"三云小姐，你父亲曾跟你说过一些关于幽世岛的荒诞又恐怖的事，对吧？"

小猫在包里"喵"地叫了一声，佑树没理睬，继续说道："你觉得你父亲在骗人，但你似乎错了。"

三云不置可否，只是沉默着。等了一会儿，佑树再次冲着对讲机说道："现在你什么都不说也没关系，不过待会儿请你告诉我，接下来我说的内容跟你父亲说过的有多少是吻合的。"

接着佑树又淡淡地继续道："下面我要说的，正是刚才茂手木教授说的'袭击之谜'的第一阶段……那位教授的话听起来疯狂，但事实上也有一定的道理。"

"喵呜喵呜。"

"不弄清楚那只黑猫具有怎样的习性的话，我们甚至无法保证自身的安全。"

佑树松开通话键，信乐的声音立即传了过来。

"等等，从刚才开始，龙泉先生说话的时候就一直有猫叫声。"

看来小猫的声音通过无线电传到了本岛。佑树隔着包摸了摸扭动着的小猫。

"不是那只黑猫的声音，没事的。是我捡了一只受伤的幼猫。"

佑树仍按着通话键，低头看着被剥了皮的猫尸。

"刚才我们在神域发现了成堆的动物尸体……死的基本都是老鼠，应该有近五十只，估计都是受到了同一只黑猫的攻击。"

说到这里，佑树顿了一下，喘了一口气，三云的声音从对讲机里传来。

"难道也是胸口被刺穿而死的？"

虽然有杂音听不真切，但她的声音中似乎带着惊惧。

"嗯。跟海野Ｄ一样，胸口被刺穿。不过我发现只有一具尸体死相非常凄惨，这让我觉得蹊跷。你猜死的是什么动物？"

沉默了几秒钟之后，三云用低低的声音问道："你为什么要问我？"

"因为我认为三云小姐应该知道答案……告诉你吧，我们发现的是猫尸。应该是我捡到的这只小猫的妈妈，它被剥了皮，大部分的肉好像也被吃掉了。"

一直摆出一副"不屑一听"姿态的木京似乎也开始在意佑

树说的话了。不知何时，他已换上了认真的神色，盯着对讲机。西城甚至忘了正在跟本岛通话，他开口问佑树："我怎么也搞不懂，不过是发现了猫的尸体，为什么这么严肃？"

佑树又一次按下对讲机的通话键，说道："有那么多动物，只有一只黑色的母猫身上的肉几乎都被吃光了，而那个神秘生物正是化身成了黑猫。我不认为这是偶然的巧合。"

闻言西城深吸了一口气。

"该不会是那个神秘生物在变身之前要吃掉它准备复制的生物吧？"

因为佑树一直按着通话键没放开，所以他的声音应该也传到了本岛。佑树边点头边进一步说道："以黑猫模样出现的那个神秘生物，毛皮的质感怎么看都是真的。恐怕它需要把对方吃掉，让摄取的物质变化并覆盖体表，才能呈现出那么完美的样子……这可能是一种'拟态'。"

西城彻底呆住不再作声。佑树再次把视线投向对讲机，问道："怎么样？我提出的假设说对了吗，三云小姐？"

说完他松开通话键，等待本岛那边的回答。

"虽然我不愿意相信，但你说的假设跟父亲告诉我的一模一样……不过，如果稀人真的存在的话，事情将会变得非常可怕。"

三云的声音慌乱起来，说完这句话后就不作声了，所以佑树接着说道："在幽世岛，把那种生物叫作稀人对吧？说实话，我也低估了稀人的能力。我以为不管它们有多高强的拟态能力，至多只能变成猫的大小。"

佑树又看了一眼动物的尸体堆，继续说明："另外，看到黑猫尸体的时候我想起来，四十五年前也存在一具同样全身被啃咬过的尸体。"

这件事参加外景拍摄的人理应都知道。

当时的报纸和《未解之谜》杂志都写了此事。只有被认为是"幽世岛的野兽"事件的凶手笹仓博士的尸体严重受损，发现的时候呈被野兽啃食过的状态。

"要是假定四十五年前的案子凶手是稀人，那也就是说袭击笹仓博士、吃掉他的皮肤和肉的也是稀人。如果它们'为了拟态而要吃掉复制对象'这一假设是正确的话……那是不是可以说稀人也具备拟态成人类的能力？"

* * *

三云绘千花依旧沉默地盯着放在折叠桌上的对讲机。

露营灯的光亮映照出另外三个人的脸。古家、信乐和八名川的视线仿佛刺在她身上，刺得生疼。可她现在甚至无暇顾及这些。

她觉得一切都是场噩梦……父亲说的那些胡言乱语居然会是事实。

"这么重要的事你怎么一直不说？"

直到被古家抓住质问，她才回过神来。

她这才发现古家的脸已逼近眼前，那双眼睛的深处显露出杀机。古家掐住她的脖子，指尖用力，绘千花发出沉闷的惊呼。

"……三云小姐，你听见了吗？"

对讲机中传出龙泉的声音。他自然不会知道这边的情况，大概只是太长时间没有应答让他疑惑而已。

三云感觉自己的喉咙要被捏碎了，甚至无法出声求助。

信乐犹犹豫豫地想拉开古家，可并不成功。反而是八名川的行动更迅速。她干脆利落地一拳打在了古家的下巴上。

古家踉跄了一下,身子向右歪去,结结实实地倒在了多功能大厅的地板上。他蜷起身子痛呼出声:"……你干什么!"

"你差点儿杀人了,还好意思问。"

八名川冷冷地俯视着古家。

察觉到主人身处危机,塔拉叫了起来……可丝毫没有效果。因为回到公民馆后,古家把亢奋的塔拉放进了便携式宠物包里。

不知是不是觉得要是回嘴搞不好会再次挨打,古家转向信乐,道:"我没法跟这帮难以理喻到极点的家伙待在一起!我要回自己的房间,等那边的通话结束,信乐你过来向我汇报内容。"

丢下这句话,古家也不管塔拉,就护着右手消失在了走廊上。不知是不是摔倒的时候扭到了,他是拖着左脚走的。

信乐来到止不住咳嗽的绘千花身边。

"他太过分了,你没事吧?"

蹲在地上的绘千花轻轻点头,抬头看着八名川。

"对不起,八名川小姐,给你添麻烦了……"

喉咙还不顺畅,只能发出嘶哑的声音。

"别往心里去。管他说什么,肯定是掐人脖子的家伙不对……而且,在国外遇袭的时候,一刹那的犹豫就能要命不是吗?我便养成了一觉得有危险就出手的毛病。"

说完她爽朗地笑了。被留在多功能厅角落里的塔拉难过地叫了几声,不久后也安静了下来。

这时对讲机里传出混着杂音的龙泉的声音。

"发生什么事了?要是没事的话请马上回答我,请讲。"

绘千花双腿颤抖,好不容易才使上力气。她站起来,拿起对讲机。

"听见了。刚才我们只是稍微讨论了一下。"

大概是因为她的声音明显不对劲，之前冷静得令人有些愤恨的龙泉慌乱起来。

"果然出了什么事……一定是因为我硬要问那些事搞的。对不起。"

然而绘千花并不打算向任何人索要同情。她等佑树说完后按下了通话键。

"该从哪儿说起呢……确实，父亲跟我说过出现在神域的稀人。"

喉咙处依然剧痛，她松开按钮，调整了一下呼吸。

"能告诉我他说了什么吗？"

神岛那边的对讲机话筒微微捕捉到了小猫的叫声，绘千花没在意，对着对讲机继续道："很遗憾，我的父亲也并不了解详情。因为据说只有岛上的成年人才知道关于稀人的详细情况，而父亲中学一毕业就离开了幽世岛……不过父亲说过幽世岛是个特殊的地方。"

"特殊是指从前就有怪物潜伏在岛上吗？"

如此嘀咕了一句的是信乐。

"不是……龙泉先生应该也知道雷祭吧？"

"嗯，这次过来拍摄之前我找了很多资料来看。大概是说雷祭是神域遭到雷击的时候举行的秘祭。"

"每隔几年会举行一次雷祭，但大部分是假的，是为真雷祭做准备的演习，或者说是训练。"

不明白这些话跟稀人有什么关系，在旁边听着的八名川等人以及在神域的龙泉几个人都在等着她说出下文。

绘千花继续讲述："按规定真雷祭每四十五年举行一次。另外，上一次真雷祭本应在一九七四年举行……你知道这意味着什么吗?"

让她这样一问,龙泉的声音带上了疑惑。

"你该不会打算用猜谜的方式说下去吧?"

"你刚才也问我问题了。"

"唉,那是因为三云小姐你隐瞒了一些事情……"

绘千花伸手摸着喉咙。说话时间一长,喉咙就更疼了,嘴里不知道是不是被牙齿划破了,有血的味道。但她对此只字不提,只是简单明了地问:"知道,还是不知道?"

"……上一次办真雷祭的时候发生了'幽世岛的野兽'事件,四十五年之后的二〇一九年也发生了事件。似乎稀人专挑举办真雷祭的那一年出现呢。"

"你说反了。是针对稀人出现,才要举办真雷祭。"

"也就是说稀人每四十五年出现一次是规律吗?"

绘千花轻轻吸了一口气,然后点头道:"我想应该有人知道,日本各地自古以来都有MAREBITO(稀人)信仰的风俗。当然,原本稀人的意思是从远方来访的神圣旅人。"

尽管根据地域及时代叫法会不同,但传说中稀人会将幸福带给他造访的土地。

"在这座岛上出现的东西名字倒是与之相似,可性质似乎完全不一样。"

"嗯,这里的稀人只会招来不幸。每四十五年肯定会在神域出现一只,杀害那里的动物并吃掉。稀人尽管智力很高,但性情残暴贪婪,喜欢攻击人……"

听到这里,信乐声音变调地说道:"居然偏要挑那种怪物来的时候举办祭祀活动,幽世岛的人疯了啊!"

绘千花冲着总是口无遮拦的他摇了摇头。

"真雷祭不是庆贺的祭典，而是岛上居民舍身消灭吃人怪物的仪式。"

"那为什么要叫什么祭①啊？"

"我猜是因为如果说成是岛上秘祭的话，就能让外人在此期间远离幽世岛。不，准确地说，是若不这么做就太危险了。"

听着听着，八名川和信乐的脸色已完全变得苍白。然而绘千花能做的只有继续说下去。

"万一让稀人活着逃到岛外，为了填饱肚子，它会无休止地袭击人类。正因如此，岛上的居民才要奋不顾身地杀掉反复出现的稀人……其中担任神职的三云家起了核心作用。父亲他这么说过。"

绘千花本不相信父亲的话，只能说命运充满了讽刺，现在她身在幽世岛，又不得不与一直否认其存在的稀人对抗。

不知何时，她松开了通话键。对讲机里传来龙泉的声音。

"自稀人开始在神域出现，这是第几次了？"

"父亲说从很久以前岛上居民就一直遭到稀人的袭击，但具体情况我也不知道……不过你能明白我为什么没法相信父亲的话吧？我做梦也想不到这种故弄玄虚又幼稚的话会是真的。"

"你的感受我倒是理解，而且这是个好消息。"

"哪里好了？"

"因为知道了有办法消灭那个东西……对了，要怎么做才能把稀人引出来？"

"不知道。"

"……你说你不知道？"

---

① 日本的各种"祭"含有庆祝之意。

绘千花有一种走投无路的心情，她用几不可闻的声音继续说道："我不是说了吗，父亲中学一毕业就离开岛了……父亲说他不知道真雷祭的具体情况，不知道要如何找出拟态下的稀人，也不知道那家伙的真身到底是什么。"

"唉，全都死了，完了完了。"

信乐心灰意冷地嘟囔着，跌坐在多功能厅的地板上。绘千花摇了摇头，又继续道："事实上，四十五年前的事件几乎让父亲失去了一切……不过父亲知道一件最为重要的事情。"

正因为如此，她的父亲才下决心要一个人执行真雷祭。绘千花为了让神域的人也能听到，清晰地说道："只要把稀人丢进海里，就能淹死它，拟态也会解除。"

信乐表情呆滞地抬头看向绘千花。

"……海？"

"岛上居民一直都是这么消灭稀人的。因为它们不会游泳。"

三云的脑海中浮现出白天看到的墓地。

三云英子独自对战杀死了岛上全部居民的稀人。战斗舞台是耸立在美得如梦似幻的大海之上的悬崖……那得多么可怕啊？可英子战斗了下去。

仅仅是想象不曾谋面的祖母，绘千花便喉头一热，发不出声音了。

"……《未解之谜》上的见解似乎虽不中亦不远呢。只要把未知的大型犬换成稀人，似乎就能知道四十五年前英子和稀人之间发生了什么。"

绘千花擦去脸颊上的泪水，拿起放在监视屏旁边的外景资料。她翻到资料里《未解之谜》上的文章，信乐和八名川也凑过来看。

这期间龙泉仍在继续说明。

"四十五年前出现的稀人杀害了笹仓博士并拟态成他,袭击了岛上的十一名居民和两条家犬。察觉到此事的英子把岛上的无线电和船上的发动机都破坏了,当然,这应该是为了把稀人彻底困在岛上……她拿起猎枪追赶稀人,可子弹打完了。激烈战斗的最后,英子成功把稀人从悬崖推落到了海中。"

说到这里,西城的声音插了进来:"悬崖上那不明原因刨开的泥土,就是她把怪物推落到海里时留下的痕迹吧。"

"混战之中,英子遭到稀人的反击,胸口被刺中,这是致命伤。最终双方不分胜负,英子也掉入了海中。"

佑树说的内容和绘千花从父亲口中听来的惊人地相似。

真不知这是推理能力,还是妄想能力……直到这个时候,她才第一次觉得龙泉很可怕。

* * *

周边天色暗了下来,佑树等人决定返回海岸。时间刚过傍晚六点。

等来到海浪拍打的岩石堆上方,佑树对着对讲机,简短地把发现黑猫尸体的来龙去脉说明了一番。然后这样总结道:"因为拟态成黑猫的稀人的脚印一直通往神域,所以它应该在我们这边。我们三个人只要不分开,应该就能保证安全……问题是落单的茂手木教授。"

"唔,只能祈祷他没事了。"

这是八名川的声音。听完佑树的说明之后,三云没再说话。

望着沉入黄昏夜色中的大海,西城拿出了烟,牌子跟木京抽的一样是七星。他边用打火机点火边忐忑地开口:"唉,接下来咱们要怎么办才好啊？"

佑树沉思了一会儿，然后为了让三云等人也能听到，他拿起对讲机说："总之，八名川小姐你们暂且不要离开公民馆。虽然稀人应该在这边，但你们也要加倍小心。"

"龙泉你们打算咋办？"

"我们等海上石子路出现，再回本岛……顺便把稀人困在神域。"

"呃，要咋整？"

"我们先过海回到本岛，然后监视海上石子路。那只黑猫可能会警惕地不从神域出来，那也没有关系……只要坚持到涨潮，海上石子路被淹没，稀人就没法从神域出来了。"

"对呀，稀人不会游泳嘛。涨潮的时候没法过来本岛啊。"

有人把佑树插在随身包口袋里的外景资料抢了过去，动作惊动了包里的小猫，它发出恐吓的声音。

也不管佑树在旁皱起眉，木京翻开资料，开始找潮汐时刻表。

	石子路出现	干潮	石子路消失
十月十六日	13:56	15:26	16:56
十月十七日	02:16	03:46	05:16
	14:33	16:03	17:33
十月十八日	02:59	04:29	05:59
	15:08	16:38	18:08

"下次干潮是凌晨三点四十六分啊。"

佑树让八名川等人也确认一下资料，然后再次开始说明：

"稀人跑到神岛是好事。只要在干潮前后监视海上石子路，稀人要是想过来，就把它赶回去。反复做这一件事就能保证我们的安全。"

等了一会儿，传来好半天没听到的三云的声音。

"也有可能出现最坏的情况，稀人拟态成茂手木教授，要上本岛……那样的话，我们真的能把他赶回去吗？"

这个问题让佑树无言以对。

因为他再次意识到，如果凭外表分辨不出来的话，那他们就没有办法知道对方是真的茂手木还是稀人。

三云说过稀人会在海中淹死……可不会游泳的人也一样。而且这岛的周围海流湍急，港口附近相对好一点，除了那附近，其他地方就连会游泳的佑树也可能会被淹死。

而海上石子路周边的水流格外湍急，非常危险。面对想要上本岛的茂手木，大概也很难要求他潜入海中证明自己的清白吧。

木京冷不丁夺过了对讲机，满不在乎地说："不管是稀人还是那位教授先生，我都丝毫不会同情。要是他敢优哉游哉地走过来，我就亲手把他推到海里去，放心吧。"

这话乍一听好像还挺靠得住的。可佑树不由分说地从木京手里抢回了对讲机。

"请忘掉刚才的话……到下次退潮之前，我们会想想有没有什么好办法。你们要是想到了什么也请告诉我们。"

于是与本岛的通讯暂时结束了。

长时间通话后对讲机的电量少了很多，不过幸好能用USB充电，也就能靠西城随身携带的充电宝延长使用时间。

不知不觉周边彻底暗了下来，佑树拿出了手电筒。是也可以当露营灯用的款式，佑树将其摆在岩石上，三个人围着灯光坐下。

木京掏出烟，用打火机点着，叹了一口气。到了神域之后他就一直在抽烟，比平时的频率高多了。

"然后呢，要怎么办？没带什么吃的喝的过来吧？"

"倒是带了，就是不多。"

佑树在塑料袋里窸窸窣窣地翻找，而小猫不知是不是察觉到他坐了下来，从随身包里探出头来仰视着佑树。

"我有一瓶纯净水和一瓶大麦茶。不过大麦茶我喝过。然后还有五根能量棒。"

还有户外用的防虫蚊香和驱虫喷雾。他的装备之所以完备，本是为了预防实施复仇计划时发生不测事态准备的……不过这些他决定还是不说了。

西城也放下肩上的背包，拿出里面的东西。

"我有喝剩的一点儿咖啡。然后还有三条巧克力。"

木京高高挑起眉。

"搞来搞去你们居然带了不少东西……那么我有什么呢？"

两手空空的他不耐烦地在口袋里找来找去，不一会儿拿出三个小包装袋来。

"啊，鲣鱼干！"

佑树瞪大眼睛大声说道，木京露出警惕的表情。

"我是打算午觉睡醒以后吃的，就把下酒剩下的装进了口袋……你不会想要吧？"

佑树好说歹说，总算成功说服了舍不得的木京，用两根能量棒跟他换了两袋鲣鱼干。当然这是给小猫吃的。严格来说，鲣鱼干里盐分太多，对猫的身体不太好，可现在是非常时期，也没办法。

佑树把小猫从随身包里抱出来,喂它用大麦茶泡软的鲣鱼干,小猫狼吞虎咽地吃了起来。

"看这样子,可能好几天都没吃过东西了。"

西城咬着能量棒,边说边凑了过来,小猫背上的毛马上立了起来。西城换上一副彻底没辙的表情。

"我怎么这么快就被讨厌啦……龙泉,你给猫起名字了吗?"

佑树把巧克力零食丢进嘴里,点头道:"叫呜哇哇。"

正在喝纯净水的木京差点儿把水喷出来。

"这是什么名字啊。"

"我以前认识一个人,她养的猫名字叫小米,她说要是养第二只,就叫它呜哇哇……是个好名字吧?"

说着,佑树冲着把菜穗子逼上死路的男人笑了笑。木京躲开他的视线,嫌弃地说:"爱怎样怎样,反正是野猫,身上肯定有虱子或者有传染病。你把它带回东京的话,肯定会给兽医添麻烦的。"

之后一直到简易的晚饭结束,谁都没再开口。

小猫呜哇哇打了个哈欠,自己钻进了佑树的随身包里,看来它已经喜欢上了这个地方。没过一会儿,就听到它发出轻柔平稳的呼吸声。

并没有人提议,不过三个人都不约而同地背对着大海,面朝原始森林坐着。因为稀人要是发起袭击,会从这个方向过来。

透过树木的间隙只能看到一片漆黑,连一米开外的东西都看不清。每当有风吹动树叶发出声响,他们都会不由自主地绷紧了身体,担心黑猫的双眸或者茂手木会不会冒出来。

晚上七点半，近似满月的大月亮出来了。

借着月光，即使没有手电筒也能看清周边的情况，不过原始森林依旧被混沌的黑暗笼罩。

不知是不是受不了沉默，木京捡起一根小树枝丢出去，说道："想想看，四十五年前一个老太婆跟稀人单打独斗，这话也值得怀疑吧？是不是真把稀人打败了啊？"

"首先，请不要用老太婆来称呼别人的祖母……从情况来看，我想她应该确实消灭了稀人。"

听了这话，西城边挥手赶开飞过来的小虫边小声嘟囔："依据呢？"

"《未解之谜》中也提到过，幽世岛本来就很少有人来。祖谷氏之所以会在事件发生的第二天来，是受英子女士所托。而事发之后，在祖谷氏的永利庵丸到达之前，没有别的船造访幽世岛，这个说法应该也没问题。"

木京发出轻轻的笑声。

"又要开始讲歪理了。不过至此为止我没有异议。"

"假设稀人活了下来，鉴于岛上的无线电已经被英子破坏了，稀人应该会在港口等待过往的船只。就算这时祖谷氏的船来了，你觉得稀人会自己用船上的无线电报警吗？它根本不必那么做，大可以以笹仓博士的样貌威胁祖谷氏，让他驾驶永利庵丸过海到九州本土的。"

闻言西城恍然大悟。

"确实正如龙泉所说。如果是稀人，得到船的时候应该首先想到逃跑。"

可木京眯起眼睛反驳。

"这点不好说吧？也有可能在稀人跟祖谷碰上之前，祖谷就已经报警了。那样的话，跟警察一起回到九州本土的祖谷，其实可能是稀人。"

这个看法很犀利，可佑树摇了摇头。

"这是不会发生的。"

"你干吗啊，非要一口否定。"

"就算祖谷氏报了警，稀人也没有必要等警察来吧？他不必那么做，只要赶紧威胁祖谷氏，驾船逃到九州本土不就好了？也就是说，祖谷氏'在岛上等待警察到来'这一行为，比什么都能证明他不是稀人。"

说话间月亮越升越高，可距离下次退潮还有很长时间。不知是不是因为紧张，佑树并不觉得困。

他的视线会时不时投向木京，每次都会想：……要是能把这个人直接从岩石堆上推进海里该多好啊！

保护报仇的对象，这事怎么想都很荒唐。虽然如果在这里杀掉木京会被西城看在眼里，但只要能亲手报仇，他甚至觉得怎样都无所谓了。

即便如此他也没有付诸行动，是因为知道杀害木京之后会发生什么。

目睹佑树行凶的西城大概会惊恐万分。不管佑树怎么跟他讲是为了报仇，他也不可能听得进去，肯定会想逃离佑树……这么一来，二人分道扬镳，一旦被稀人盯上，西城和佑树都不堪一击。

显而易见，在神域的人会全军覆没，而稀人将获得佑树或者西城的样貌。稀人利用新到手的外表，就能把在公民馆的四个人统统拿来祭血。然后坐上来接他们的船，大摇大摆地离岛而去。

佑树摇了摇头。就算是为了报仇，也不能招来那么可怕的后果……现在除了中断计划，他别无选择。

原始森林保持着沉默。

说要消灭稀人的时候木京斗志昂扬，可如今他早早就显出无聊的样子，开始踢起原始森林旁边的石碑。佑树不胜其烦地告诫他："请别乱撒气。"

"要怪就怪把石碑立在这种地方的人。反正是以前信仰的神像吧……什么狗屁神域！"

看着他越踢越起劲，西城有气无力地说："那不是神像，是刻有和歌的石碑。"

这话让佑树一怔，他拿起手电筒照在石碑上。一条腿刚提起的木京停下动作，保持着姿势瞪着他，问："你又要干吗？"

"可能是我想多了……不过，这石碑或许是密码。"

三个人同时盯着浮现于光下的和歌。上面是这样写的：

"稚童尤梦金甲虫　岂料四片不合众　但若觅其心脏处　自有真理宿当中"。

佑树念了几遍这首诗，用力点点头。

"果然是这样……其实'稚童尤梦金甲虫（Ko Ga Ne Mu Shi）'这部分让我联想到了爱伦·坡的《金甲虫》。"

西城疑惑不解地小声说："大学的时候在英语文学课上读过，好像是包含密码的短篇小说？"

"是的。标题的通常读法是'Ougonchuu'，是一篇短篇小说，大意是主人公偶然捡到一张羊皮纸，然后借此寻找基德船长留下的宝藏的故事。因为开拓了密码主题悬疑小说的先河而出名。"

木京突然捧腹大笑。

"幽世岛倒是也有藏着基德宝藏的传说。难道你要说，破解了密码就能找到被藏起来的宝藏？"

"……在被稀人虎视眈眈的情形下，找到宝藏又能怎样？"

连西城都开始说出泄气的话了，佑树失望地耷拉下肩膀。

"岛上居民也不会在这种地方写什么寻宝的密码啊。我不是那个意思……因为岛上好几处显眼的地方都立着相同的石碑，所以我想，这应该是给岛外来的人的信息。"

"就是说，是给我们的信息？"

木京已经止住了笑，也开始俯视起石碑。佑树沉思了一会儿，用对讲机呼叫本岛。三云马上就回话了。

"怎么了？"

"有一个发现。出现在幽世岛上各个地方的诗可能是密码。"

"我记得是这样的诗来着。'稚童尤梦金甲虫，岂料四片不合众，但若觅其心脏处，自有真理宿当中'，因为这诗太奇怪，我就背了下来。"

佑树惊讶于她的记忆力，接着讲了一下爱伦·坡的《金甲虫》，表示这首诗可能是给他们这些人的信息。

"幽世岛是座特殊的岛屿，定期会受到稀人袭击。我想岛上居民是不是也想到了最坏的情况是自己人可能会全军覆没……三云小姐，你父亲没说过这些吗？"

"嗯，他说过祖母应该把有关稀人的资料留在了什么地方。因为祖母无论做什么都会做好万全的准备。"

"那么这首诗可能是英子女士留下的。"

"不过父亲说，他回岛上来整理遗物的时候，没找到像是资料的东西。好像本来就几乎没留下纸质资料，有关真雷祭的详细内容只是口口相传的，不是吗？"

"我想，之所以找不到资料，是因为没藏在三云家的宅子里……而且，如果是为了以防万一，要为四十五年后的人留下信息的话，石碑这个方法很不错。这种记录方式防火又防水。"

木京不赞同地哼哼道："龙泉说的话漏洞百出。要是想让岛外来的人发现的话，一开始就不会用什么密码，而应该更直截了当地写出藏在了哪里。"

他的反驳很有道理，可佑树摇了摇头。

"要是担心不一定只有人类能看到留言的内容呢？"

一听这话，木京的脸色瞬间发白。

"……稀人吗？"

"稀人！"

对讲机那边，三云几乎同时喊了出来。

"嗯，要是被稀人先找到资料并销毁，那就鸡飞蛋打了。所以才编成密码，好不让稀人发现。"

死死盯着石碑的西城抬起头看向佑树。

"如果说'稚童尤梦金甲虫'这句是密码的意思，那'岂料四片不合众，但若觅其心脏处'这几句应该就表示资料藏在什么地方……龙泉，你该不会已经知道藏在哪儿了吧？"

心中所想被看穿，佑树有些迟疑。实际上他确实正在斟酌，该不该把自己的想法说出来。

"关于资料可能藏在哪里，我有一个猜想……不过说不定只是误解，也不好让大家白白期待一场。"

"怎么，你想竖起死亡旗帜（flag）？"

听到三云通过对讲机这么说，佑树不禁笑了。

"茂手木教授说过的话好像在我们心里都留下了痕迹啊？确实，要是推理小说的话，说这种话的人肯定会被杀掉。"

木京似乎觉得有趣，嘿嘿笑了起来。

"要是惜命，你就快说出来。"

"好吧……我觉得墓地很可疑。不过要是再说得详细点，我觉得在公民馆那边的人搞不好会马上过去找。"

只听对讲机那边传来豪爽的笑声。

"甭担心。这边没人会干那种傻事。"

很遗憾……佑树根本不相信。因为自出事以来，无视他的提议的人太多了。

古家鲁莽行事放走了稀人，茂手木和木京不顾他的阻拦单独行动。西城也是，尽管是出于好意，可他也没听从佑树让他回公民馆的指示。

特别是好意这点，很棘手。古家大概不具备这种东西，但不能否认三云、八名川和信乐三个人可能会出于好意而擅自行动。

"还是……等把稀人困在神域之后再告诉大家密码的答案吧。等明天回到公民馆，一起去找资料吧。"

最终佑树这样总结之后，结束了通话。

　　　　　　　　＊　＊　＊

"啥啊，真是差劲……龙泉原来是个这么讨厌的家伙啊。"

听到八名川碎碎念地发牢骚，绘千花笑着点头。

"大概是他的本性吧。"

两个人坐在紫红色的帐篷前。

尽管面前放着LED露营灯，可此刻外面被黑暗包围，身处宽敞的多功能厅，露营灯的光亮实在太微不足道了。

八名川往纸杯里倒上热腾腾的黑咖啡，换上了促狭的腔调。

"三云小姐,你和龙泉以前就认识?觉着你们好像挺合得来呢。"

没想到会产生这样的误解,绘千花皱起眉。

"我们这是第一次见……我倒是觉得跟他合不来。"

两人面前摆着两个空了的纸盘和一口大锅。

回到公民馆的时候,烤肉锅里做到一半的东西已经没法吃了,于是信乐用大锅做了鸡肉焖饭,里面放了大量根菜。好像是用烤鸡肉串罐头做出来的简单菜式。

八名川添了好几次饭,可绘千花全然没有食欲。

"只有咖啡到底还是不带劲啊。"

八名川边说边从口袋里拿出小瓶装的威士忌,往纸杯里滴了几滴。

"三云小姐你要不要?这可是苏格兰威士忌。"

"我不太会喝酒。"

喝了一口加了威士忌的咖啡,八名川深深地叹了一口气。

"……身为摄影师,我自信是一个多面手,至今为止去过国内外的各种事故和事件现场。"

就连去鹿儿岛准备的前一天,八名川还在陪年轻的记者采访拍摄流浪汉聚集地。

"这半年来有七个流浪汉成了连续伤害案的受害者。采访中有很多人不愿意多说,不过能感觉到每个人都在害怕。"

她又往纸杯里加了一些威士忌,然后继续说道:"不过,身为摄影师进入现场和自己被卷入事件成为当事人完全是两码事。我实在无能为力,只能祈祷这场风暴赶紧过去。"

这时,靠走廊那扇门的毛玻璃上浮现出一个人影,信乐过来了。

与此同时，放在多功能厅角落的便携宠物包里传出动静，里面的塔拉好像动了动。可它马上发现不是自己的主人，"呼呜"地叫了一声，之后就静了下来。

"辛苦啦……时间够长的啊。"

八名川边倒着咖啡，边打手势问信乐要不要放威士忌。

"来一点儿吧。哎呀——处理伤口和关于稀人的说明很快就完事了，不过社长说了些什么一个人待着害怕之类的奇怪的话，一直不放我走。"

结果是古家喝下的白葡萄酒多到都够拿来洗澡了。信乐趁他睡死过去的时候，才得以从小房间脱身。

说到这里，八名川换上了惴惴的口吻："顺便问一句……你中间过来拿过急救箱，是社长受的伤很严重？"

"哦，他右手的指关节破了，然后左脚腕扭伤。他自己在那儿紧张了半天，不过好像没伤到骨头，所以没有太大的问题。"

信乐看起来累坏了，正准备吃自己的那份焖饭。由于古家长篇大论了太久，饭已经凉透了。

而八名川的表情有些阴霾，大概是在担心从岛上脱身之后古家会以伤害罪告她。

绘千花也认为社长那个人保不准会干出勾结医生伪造诊断证明，从而提高索赔金额这种事。可至少这次……情况特殊，他应该不会起诉。

她伸手摸着脖子，上面仍鲜明地残留着被掐住时的感觉。八名川的动作要是稍慢一点儿，她的气管可能真的会被捏碎。

过了一会儿，信乐看着放在多功能厅角落的便携宠物包，开口道："要是一个人躲在小房间里害怕的话，明明可以把塔拉带过去啊。"

"哎呀，因为它老凶啦……我是说这只狗。"

倒也能理解八名川为什么这么说，因为面对想给自己喂食的绘千花和八名川，它都毫无亲近的样子，只顾叫个不停，还想咬人。这样的狗拿来看门一定很出色。

这时八名川把纸杯里的咖啡一口气喝完，站了起来。

"不行，我要睡着了。我去外面呼吸一下新鲜空气，拉伸一下。"

信乐撕开一次性勺子的包装，吃惊地瞪圆了眼睛。

"呃，不能出去啊！你就在多功能厅里拉伸吧，我完全不在意。"

"我最近迷上了国外正火的体操，有很多奇怪的动作，怪不好意思的……哎呀，没事的！稀人应该不在我们这边，我也没打算走远，就在门口。"

"总之你小心点儿。"

"甭担心我，我会一整套防身术。"

八名川唰唰地挥着一把塑料伞出去了，大概是打算若有突发情况用来当武器。她做完运动回来的时候信乐已经吃完了饭，正在喝加了威士忌的咖啡。

像是跟八名川交接一样，绘千花站了起来。

"洗手间在哪儿来着？"

"走廊走到头的左边，临时放了两个简易厕所。有卫生纸和湿纸巾哦。"

信乐说村公所的人一直啰唆要保护岛上的自然环境，所以他们带来了灾害时用的简易厕所。而对绘千花来说，不必出去解决问题也是好事。

绘千花走出多功能厅，来到走廊上，借着手电筒的光亮慢慢向前走。这时,她好像听到了猛兽的叫声,惊叫起来。

听到她的叫声,八名川和信乐飞奔到了走廊上。

"咋啦?"

"……对不起,是古家社长的鼾声。"

右边第一间房间里仍在继续传出放肆的鼾声。信乐忍不住笑出声来,绘千花和八名川也跟着笑了起来。鼾声的音量好像还在不断加大。

"那个简易厕所……要不要搬到休息室去?穿过黑乎乎的走廊去洗手间,越到晚上越吓人啊。"

于是三个人把其中没用过的那个简易厕所搬到了休息室。休息室挨着多功能厅,只隔着一扇门,这样去洗手间就不用通过走廊了。

第六章　本岛·神域　合并

二〇一九年十月十七日（周四）04:15

在青白色月光的照耀下，神岛呈现出一个黑色的剪影。

自佑树等人从海上石子路过海回到本岛开始监视，已经过去了快两个小时。

月亮挂在晴朗的天空中，借着月光，只要有人经过海上石子路，他们绝不会看漏。之后……只要在这里坚持到五点十六分左右就行了。这样应该就能把稀人困在神域。

"可是茂手木教授怎么样了呢，希望他没事吧。"

西城坐在水泥斜坡上小声说。听到这话木京笑了。

"他肯定遭到稀人的袭击死掉啦。就算被稀人拟态了我都不会惊讶。"

说着他享受地深深吸入一口烟。这依然是木京一贯的说话方式。在紫色的烟雾中，佑树沉默地盯着海上石子路。

……只要把稀人困在神域，对复仇计划而言就没有不确定因素了，也不怕连累不相关的人了。当初的计划也是在第二天晚上杀掉古家和木京，所以就算从现在开始，也完全来得及。

就在他想着该怎么重新完善计划的时候，坐在前面的西城突然回头问："闻到什么味道没有？"

让他一说，佑树才注意到四周飘着带有刺激性气味的烟，吸进去喉咙刺刺的。这显然不是香烟或防虫蚊香发出的。

西城慢慢瞪大了双眼。

"……呃，着火了？"

佑树回头看向背后，本岛上，一座小山后面的天空被染成了淡淡的朱红色……虽然不知道那是什么位置，但肯定什么地方起了火。

佑树转回身面对着海上石子路，拿出了对讲机。

"听得见吗？请回答。"

不知是不是他的动作过于突然，呜哇哇在包里扭动了一下，又轻轻叫了一声。

"听见啦，不会是茂手木教授出现了吧？"

八名川这样回答。

"不是，本岛上好像有什么地方着火了。请到外边去确认一下情况。"

"着火？眼下公民馆里没什么特殊情况……喂，好像有什么地方着火了！"

后面一句大概是对跟她在一起的三云等人说的。一分钟左右的沉默之后，八名川发出了惊愕的声音。

"还真是……公民馆后面的高地那一带冒着红光呢。"

佑树感觉背上传来一阵凉意。三云的声音传来。

"墓地被烧了。"

那地方是佑树推测的密码答案所在之地。昨晚没打过雷，空气也并非特别干燥，在这种情况下起火会是偶然吗？还是说……？

三云的声音变得慌乱起来,她继续道:"怎么办?稀人藏在本岛,为了销毁对自己不利的资料把墓地烧了……喂,要怎么办才好?"

佑树做了一个深呼吸,冷静之后对着对讲机说:"你说得对,这么一来,稀人假装去了神域,其实留在本岛的可能性就更大了。不过要断定确实如此,我想还早了点。"

说这些话的时候,他的视线也没离开海上石子路。只听木京面部扭曲地嘟囔:"喂喂,少安慰人了。"

佑树的手指没有松开对讲机的通话键,他又继续道:"如果放火的不是稀人,而我们却被火转移了注意力,疏于防范,或者中断对海上石子路的监视,那就两头空了,对吧?"

说完佑树便等待三云的回答。

"……可是,也有可能是稀人放的火吧?"

当然他也考虑到了这个可能。

"就算是稀人干的也一样。哪怕想烧毁资料,应该也没必要在黑夜里搞出这么引人注目的大火来。而且,专挑退潮的时候放火也不对劲。你不觉得简直就像是故意用大火把我们吸引过去,好扰乱我们的视线吗?"

"你说的道理我懂。可真的不用去抢救留下来的资料吗?"

佑树轻轻地笑了。

"哦,那只是我瞎猜的,没必要在意。反正什么也找不到。"

尽管说这些话的时候他尽可能让自己的语气显得轻松,可佑树确实认为资料毫无疑问就藏在墓地里。然而现在他只能这么说,也只能祈祷资料没事。

本岛那边没有回应,他继续说道:"……目前看来,火应该不会烧到公民馆吧?"

这次是八名川回答的。

"映在天空中的红色已经相当淡了。而且几乎没有烟,火应该快灭了吧。"

"那就好。八名川小姐,你们继续待在公民馆不要离开。那里是最安全的。"

"知道了。龙泉你们是不是要继续监视石子路?"

之后他们说好,万一在跟佑树等人会合之前火烧到了公民馆,那待在公民馆的四个人就结伴撤到港口。

* * *

海上石子路在日出之前便沉入了海底。

石子路完全消失之后,保险起见,佑树等人又继续监视神域二十分钟左右。这期间东方的天空开始发白。

此刻风稍微大了一点。天气预报说将有低气压从幽世岛以南距离较远的地方通过,可能是低气压改变了前进路线。虽然不会受到太大影响,但海上好像渐渐起浪了。

"……结果,稀人还是没出现啊。"

望着白色的浪尖,西城脸上残留着彻夜未眠的疲倦,小声地说了这么一句。

"嗯。如今它可能仍藏在神域,或者骗过我们潜伏在本岛上……会是哪种情况呢?"

同样一脸困倦的木京吸着烟说:"不管怎样,只能回公民馆了。去调查一下发生火灾的墓地,也能搞清楚一些事情吧。"

他们走上了横穿岛屿的柏油路。路上还很黑,没有手电筒无法行走。佑树领头,照着脚下向前走。

这期间他也在凝神思考。

当然，佑树的选项中没有放弃复仇这一项……可情况完全没有好转也是事实。本来要是能把稀人隔绝起来，应该就能切实开展对木京和古家的复仇，可就连这个想法也变得岌岌可危了。

如果稀人在本岛，贸然行动搞不好会毁掉人类这一方的"防御"。这会导致与复仇无关的人有生命危险，还可能帮助稀人从岛上逃脱。

怎样才能既躲开稀人的袭击，又能展开复仇呢？看来只有根据情况的变化一点一点摸索，寻找对付困难局面的途径。

周边渐渐亮了起来，没有手电筒也能模模糊糊看清周围的情形了。

走到快能看到公民馆的地方时佑树站住了。因为在微光之中，他感觉余光好像捕捉到了什么。在路右边一棵树的树根附近，不知是不是错觉，那一带好像有很多虫子。

西城惴惴不安地问："怎么了？"

佑树打开手电筒，走近有问题的那棵树，照向树根。

"刚才我好像看到了什么……哇，啊啊啊！"

他下意识地失声大叫，同时无意识地向后退，等回过神来的时候，发现自己已经跌坐在了地上。看到他这个样子，木京放声大笑。

"龙泉，你也会被吓成这个样子啊。"

佑树顾不上回应，只是愣在原地。他甚至不确定自己看到的是现实还是幻觉。他跪在地上，手电筒照向倒在黑暗树荫下的物体。

那是一具皮被剥掉、肉被啃食了的人类尸体，被苍蝇团团围住，情况惨不忍睹……这表示在本岛上的某个人被稀人杀害了,然后稀人拟态成了人类。

西城也惊恐地叫了起来,木京用颤抖的声音说:"那么……这下就清楚稀人没去神域了。"

是的,他们都被稀人玩弄于股掌之中。

佑树等人本想把黑猫困在神域。然而实际上稀人留在本岛,反倒把追捕队伍中威胁较大的那个隔离在了神域。

西城在路对面蹲下来,好像要吐了。木京冷冷地看着他,再次开口。

"究竟……是谁被干掉了?"

佑树也不管身上沾满了泥,连滚带爬地来到被剥了皮的尸体旁边。

在神域看到的黑猫尸体血已经完全凝固,但这具尸体的伤口和血还很新鲜。显然死后还没过太长时间。

呈一片血红色的尸体上看不到一丝衣服碎片,是在全裸状态下被稀人吃掉了吗?还是说连衣服一起被吃掉了?

木京捡起手边的树枝,胡乱地把尸体翻了过来,苍蝇一下子成团飞起来,同时尸体的头掉下来,滚了出去。佑树只觉得一股酸水从喉咙深处涌上来,他难以忍受,把视线从尸体上移开了。

就算尸体的头掉了下来,木京仍旧不以为意地继续查看,然后轻轻摇了摇头。

"皮肤全被吃掉了!这下可分辨不出是谁了。"

正如他所说,尸体的皮肤全都被撕掉了,肉也没了大半。有医学知识的人或许可以另说,但眼下这个状态,在场的几个人甚至分辨不出死者的性别。

大概是爬走的时候蹭到了喷溅出来的血迹,佑树低头看着自己沾着泥土和血的双手。他的手在微微颤抖。

总不能一直这么下去。他调整了一下呼吸，好不容易站了起来。

"……从身高不能看出什么吗？"

听他这么一问，最为冷静的木京用力摇了摇头。

"不行啊。这次来拍外景的成员身高都差不多吧？只有你们两个例外。"

的确，女性成员中三云和八名川个子都相当高，整个团队除了佑树和西城以外，所有人的身高都是一米七左右。

"只能肯定这不是我和西城的尸体……是啊，没法再缩小范围了。"

这时木京好像猛然想到了什么，他眯起眼睛。

"等等，有没有可能是稀人为了让我们陷入混乱，用海野的尸体来恶心我们？"

"慎重起见，我们去看一下海野的尸体吧。"

从被剥了皮的尸体这里往树林那边走五十米左右，就到了那棵起标记作用的露兜树。走到沉甸甸的挂着类似菠萝的果实的那棵树旁，佑树用手电筒照向旁边的灌木。

手电筒光照出被稀人刺中胸口的海野，跟之前佑树等人查看时没有太大的不同。

西城的声音阴沉了下来。

"果然……那具惨不忍睹的尸体不是海野D。"

佑树拿着手电筒又向灌木走近了几步。呜哇哇好像醒了，从随身包里探出头，发着抖的同时发出恐吓的声音。

这时木京嚓嚓地挠着脖子，语带讥讽地说："看来在龙泉你糊里糊涂的时候又有人遇害了？正常来想，那具尸体应该是行踪不明的茂手木吧。"

佑树目光灼灼地看着木京。

"……是说茂手木教授也没去神域吗?"

"尸体都在这里了,也只能这么想吧。因为那位教授先生很擅长野外追踪啊。"

"确实如此。如果是茂手木教授,也许能看穿黑猫想把我们误导到神域去的用意。"

佑树始终无法摆脱发现那具死相凄惨的尸体时所感受到的冲击,从刚才开始脑子就没好好转过。虽说在这种情况下有些强人所难,但必须想办法恢复冷静……

木京的话却多了起来,他继续说道:"这下稀人就把茂手木的外貌弄到手了。假的茂手木大概会装成若无其事的样子跟我们会合,到时可不能被骗了……哎呀,躲在公民馆的那四个人,躺在那儿的也可能是他们中的某个呢。难道意想不到地变成了这种情况:在我们一无所知的时候,那几个人全军覆没了?"

这比平时还要差劲的发言让佑树忍无可忍地瞪着木京。

"在公民馆的四个人没事。"

明明情况都这样了,木京居然还能从喉咙深处发出笑声。

"但愿吧。"

他们急匆匆回到公民馆的时候已经六点了。

多功能厅里没有人在的气息。帐篷有用过的痕迹,却找不到关键的三云等人。

佑树和西城责怪地盯着木京,木京耸耸肩。

"你们看我有什么用啊。还不能肯定是全军覆没了,说不定他们只是先去墓地了。"

这时走廊那边传来说话的声音。

佑树放下心来，轻轻叹了一口气。不久后，多功能厅和走廊之间的玻璃门上浮现出一个人影，八名川打开门进来了。

"太好了，你们都没事。其实我们回来的路上发现又有人遭稀人毒手了……"

佑树正要继续往下讲，却发现八名川的脸色前所未有地苍白。站在门那边的三云和信乐也一样。

他们没有因为跟佑树等人会合而表现出高兴的样子，而是露出黯然的表情。

"……出什么事了？"

木京察觉到事情非同小可，听他这样一问，八名川无言地示意他看走廊的右侧。木京皱起眉。

"那是古家住的小房间啊。总不会是那家伙死了吧？"

木京边嘲弄地说着边往小房间里张望，然后表情凝固了。

明白发生了什么事的佑树也跟着看去。

只见一个人倒在地上，上半身塞在紫红色的帐篷里。尽管在微弱的晨光下有些地方看不清楚，可仰面躺着的这个人胸口被染成了红色，这是不可能看错的。

佑树用手电筒照向漆黑的屋子中躺在帐篷里的男人，照出了古家的脸。再看胸口处的伤，跟海野胸口的伤一模一样。应该可以肯定是稀人下的手。

房间角落放着便携宠物包，塔拉在里面发了疯似的叫个不停。也许它察觉到了降临在主人身上的惨剧，可现在没人顾得上管它。

慎重起见，佑树探了探尸体的颈部。摸不到脉搏，而且身体已开始变冷。跟海野遇害的时候不同，看来古家已经死了一段时间了。

……又一次让稀人抢了先。佑树无话可说，只得呆站在原地。

随着渐渐冷静下来，佑树开始感到愤怒。

"怎么回事，昨晚你们不是所有人在一起过夜的吗！"

只要确保做到这一点，自己就可以亲手对古家实施复仇的。因为愤恨和不甘，他用上了质问的口吻。

八名川似乎火气冲了上来，她回敬道："你别说得好像是我们的错一样，是你自己说稀人在神域的可能性比较大吧？"

佑树登时噎住了。

"是倒是……可我应该也跟你们说了单独行动很危险。"

"正常不是都会觉得，只要不出公民馆就没有危险吗？所以我们才觉得社长把自己关在小房间里也没问题。再说，我们一直在多功能厅，后门也锁得好好的。"

听了这话，西城吃惊地挑眉道："难道说稀人弄坏后门的门锁进来了？"

"直接去看看更快。"

三云主动领路，走到了走廊上。佑树、西城还有木京跟在她身后。八名川和信乐依然留在古家的房间里，好像在讨论着什么。

作为问题焦点的后门门闩被拔了下来，可看不出哪里遭到了破坏。

走在前面的三云露出紧张的表情，伸手握住了门把手，轻轻松松地向内拉开了门。因为她拉门之前没有转动旋钮，所以门应该一直没上锁。

她指着门外侧的钥匙孔说："我们发现的时候，后门的门锁已经是打开的了……钥匙是龙泉先生保管吗？"

佑树从裤兜里拿出钥匙串，点点头道："从村公所借过来之后就暂时由我保管。据我所知，岛上应该只有这一把钥匙。"

"如果是这样，那稀人果然是用不正当手段从外边打开了门锁。你们看，钥匙孔周围是不是有好几处划伤？"

佑树承认她的话是对的，点了点头。

"确实，留下的痕迹就像有小偷来过。"

"我想大概是稀人干的。"

听了这话，木京捧腹笑了起来。

"荒唐，一只怪物怎么可能有小偷的手艺啊！"

而佑树领会到三云话中的含义，表情变得沉重。

"不，那可不一定。"

"啊？"

"稀人具有将身体的一部分变成细长的刀或者针的能力，也许能以同样的方式，把身体的一部分插入锁孔开锁。"

"已经万事皆有可能了，稀人岂不是能为所欲为、无所不能了！哎哟，我的胃开始疼了。"

木京少见的说话时显得很倦怠，可佑树微微摇了摇头。

"还不到说万事皆有可能的时候……可是为什么公民馆的出入口都装有门闩？为什么窗户上既装了防雨板又装了防盗网？想想这些，就能明白一些事情。"

三云像是感到吃惊，她瞪圆了眼睛。

"什么意思？"

佑树没有直接回答她，而是刻意迂回地解释道："这么说吧，建造这个公民馆可能是出于某种特殊目的。大概当稀人来袭时，岛上居民能躲进来，起到避难所的作用。"

这话听起来可能过于异想天开，西城疑惑地小声说："不管怎么说,你的想象力是不是太丰富了?"

"如果仅仅是这一栋房子,作为依据确实薄弱。但这岛上还有一处装了门闩的地方。"

佑树边说边转而盯着三云,继续道:"之前你说过为了不让人随意进入神域,才建了一扇门封锁住海上石子路,对吧?那时候你应该说过那扇门装了铁门闩。"

三云目光飘忽地说:"我的确说过。可我只是把父亲说的话复述出来而已。"

"如果稀人会出现在神域,那封锁海上石子路的门……应该可以认为是为了防止稀人入侵本岛而建的吧?"

这次三云没有反驳,默默地听他说下去。

"当然,要建就要建一扇不会被稀人撬开的门。岛上居民在那个门上装了门闩,是不是可以由此推断稀人没有破坏门闩的能力呢?"

木京摸着新长出来的胡须,冷冷地盯着后门说道:"是这么回事啊。岛上居民特意在公民馆的门上装上门闩,是用来对付稀人的啊……可假如你的推测是对的,那不插上后门的门闩就毫无意义了吧。真是的,一个两个全都办不好事情。"

佑树再次看着门闩。

门闩表面泛着暗色的光泽,没有明显的污渍附着其上,和之前来查看的时候一样……佑树眯起眼睛开口说道:"不,后门的门闩昨天晚上应该也插上了。打开卷帘门之后我特意插上的,所以记得很清楚。"

不知是不是听到了这句话,八名川从古家的房间探出头来。

"没错。我们昨天傍晚在房子里检查了一遍,那时候门闩确实是插着的。"

三云也轻轻点头认同了她的话，木京一怔。

"那究竟是谁拔下了门闩？"

信乐也从小房间探出头来，吞吞吐吐地开口道："其实我正在和八名川小姐说这个事呢。当然，我连碰都没碰过门闩，八名川小姐和三云小姐也一样。"

"这么一来……就成了是古家社长拔下门闩了。"

佑树这么说着，回到了古家的小房间。为了避免闹出不必要的矛盾，可能有人说谎这点他刻意没有提及。

信乐的表情稍微缓和了一些，态度也恢复了平日里的轻佻。

"昨天晚上古家社长喝得实在不少，所以会不会是他半夜醒来去厕所的时候，为了醒酒从后门出去了呢？回来的时候可能一时疏忽，忘了插上门闩。"

这种事很有可能发生。这半年来佑树已经试探出古家爱喝酒，可酒量并不好。在外面喝酒的时候经常喝到最后昏睡过去。

佑树等人先把正门和后门的门闩重新插好，说好以后除了有人进出之外都要插好门闩。

接下来他们分头查看了馆内所有的房间。

考虑到稀人可能会拟态成猫或者蝙蝠等动物藏在房子里，他们便彻查了一番房内，不管是行李中还是帐篷下面，从掏取式厕所内部到墙壁及天花板，都没发现什么动物或可疑物品。

这样一来，至少……公民馆内部可以保证是安全的。

等所有人稍微恢复了冷静，佑树把昨天晚上他们几个人的行动及新发现的被剥皮的尸体跟三云等人讲了一遍。

听完他的讲述，八名川双臂抱胸，皱起眉。

"也就是说，从昨天傍晚到现在，除了龙泉你们之外，没人去过神域？"

"嗯，因为直到第二次退潮结束，海上石子路完全没入海中，我们一直牢牢地监视着。"

又发现了一具死相惨不忍睹的尸体，这一信息似乎带给三云极大的打击。

"居然又有人遇害……"

听到她惊愕的低喃，佑树不由得垂下头，盯着地板。

到底还是让跟复仇无关的人成了牺牲品……这个想法沉重地压在他的心头。

西城有气无力地嘟囔："那具尸体恐怕是茂手木教授吧。他没被稀人骗过去，留在了本岛。这本来挺好的，可惜还是一时不备，被稀人逮到空子袭击了。"

自昨晚开始，佑树三个人就一直在一起行动，所以那具尸体肯定不是西城或木京。在公民馆内的四个人也是，除了把自己关在小房间里的古家，另外三个人应该都是一起在多功能厅度过的。

……这么一来，根据排除法，那具尸体应该是茂手木。

稀人弄到了人类的样貌，这个事实让他们深受打击，他们决定回到古家的小房间。

迎来日出后，房间里跟刚才相比明亮了许多。

被留在房间里的塔拉又开始叫了起来。没有了主人的博美犬惊恐不安，似乎对人又多了一层戒备。这样的塔拉让佑树觉得实在可怜。

然而总不能把叫个不停的塔拉放在屋里，他们决定把它带到旁边木京的小房间里。

佑树刚拎起便携包，呜哇哇忽然探出头来。这一瞬间，它的视线似乎跟龇着牙的塔拉对上了，小猫被吓得躲回了包里。

把塔拉搬到隔壁房间之后，有一会儿还是能听到狗的低吠，不久后塔拉终于安静了下来。屋里恢复了安静之后，他们重新开始检查古家的尸体。

话说回来……古家似乎喝得格外粗野。

他的Ｔ恤领口浅浅地染了色，并散发出浓烈的红酒味。房间里没看到纸杯或塑料杯，所以应该是他直接拿着葡萄酒的瓶子对嘴喝时洒出来的。他的左手轻轻地搭在已经空了的葡萄酒酒瓶上。

不知道是不是睡着的时候遇袭的，帐篷及周边的东西都没有弄乱，本人的表情也很平静。要是真有灵魂，那古家的灵魂可能甚至都没发现自己被杀了吧。

把尸体翻过来一看，跟海野的尸体一样，贯穿心脏的伤口直达后背，连帐篷的底部都刺破了。只是这次稀人似乎很小心地拔出了凶器，周围几乎没有飞溅出来的血迹。出血大部分来自背上的伤口，把帐篷底都浸透了。

佑树回头问道："是谁第一个发现尸体的？"

信乐微微举起手。

"是我。我想着你们差不多该回来了，就带着塔拉来叫古家社长起床。"

"发现尸体的时间呢？"

"应该在早晨五点半之后、六点之前……我惊慌失措的，对时间没什么概念。之后好像跟八名川小姐还有三云小姐四处查看了一番，又商量了商量，不知不觉间你们就回来了。"

这时三云开口道："我们是不是最好把包括昨天在内的行动全都说一下？"

"嗯，有劳了。"

"首先,跟你们分开之后,我们径直回到了公民馆。之后为了保险起见,我们在公民馆内查看了一下,锁好了后门和窗户,然后到多功能厅集合。当然那个时候古家社长也和我们在一起。"

不知为何,她像是难以启齿般闭上了嘴,下面的话由八名川接了下去。

"那是傍晚六点左右的时候吧,龙泉不是用无线电跟我们联系了吗?然后社长知道了稀人的事情就激动起来,扑上去掐住了三云小姐。"

那个时候三云的声音确实有些沙哑,佑树本以为最多就是她跟谁争执起来,哭过了而已。

直到这时,佑树才注意到三云的脖子上有紫红色的掐痕,他倒吸一口气。

菜穗子在信中写过古家"火冒上来又把人掐死了"。肯定是险些发生同样的事情。

"这也……"

佑树说不出更多话来。而三云清晰地断言道:"不怪龙泉先生。是因为我不相信父亲的话,关于稀人的事什么也没说就来了这座岛。相当于是我引发了事件。"

不,肯定是毁掉卫星电话的我责任更大。话虽如此,可总不能在这时忏悔……佑树只能一直低着头。

西城顾及三云的感受,开口道:"不管怎么说,没事就好。"

八名川冷不丁嘴角一咧,露出一个自嘲的笑容。

"关于这件事啊……我以为社长想杀掉三云小姐,就狠狠地给了他一下。"

听了这句坦白,连木京都傻眼了。八名川流露出后悔之意,继续道:"我当时以为没有别的办法了才那么做的,可能有些冲动了。社长因此躲进了小房间。"

"那是古家社长自作自受啊。"

佑树露出苦笑说道,信乐也用力点头。

"全程我都亲眼见证了,我觉得就是社长自作自受……然后,与你们的通话结束后,我就开始准备晚饭。"

"晚饭做好之前,三云小姐和八名川小姐在做什么呢?"

"记不太清了,好像随便聊了聊稀人还有各种各样的事情。不管怎样,我们没离开过多功能厅。"

信乐沉思着,又说:"做好焖饭后,我送了一份到古家社长的小房间。顺便把已知的关于稀人的情况跟他讲了一遍。"

"你大概是几点去的小房间?"

"应该是八点左右。不过话说完之后古家社长不放我走,硬要我留下来听他发牢骚……之后我发现社长睡着了,想着是个机会,就溜了回来。"

再次看向倒在帐篷里的古家的尸身,佑树留意到一处细节,他举起了古家的右手。

"唔,食指和中指缠着膏药贴?"

"那是古家社长摔倒时受的伤。就是八名川小姐阻止社长的暴力行径的时候,他摔倒了,右手杵到了地。"

尽管并不怀疑信乐的话,佑树还是决定撕下古家右手上的膏药贴看看。

古家的食指和中指第二关节处的确呈紫黑色,且肿了起来。为了比较,他又看了看古家的左手,除了沾上葡萄酒的地方以外,没有别的显眼痕迹。

"看来指关节伤得很严重啊。"

"啊,还有,社长说左脚也扭伤了。不过我看的时候没怎么肿起来。"

"……保险起见,看一下吧。"

佑树把尸体左脚上的袜子拉了下来,看到脚腕附近稍微有点肿,估计是轻度扭伤。一直盯着这一切的木京回头看向八名川。

"运气不错嘛?要是古家还活着,告你一个伤害罪,你可就摊上大麻烦了。他那人,在这方面可是不饶人的。"

他的口吻像在嘲笑,可脸上一点笑意也没有。八名川不高兴地苦着脸。

"你是想说我是凶手吗?"

"也有可能是有人模仿稀人犯罪吧?说不定是想趁乱杀人灭口呢。"

一听这话,三云瞪着木京,干巴巴地说:"八名川小姐不是那种人!"

"你别那么激动啊。你了解这个女人什么?明明你们也是刚认识。"

"只要交谈上几个小时,就能大致了解一个人的性格……而且,你可别忘了,是古家社长把我的脖子掐成这样的哦!只要有这个事实,社长应该也会惧怕我或信乐的证词,不敢轻举妄动。"

要是平时,木京必然不会善罢甘休,可不知为何这次他似乎觉得有趣,流露出退让的态度。

"你说没必要杀人灭口?哎呀,这种事怎样都好,我也没真的认为凶手是人……然后呢,信乐大概几点回到多功能厅的?"

"应该是对讲机里刚说完密码之类的事的时候。"

八名川硬邦邦地说完就紧紧闭上了嘴。换信乐继续说道："大概是十点多。那之后我们基本上都待在多功能厅……要说做了什么不一样的事，就是把其中一个简易厕所搬到了休息室。"

是佑树把简易厕所安置在公民馆的洗手间里的，于是他不禁反问："为什么要搬？"

"因为留在这边的人全都不懂怎么用发电机，只能靠露营灯和手电筒撑着。可走廊实在太黑了，我们就说把简易厕所移到近一点的地方比较方便。"

佑树略加思索后开口道："……就是说最后一个见到古家社长的是信乐，对吧？"

"可我不是稀人啊！"

信乐慌忙摇着双手，佑树继续说道："不，我并不是在怀疑你，我认为这次的凶手毫无疑问就是稀人。昨天晚上你们几个一直在一起一同行动的，对吧？那样的话，稀人就没有可乘之机去拟态……"

三人突然神情沉重起来，佑树也注意到自己说的话跟刚才听到的相矛盾。至少信乐有一段时间没有和另外两个人一同行动。

"不、不对啊……难道？"

八名川用力地点点头。

"是，我们大多数时间都在一起行动，可也有不少时候是各自分开活动的。比如我晚上十点之后去做运动，大概出去了两次。"

"为了做什么见鬼的运动？"

"等等，不带你这么说的吧？是你说稀人应该在神域的。"

佑树又一次无言以对。这期间八名川继续说道："然后呢，我一出去，看到星星那么漂亮，一不小心就多待了一会儿……

第一次大概是十五分钟，第二次大概出去了十分钟。不过没离开大门太远。"

"我也一样，为了做晚饭出去了总共四十五分钟左右。当然是在公民馆旁边，不过我觉得八名川小姐她们应该看不到我所在的位置。还有之后被古家社长拉着说话的那近两个小时……这大概也算跟另外两个人分开行动吧。"

听完他们两个人的坦白，佑树彻底没了回话的气力。这时三云又像火上浇油般开口："除此之外还有去洗手间的时间。像我，去了五次洗手间，他们两个人大概各去了四次吧？每次最多也就十分钟，不过也不是掐着表算过的……但有一件事很清楚。"

"什么事？"

"信乐回到多功能厅时古家社长毫无疑问还活着。因为之后我要去洗手间的时候听到了社长的鼾声。"

而且不只她一个人听到了古家的鼾声，所以基本可以确定十点多的时候古家还活着。

可这也不足以证明信乐不是稀人。佑树微微摇了摇头。

"这不行啊。我们不知道稀人进行拟态需要几分钟……只要不搞清楚这点，就无法推测谁有可能被稀人拟态。"

是只要几十分钟就足够吃掉一个人并拟态，还是说需要几个小时？根据用时的不同，值得怀疑的人也会有极大不同。反过来说，按照眼下的情形，在多功能厅的三个人都有可能是稀人。

木京一边掏出烟，一边恨恨地说："如果是这样，那就无从推理了。除非稀人在我们面前当场表演拟态，否则这事儿根本不可能知道。"

西城马上接过话头："之前说的密码提示的那个地方会不会

藏有相关信息？"

佑树也明白他们不愿放弃希望的心情，只是他无法保持那么乐观的心态。

"想要确认这个的话……只有实地去看一看了。"

众人正要回多功能厅的时候，佑树发现连接小房间和走廊的那扇门的门把手上沾着血迹。因为门的衔接不是太好，所以血迹应该是从房间出去的时候弄上去的。

"这……是手印吗？"

因为擦蹭过，指纹已看不出来，不过能清晰地看出是右手的大拇指、食指以及中指留下的痕迹。仔细一看，好像还留下了部分掌纹。看颜色应该不是以前就有的。

"那个在我发现尸体的时候就有了。我正想回去告诉大家古家社长遇害了，就看到门把手上沾着血，吓得惊叫了一声。"

信乐这样说，八名川点点头。

"之后我马上来看过，那时候血已经干了。"

古家的手上没沾着血……佑树想起这一点，小声说："那就是稀人留下的了。"

这时，响起一阵激烈击打的咚咚声。

房间里的所有人都差点儿跳了起来，浑身紧绷。信乐战战兢兢地探头看向走廊，声音里充满恐惧。

"怎么办……有人在敲后门。"

"喂！怎么回事，没人在吗？"敲门的声音越发激烈起来。

听声音，隔着门在另一边的应该是茂手木。问题是……那是不是真的茂手木。

佑树冲着门问道："请回答我几个问题。"

"听这声音是龙泉先生吧。你能不能回头再问？我受伤了。"

"……你叫什么名字？"

对方倒吸一口气后就默不作声了。佑树感觉过了将近一分钟才等到他的回答。

"我叫茂手木伸次，在Ｓ大学研究亚热带地区的生态系统。来幽世岛是因为担任《探索全球不可思议事件侦探团》节目的顾问……也是死去的海野高中时代的前辈。"

回答全部正确。信乐松了一口气，叹道："太好了，其中有稀人不可能得知的信息。是真的茂手木教授。"

看到他把手伸向门闩，八名川小声阻止道："不，还不好说。也可能是看了茂手木教授携带的身份证件或拍摄策划书后得知的。"

门另一边的茂手木冷不丁发出笑声。

"真是奇怪的问题……莫非你们知道了那个生物拥有拟态成人类的能力？"

佑树心想这没什么可隐瞒的，立即回答："是这么回事。"

"不好办哪，我好像被怀疑了。"

听他的声音好像不怎么慌张。这种反应也可以说很奇怪，不过从来到岛上的那一刻起，茂手木给人感觉就是一个相当怪的人。

佑树让八名川退后，自己把手放到了门闩上。

"……行吗？"

"如果是真的茂手木教授，那不让他进来实在太过分了。"

"如果是稀人呢？"

"就算是它，也许把它置于我们的监视之下反而安全。我觉得还是应该开门。"

佑树边说边拔下门闩。门闩依然很紧，这可能也是为了防止稀人闯入而有意为之。接着他转动旋钮。

外面站着脸色苍白的茂手木。

他的衣服上上下下全都是泥，脸上有好几处被虫子叮咬过的痕迹。左边裤腿的脚踝部位以及运动鞋都被血浸染，已经发黑了。他露出一个虚弱的笑容。

"虽然你们好像并不是完全相信我，不过谢谢你们让我进来。我很感激。"

"……发生什么事了？"

"那只黑猫很狡猾。它假装去了神域，实则留在本岛，可之后的事情不太妙。我为了抓住它，一直追到了岛的北侧，可它割伤了我的脚腕。"

他边说边指着缠在左脚腕上的丝质花头巾。头巾被染成了鲜艳的颜色。茂手木继续说道："我当场昏迷了，十二个小时左右后醒过来，天已经快亮了……幸好没伤到动脉，失血量还不至于让我无法行动。我试着用头巾好歹止住了血，然后走回到了这里。"

强行行走似乎加剧了出血，滴落的血迹一滴一滴从后门向岛的北侧延伸。

看出血量应该伤得不轻，哪怕仅有微小的可能他是真的茂手木，现在也应该先给他疗伤……佑树这样判断。

"有人懂急救处理吗？"

他试着这样问了一声，可除他之外的五个人似乎甚至很抵触靠近茂手木。他们退到走廊后方，只是远远看着。

佑树深深地叹了一口气。

"那至少请把急救箱和纯净水拿过来。"

之后他让茂手木面向外边坐在后门处,脱下运动鞋和袜子。接着他从急救箱里拿出一次性橡胶手套。

茂手木的脚腕上有一个五厘米长的撕裂伤,伤口很深,需要好好缝合。

……稀人能在拟态之后还装成负伤的样子吗?

佑树脑中升出这样一个疑问。如果这个伤口,还有被虫子叮咬过的痕迹,都是稀人弄出来的伪装,那它的拟态能力就强得可怕了。

佑树拿起三云递过来的纯净水。

"首先我要用水把伤口清洗干净,然后喷消毒水。"

这是现在力所能及的应急处理。他用纱布按住伤口,正要拿胶带固定的时候,三云过来帮着缠上了绷带。

最让人担心的是伤口里面或许进了泥土,即使冲洗过,还是怕得破伤风。茂手木像是先一步看透了他的想法,开口说道:"幸好大概半年前,我去南美的时候提前打了破伤风疫苗。谁知道会在这地方派上用场。"

茂手木说这话的时候莫名有些呆滞。

如果他是真的茂手木,因为跟大家会合之后情绪放松,加上疲劳和受伤耗费了精力而表现出困顿……大概就是这种情形吧。实际上由于伤口的影响,他似乎有点发低烧。

等应急处理告一段落,佑树把他带到了多功能厅。有一顶蓝灰色帐篷里的睡袋还没用过,佑树就让他坐到了那边。为防止他脱水,还给了他一些运动饮料和纯净水。

佑树回到走廊,看到木京正插上后门的门闩,耸耸肩问:"……这之后要怎么办呢?"

佑树轮番看了看在场的五个人,映在眼里的是一张张睡眠不足、筋疲力尽、无精打采的脸。

"吃早饭吧。不然体力会撑不住的。"

稀人的独白（一）

人类是一种个体差异极大的生物。

有具备出色身体素质的人，有想象力丰富的人，还有的人运气好得像是老天在庇护。我们种族也一样有个体差异，也分性别，但没有根据性别不同使用不同人称代词的习惯。

所以有些事我到现在都不明白。虽然最近好像渐渐区分得不那么严格了，但为什么日语中第一人称和第三人称要根据性别区分呢？

"WATASHI""BOKU""ORE"[①]"他""她"……尽管作为知识我都知道，可使用时必须时刻小心，以免用错。

而正是这样的人类，给我的种族起名叫稀人。

受到我们侵略的生物总是想给我们起名字。有的管我们叫"拟态生物"，还有一些叫我们"无底洞"——这个名称的来源似乎是不知道我们的欲望有多深。

跟那些比起来，稀人这个名字好像还不错。所以攻击人类的这段时间，我就接受稀人这个称呼吧。

穿过裂缝来到的这个地方居然如此富饶，这对我们而言是

---

①写为"私""僕""俺"，均为日语中的第一人称，适用不同性别及年龄的人，这里用罗马发音表示。

个惊喜……因为我们原本所在的世界资源早已耗尽,稀人面临着饿死的危机。

我独自在一个名为神域的地方徘徊,第一次吃的是一种很小的生物。这种生物的智力和语言水平都太低,味道也很差。结果直到袭击人类,尝到他们的血,我才知道那是一种叫老鼠的生物。

有一件事在岛上的人尚不知晓……那就是稀人可以通过吸血获取对方的记忆和知识。这是进行拟态所必须具备的能力,是在进化的过程中我的祖先一点点打造出来的。

所以看到他们根据"有无本人的记忆"来判断是稀人还是人类,我差点儿笑出声。你们就继续照这个步调来找出我拟态成了谁吧。

此时,这些人类正一边疑神疑鬼,一边准备早饭。

当然我也是其中之一,可我根本提不起食欲。人类的食物我本来就吸收不了。那些东西吃下去虽然毒不死我但完全没营养,仅仅是放在肚子里之后再丢弃而已。

吃早饭的时候人类也一直说个不停,吵死了。

人类使用的音域比我们要低得多,说话的声音毫无情趣可言。我们拟态之后倒也能发出同样的声音,可陪着他们说些低水平的话也很累。

只有一次,我想过能不能让人类当我的同伙……但马上抛弃了这种想法。人类对我们而言不过是食物,把重大计划的一环交给食物是无稽之谈。这个计划还是应该仅仅通过稀人之手实施下去。

话说回来,昨天的事我想我干得很漂亮。

能不能把人类引诱到神域去，我也是赌了一把，为此我不得不以身涉险。然而得到的回报太丰厚了。那些人类因为在他们疏于防范的本岛上有人遇害而深受打击，到现在都还没重新振作起来。

要是照这样发展下去，大概可以一边制造新的遇害者，一边达到目的，从这个岛上逃脱或许也不是难事。

……对此我深信不疑，到现在依然坚定。

只是没想到那个叫龙泉的人类居然如此善于想象。

谁能想到居然在我袭击海野的阶段就让他看穿了是黑猫下的手呢？本来我打算用同样的方法再收拾几个人的，这样一来可不仅仅是计划破产而已。

而且那个人类还开始从细微的线索推测稀人的特性。最为可怕的是，那些推测大多数都说中了。

- 身体的比重堪比重金属。
- 可以把身体的一部分作为武器。
- 有刺入猎物心脏的习性。
- 拥有拟态的能力，拟态的时候需要吃掉猎物的皮和肉。
- 造成四十五年前那起惨剧的也是稀人。
- 能够撬开门锁。
- 无法破坏插着门闩的门。

以上七点，龙泉都准确地说中了。

不过在其他方面他也有说错的部分。比如他对我们的智力水平所做的推测。至少我的智商要比人类高得多。

还有一件不太走运的事，那就是三云英子的孙女也在。

果然应该第一个对付三云绘千花的……因为想想四十五年前的事，毫无疑问对我而言最危险的是三云家的人。

穿过裂缝来到这里后我才知道，在我之前出现在神域的稀人全都被人类杀害了。

缘由我不得而知，不过三云家的人似乎世代传下来了杀死稀人的方法。他们估算着我们出现的时机，守株待兔。这点三云绘千花也一样，听到这个人类讲述关于雷祭的事情时，我感到毛骨悚然。

……稀人沉入海中会死，这是事实。

在我们原本居住的世界里，水非常珍贵，而绝大多数水分储存在生物体内。我们乐于吸食体液，也是因为我们是在这样的一个世界存活下来的。

稀人的身体堪称完美地适应了几乎没有水的环境，所以无法应对被大量液体包围的情况。要是沉入大海或没入水中，我们就无法呼吸，大概会马上被溺死。

这一点既然已经被人类知晓，似乎就更应该小心行事。

第七章　本岛　密码解读

二〇一九年十月十七日（周四）08:35

吃早饭之前，从神域回来的三个人决定先换身衣服。他们用水和湿纸巾擦拭掉身上的污垢。

等稍微舒爽一些了，他们选择了省事的方便面当早餐。

佑树负责给大家冲咖啡提神。因为带来了很多十个装的纸杯，保险起见，他选择使用没开封的纸杯。

同一时间，三云给塔拉喂了狗粮。狗是古家带到岛上来的。塔拉本来在便携宠物包里睡着，可三云只是走近，它就有了反应，开始低吼。它的警惕性极强，三云给它喂食它却怎么都不肯吃。

佑树决定找找有没有呜哇哇能吃的东西。

本来昨晚晚餐要用的鱼和肉都放坏了，不能给小猫吃。人吃的鲭鱼罐头对猫而言又盐分太高。木京瞪着佑树，表示"我的鲣鱼干绝对不会给你"。

最终佑树决定借用塔拉的狗粮。古家带了一大堆狗粮和狗吃的零食来岛上，多得两天三夜根本吃不完。虽然狗粮对小猫而言也不是最合适的食物，但总比人吃的东西好。

佑树把在包里睡觉的呜哇哇抱起来，先处理它后腿上的伤，然后试着给睡得迷迷糊糊的小猫喂泡了水的狗粮。

幸好小猫似乎挺爱吃的，吃了整整一罐。不愧是野猫，身体似乎比佑树想象的健壮。

之后呜哇哇开始在地上到处乱闻。小时候养的猫好像也会做同样的事，那是什么意思呢……

佑树正努力回想，西城远远地看着他笑了起来。

"这大概是想上厕所。"

佑树连忙抱起呜哇哇，拜托别人拔下正门的门闩，把猫带到了公民馆旁边的沙地上。看到小猫马上开始解决问题，佑树抬头看向跟过来的西城说："你挺了解猫啊。"

"因为我以前同时养过狗和猫。虽然这只好像不喜欢我。"

呜哇哇上完厕所，开始冲着西城发出恐吓的声音。不知是不是因为它是野猫，除了佑树之外似乎对谁都不亲近。佑树露出苦笑，拎起呜哇哇，把它放回了随身包。

佑树让在里面的人打开门闩，回到多功能厅后就提议前往墓地。

"……可是又不能把茂手木教授一个人留在公民馆里。要不分成两组吧？"

经过简短的讨论，他们决定留八名川和木京守在公民馆。

八名川是自己主动请缨，理由是"反正总要有人留下来"……可就佑树所知，木京是断然不会同意这么做的。

他正觉得奇怪，木京就开了口。

"首先，我、龙泉还有西城不可能是稀人。因为不管怎么说，古家被杀的时候我们在神域，而且一直在一起行动。"

关于这点没人有异议。接着木京一脸伤脑筋的样子，看向手里拿着方便面的茂手木,继续道:"那么稀人必定拟态成了剩下四人中的一人。其中从昨天傍晚开始行踪不明的教授先生可能性最大,对吧?"

拿着一次性筷子的茂手木微微点头。

"你们要这么想我也没办法……刚才我听三云小姐说了昨天发生的事,才明白是什么情况。"

木京笑眯眯地说:"你有这个自觉那就好说了。"

他拿起放在多功能厅地板上的对讲机,又继续道:"虽说我也很想知道墓地那边的情况,不过这次我就接下这个吃亏的活儿吧。我来看着教授先生和八名川,万一谁有可疑举动,我就用对讲机向龙泉汇报……怎么样?"

佑树沉思着该不该接受他的提议。

如果茂手木是稀人,那就算他现出本性,有八名川和木京两人在,应该能够将其制伏。可如果八名川是稀人,受了伤的茂手木又没什么战斗力,木京一个人能跟她对抗吗?

就在他纠结的时候,木京打开了放在多功能厅角落的工具箱,边哼着歌边翻看里面的东西。

"……你在干什么?"

被佑树一问,他拿出撬棍开始挥舞。

"什么在干什么,肯定是在选择武器啊,这还用问吗?"

他眼里放光,看起来甚至像在期盼稀人快些现出真身。他似乎很想假托正当防卫之名,对外表是人的东西施加暴力,那样能让他感到十分快乐。

……看这个情形,是不是不必担心呢?

最终他们决定让木京、八名川还有茂手木三个人留在公民馆,其他人动身前往墓地。出发之前,佑树从工具箱里拿了一个锤子,又从道具箱里拿出塑料绳和裁纸刀带在身上。

他们从后门出去后,八名川就动手插上了门闩。这样大概就不用担心稀人从外部袭击了。

离公民馆遗迹越远,焦煳味就越浓。呜哇哇好像讨厌这个味道,不再从随身包里探出头来。

佑树爬上落满了灰的台阶,不由得倒吸一口气。

整齐排列的墓碑周围,细竹已全部被烧光,有几个墓碑甚至都倒了。原本颜色鲜亮的墓碑如今落满了黑乎乎的灰。四周的泥地也一样,遍布燃烧过后的黑灰。

过道的地砖上停着一只蝴蝶,一对银色翅膀上各有一个黑色的斑点。可他们一走近,蝴蝶就慌忙飞走了。它停过的地方有一个画着某美国漫画人物图案的打火机。

西城看到了打火机,小声说:"这是海野D喜欢用的那个打火机吧?"

"应该没错。我看到他用这个打火机好多次了。"

看来用于纵火的无疑就是它了。稀人肯定是拿走了放在海野口袋里的打火机来用。

佑树突然发现三云正一脸魂不守舍的表情呆站在一个墓碑前。

尽管落满了灰,但仍能看出墓碑上刻着"三云英子之墓"几个字。这正是佑树昨天想找的墓。

佑树和西城对视了一眼,不知该跟她说什么。只有不知道昨天那些前因后果的信乐还在专心致志地查看火灾过后留下的痕迹。

"因为失了火,所以不太容易看出来,不过墓碑周围好像有被挖开过的痕迹哦。"

正如信乐所说，地上有很多重新填埋过的痕迹。只是由于被火烧过，还积着灰，所以看不出挖开的规模有多大。

西城摸了摸地面，点点头说道："这肯定是稀人为了找出密码所指的隐藏地点，于是挖开了地面的痕迹。"

"很遗憾，看起来正是如此……不过关于密码的那些话，稀人是怎么听到的呢？"

话说到一半佑树便陷入了沉思，后面就像是在喃喃自语。信乐不解地眨了眨眼。

"呃，稀人也解开了密码？"

"不，如果解开了密码的话，应该只会在一个地方翻找，不会像这样又挖又放火的。"

佑树越发头疼，西城忽然轻轻地吸了一口气。

"等等，我们不是带了三台对讲机上岛吗？"

其中一台由佑树保管，一台应该紧紧握在木京手中，而第三台……佑树为自己的疏忽咒骂了一声。昨天满脑子想的都是如何把稀人困在神域，竟彻底忘了这件事。

三云也瞪大了眼睛说："剩下的那个，难道是掉在海野D尸体旁的？"

"没把那个对讲机拿回来实在是大意了。对讲机就丢在尸体所在的灌木旁边，应该是被稀人找到捡走了。"

若是如此，那昨天他们通过无线电交谈的内容就都传到稀人耳中了……当然，密码提示的答案就藏在墓地，这也让它听去了。

当时对着对讲机滔滔不绝讲出自己的推测，感觉已经解开了部分谜团，而如今，这些都让佑树感到空虚。

一阵沉默之后,三云又看向英子的墓碑,小声说:"……那个密码所指示的地点,果真是祖母的墓碑吗?"

"不,是别的地方。"

佑树这样答道,西城马上笑了起来。

"原来不是啊!吓我一大跳。"

可佑树没法乐观起来。

"我认为是密码指示的地方看起来没被动过,但里面可能已经是空的了。"

"不去看一下谁也不知道。这次你总该告诉我们那个密码该怎么解释了吧?"

为了回应三云的要求,佑树从旁边捡起一根树枝,在地上写字:

稚童尤梦金甲虫　岂料四片不合众　但若觅其心脏处　自有真理宿当中

"'稚童尤梦金甲虫'这句的意思是'这是密码',所以不用管……来看看'岂料四片不合众'吧。"

西城沉思了片刻后轻轻点头道:"按常理来思考的话,'四片'可以指四片翅膀。除了蚊子之类的例外,昆虫的翅膀应该都有四片吧?"

"你说得对。不过这句话并不需要深入推敲,只要照字面意思理解就 OK 了……这个密码其实简单得惊人。"

三云一边听他解释一边看看四周,不一会儿突然微微一笑。

"啊,我好像明白了。"

她指着通道上铺的地砖。

"回答正确。那里有四片是'不合众'的。"

通道上铺满了五厘米见方的地砖,尽管有的地方落了一层灰,但还不至于看不清地砖的颜色。地砖都是灰色的……但没有两片的颜色完全相同。可能是特意设计成这样,集合了各种不同的灰色。

信乐好像发现了什么,他蹲下来,用双手擦拭一块地砖。地砖呈现出泛红的颜色。

"真的。这块地砖不是灰色的,而是粉色的!"

距其两米左右的地方,三云发现了一块梅红色的地砖。佑树也拂去脚边的灰,显出一块粉色的地砖。

西城盯着接连被找到的地砖,眯起眼睛。

"也就是说……'但若觅其心脏处,自有真理宿当中'这句,是不是可以理解成四块地砖的中心位置藏了什么东西?"

"我也是这么想的。因为心脏(heart)既会让人联想到红色或粉色,又有中心的意思。"

"哟,我的推理偶尔也会中啊。"

就在说这话的时候,信乐找到了最后一块地砖。四块地砖中有两块是三文鱼粉色的,两块是梅红色的。

佑树俯视着地砖思考了一会儿。

"把四块地砖连起来好像能形成一个平行四边形。"

四块地砖之间的距离短边有两米,长边有五米左右,所以要想靠数地砖的数量算出中心是难之又难。

三云早早就露出了烦躁的表情,佑树差点儿不由自主地笑出来。

"用不着去数地砖,我带了塑料绳过来,用绳子来找出中心点吧。"

四块地砖连起来呈平行四边形，那么对角线相交的地方应该就是密码的答案。

信乐一边按照佑树的指示拉出对角线，一边不满地说："这密码是不是太简单了？我想象中的密码应该更隐晦，要解开得费很大的劲，这会不会过于简陋了啊？"

听了这话，佑树也只好露出苦笑。

"我也这么觉得。不过想想岛上居民设计密码的理由，也许没什么难度的密码才自然。因为不管怎么说……必须让岛外来的人能解开才有意义。"

三云拉着塑料绳，嘀咕了一句："或者是密码的解读方式错了。"

就在佑树不知怎的突然对自己的推理失去信心的时候，对角线完成了。站在交点处的西城放了一块尖尖的石头当记号。

"是这一带。"

"好，调查一下吧。"

佑树边说边开始用锤子敲打那附近的地砖。

他马上就发现有一块地砖传出的声音不同，下面是空的。发现这点后他突然紧张起来，用几乎发起抖来的手敲碎了地砖。

碎掉的地砖下方藏着一个细长的金属筒。

金属筒上没什么锈迹，大概是不锈钢的。佑树惴惴不安地打开盖子，从里面掉出来一个小了一圈的圆筒。西城眨了眨眼问："这是什么？好像套娃。"

"是为了能长期存放里面的东西才套了两层吧。看重量，里面应该没有更小的圆筒了。"

和佑树想的一样，从这个小了一圈的圆筒里掉出一个就快要坏掉的塑料袋。他谨慎地拆掉塑料袋，里面是一沓纸。

只是……不管再怎么密封，亚热带地区的地下环境还是相当恶劣。纸上的字迹已晕开，且多处发霉，很多地方很难辨认。

佑树在那两个人的注视下展开了破旧的纸张。

* * *

你应该是解开了密码才得到这份笔记的吧，那么我希望你是真正需要这份笔记的人。

如果你不知道稀人的存在，那不管我在这里写下什么，不管如何告诫你稀人有多么危险，看起来也不过是胡说八道。

不过若你用不到这份笔记，也是幸事一件。

因为一旦有人需要这份笔记，就意味着幽世岛上的居民已被稀人赶尽杀绝。

尽管有一扇封锁海上之路的大门保护本岛，可因意外事件导致大门门闩被拔下的可能性也并非为零。我甚至不愿意去想象，可总要做好迎接最坏事态的准备。

原本有关稀人的信息都是通过岛上居民口口相传，由三云家世代保管的资料也在前不久的战祸中遗失了。正因如此……为了需要稀人信息的人，我决定把我知道的全都写下来。

我是三云英子，对正在看这份笔记的你有一事相求。

绝对不可以让稀人从幽世岛逃脱。请你一定要亲手消灭那只怪物。

一、何谓稀人（以深红色强调）

稀人的真面目是以金属为主要成分的球体，大小比普通家猫小两圈，重约二十公斤。传说为了生殖繁衍，稀人有性别之分，但无法从外表辨别。

稀人的真身是可以流动的，可以根据意志改变形状。仅有真身也可以活动，能像人的手脚一样随心所欲地做动作。其中心有一个固态的核，约五厘米大，所以他们无法通过小于五厘米的缝隙，也无法分裂成两个活动。

　　稀人的智商很高，能通过从动物身上吸取一定量的血来获得对方的记忆和知识，而吃掉动物的皮和肉就能将其覆盖在身上，完成拟态。但是它们无法拟态成比本体更小的东西，猫的大小差不多是极限。

　　它们用由自己的身体变化而成的针（细长锋利的刀具）作为武器，通常袭击猎物的心脏，拔出针之后再用身体盖住伤口吸血。刺入针后还可以注入让猎物处于假死状态的毒素。

　　它们天性凶残，特别好吸人血。

二、关于真雷祭（以深红色强调）

　　稀人每隔四十五年必定会在神域出现一只。上次出现是一九二九年，这次是一九七四年，下次是二〇一九年……依此类推。

　　如果天上没有云，神域却遭到雷击，■无法识别■出现的征兆。

　　只是，在这个阶段尚无须慌张。因为只要封锁住海上之路的大门和门闩完好，稀人就不会侵入本岛。

　　也用不着担心它会不会拟态成鸟逃脱。栖息在幽世岛附近的鸟类中最大的是鹫和鹭，体重都低于两公斤，而稀人拟态时足足超过二十公斤。放眼全国，也没有体重如此之沉，还能稳定飞行的巨大鸟类。

　　遭到雷击的次日，选择日间退潮时刻，三人以上结伴，带着狗去神域。切记要带上火把,并且关好门。

稀人的拟态对狗不起作用,狗天生讨厌稀人,会叫个不停。稀人在觉察到有危险的时候会发出人听不见的声音,可狗对那种超声波也会敏锐地表现出反应。本岛上大家都喜欢养狗也是出于这个原因。

并且,在去神域的时候,稀人可能已经拟态成了动物,搜索时要仔细留神。

过去曾有稀人为了让人类掉以轻心,拟态成受伤动物的先例。其拟态很巧妙,人类无从分辨真假。因此若有受伤的动物,应格外注意。

待狗发现稀人,就轮到火把上场了。它们怕火,暴露在几百度温度下就会现出真面目并昏迷。

等稀人现出真面目,应将其放入笼子带回本岛。为了验证稀人确确实实被捕获,没有拟态成人类,这是必须的程序。

此时使用的笼子网眼不得超过五厘米。若网眼大于五厘米,醒过来的稀人恐怕会逃走。

之后,在全村人的监视下把稀人从墓地投入海中。等看到稀人被淹死之后,就准备庆功宴■无法识别■

当然,至今为止还不曾让稀人逃离幽世岛……可过去似乎发生过稀人闯入本岛,造成人员伤亡。不过至少这两百年来不曾发生这样的惨剧。

三、幽世岛和稀人的关系(以深红色强调)

虽然仅留下了传言……但似乎至少一千年前就有稀人出现在神域了。与稀人的战争从那个时候开始,一直持续至今。

相传,岛上居民的祖先大概是一千年前来到幽世岛的。

当时幽世岛上住着一个男人。他是岛的守护神的化身■无法识别■教会了岛上居民各种各样的知识,也向他们传授了关于稀人的知识。

他在岛上待了一百多年,直到看着岛上的居民两次消灭稀人后,便如同溶入大海般消失了。

离去之前,他给岛上的居民留下了这样一句话:

"失败会造成许多牺牲,反复失败会招来无可挽回的灭亡。"

必须遵照这句话,为了不发生反复失败而执行真雷祭。

四、幽世岛和稀人的关系·续(以深红色强调)

这是我个人的见解,稀人会不会是异世界的生物呢?以四十五年为周期,每次出现一只,也许是因为这是时空裂缝打开的周期。

有时我也会这样想象。

异世界和地球的时间前进方式不同,异世界的一瞬间会不会就是这边的四十五年呢?稀人其实在异世界有好几百只,正排着队穿过时空裂缝,想要侵略我们的世界。人类花了一千年的时间,一只一只……也只不过消灭了排在前面的二十几只而■无法识别■

一千年前岛上守护神的化身,那个把关于稀人的知识教给岛上居民,活了一百多年的男人……其实他会不会也是稀人?

帮助人类,也许是因为他是稀人中的叛徒,希望看到自己的种族灭绝。

我的妄想中会不会有一些是真相 ■无法识别■

五、在稀人身上的实验结果(以深红色强调)

过去曾有一次没完全遵守规则举办真雷祭。

那是一九二九年稀人出现的时候。我的父亲没有马上杀掉捕捉到的稀人，而是将其关在 ■无法识别■ 半年里反复进行实验。结果验证了口口相传下来的内容全部属实，并且弄清楚了好几个新的事实。

A 关于稀人如何选择猎物

从以往经验中也多少能了解到，稀人不会对尸体下手，只是新鲜血液 ■无法识别■ 进行的实验中，弄清楚了尸体的血和肉对稀人而言有毒。因此它们无法用尸体的皮和肉进行拟态。

B 关于稀人具有的毒素特性

进行拟态的时候，稀人会先通过针将毒素注入猎物体内。

毒素会立即生效，若是受了致命伤的动物……会使其生命活动降至最低，进入假死状态。对稀人而言，需要让猎物活着才能进行拟态，但若不能压制住猎物的抵抗，它们就会有危险。因此才获得了这个能力吧。

可这种毒素不能疗伤。因此，若猎物身负致命伤，药效消失的同时也会死亡。

C 稀人的结构 ■无法识别■

稀人在拟态的状态下也能使用针作为武器，不过只能伸长五十厘米。

这是因为稀人的身体结构是以核为"中间层"，再由"外层"覆盖核。外层占据了稀人真身的绝大部分，用于融合猎物的皮和肉进行拟态。

而中间层的强度极大，能变化成武器，但因为体积关系，能到达的距离有限 ■无法识别■

D 关于拟态所需的时间

稀人会将猎物覆盖到自己的身体上，以此一口气获取猎物的皮和肉。拟态成大型生物时，为了调整体重，他们还会将土和石头放入自己的体内 ■无法识别■ 其拟态速度极为惊人，比如说猫的话只需两分钟，中型犬需四分钟，就算是大型犬也只要八分钟左右，就能完成拟态。如此快的速度也是一个很大的威胁。

通过反复实验得到的结果显示，拟态对象的大小和拟态所需的时间成正比。如果对象是人类，拟态成成年男性需要约十五分钟，拟态成成年女性需要约十四分钟。

E 关■无法识别■稀人拟态的极限

恢复原样时，稀人会把裹在身上的皮和肉全部剥离丢弃。另外，想脱离原有拟态再变形时，同样要把裹在身上的皮和肉剥离，这样一来稀人会恢复原样。而剥离下来丢弃的皮和肉会溶解成黑乎乎的肉块■无法识别■

重复实验多次后证实，稀人无法利用受损的肉块再次拟态。也就是说，一旦解除拟态，或解除拟态成的动物的样子之后，稀人就无法再一次变成同一模样了。要重新拟态，就必须获取新的动物的肉和皮。

F 稀人■无法识别■

稀人具有两种眼睛和鼻子。一种用于观察外界，跟我们人类的眼睛和鼻子相近 ■无法识别■

另一种是消化时使用的，是可以同时获得"视觉""触觉""嗅觉"三种感觉的器官。它们使用该器官，一边消化摄入体内的猎物的皮和肉，一边完美地掌握其外观颜色、质感，甚至于味道，从而进行拟态。其精确度毫无疑问远远超出人类的眼睛、皮肤还有鼻子 ■无法识别■

消化时使用的器官，功能性远远高于观察外界的感觉器官，说明拟态 ■以下两页纸完全无法识别■

*　*　*

佑树等人带着英子的笔记回到了公民馆。让里面的人打开后门，正要进去的时候，西城突然站住了。

"……想想看，稀人会在墓地放火，那这些放在外面不太妙吧？"

他一指出这个问题，佑树就发自内心感到一阵凉意。

后门旁边依然放着发电机和便携汽油桶。因为是要在外面用的东西，昨天就没搬进屋里，到此时此刻西城指出之前，佑树都完全忽略了此事。

稀人似乎天性怕火，但这点人类也一样。如果稀人拥有高度智力的话，那自然能跟人一样控制火，就算计划用汽油纵火也不出奇……万一被稀人把汽油偷走，那事情就麻烦了。

佑树慌忙查看汽油桶有无异样。幸好三个汽油桶都是满的，打开盖子看，好像也没有不寻常的地方。

"都没事。幸好你发现了。"

听到他这样讲，三云轻轻地叹了口气。

"正门那边还放着做饭用的燃料呢。"

"啊。"

信乐脸色大变，叫了一声。三云不依不饶地继续道："那边的燃料最好也收起来吧……不管这里再怎么是无人岛，放燃料的地方还是应该更留神一些吧？"

这话让佑树也哑口无言。信乐比他更快振作起来，手搭在发电机上，说道："总之全都搬进去吧。"

他踩了一脚发电机脚轮上的锁定装置,开始推动发电机。佑树也拎起三个汽油桶,跟在他后面。

"发电机比看上去更沉呢。"

后门前有一个小台阶,信乐在此费了些工夫,嘟囔着说了这么一句。

"嗯,就算不装汽油,也超过五十公斤了。"

最终,他们把发电机和汽油桶放在了古家的小房间里。锁定脚轮后,佑树把窗户打开一条缝,关上了纱窗。这是为了防止二氧化碳在房间里积存。

一起跟过来的西城皱起眉。

"打开窗户没事吗?稀人进来了可怎么办?"

"反正这玻璃窗和纱窗就防不了稀人。玻璃很容易就能打破。"

佑树把手从窗格边拿开,这样回答。西城睁圆了眼睛。

"啊?那就是说,公民馆里也不安全吗?"

"倒也不是。你还记得我之前说过,这个房子建得都能当避难所用了吗?"

"嗯,你说出入口都装了门闩也是出于这个考虑。"

"其实整栋房子都安装了防盗网。而且还是井栏孔那种网眼非常小的。"

信乐走到窗边,摸了摸防盗网,语带钦佩地说:"真的呢,防盗网的网眼只有四厘米左右!笔记上写了,这个大小,稀人的核是通不过的。"

佑树用力点头。

"有防盗网保护,我想应该不会发生稀人从窗户侵入馆内的事情。"

之后三人前往正门，把放在正门外的燃料和能够成为武器的炊具拿回来。信乐带来的燃料只有六小罐煤气、木炭及点火碳，全部搬进多功能厅也没占多大的地方。

等所有人都在多功能厅安顿下来后，佑树等人开始讲述他们在墓地的发现。时间是上午十点半刚过。

首先他们让木京、八名川和茂手木三个人传看了笔记，同时简要说了一下上面所写的内容。

三云从道具箱里拿出油性笔，在外景节目策划书的背面逐条写下稀人的特性。在她旁边，呜哇哇趴在浴巾上，抬起头奇怪地看着她。

想要击退稀人的攻击，查明其拟态成了谁，搞清楚稀人的特性非常重要……其特性有以下十四条。

- 每四十五年会有一只出现在神域。
- 无法通过小于五厘米的网眼。
- 无法破坏插了门闩的门。
- 通过吃掉动物的皮和肉，覆盖到自己身上进行拟态。
- 体重有二十公斤左右，无法拟态成比猫更小的动物。
- 无法使用尸体的皮和肉进行拟态。
- 拟态所需时间为，猫那么大体型的要两分钟，人类要十四到十五分钟。
- 拟态时经常假装受伤。
- 若在原有拟态形态之上再变形，则用于拟态的肉和皮会脱落，稀人会恢复原貌。
- 一旦解除拟态，就无法再次变为同一模样。

·除了用于观察的感觉器官，体内还有专门用于拟态的高性能感觉器官。

·稀人的针最长能达到五十厘米。

·稀人能通过针释放毒素，被注入毒素的动物会呈现假死状态。

·狗能看穿稀人的真面目，并因讨厌稀人而狂吠。

八名川看完笔记，按着太阳穴沉思。

"应该是每一章节都用红字来强调，可最后看不清的地方好像也有红字……说不定其实后面还有一章写了怎样能一下子就看出谁是稀人呢，是吧？"

三云转着笔，轻轻点头。

"很有可能。"

听到这里，木京站了起来。

"这么说来，那只狗用得上吗？"

他往自己的小房间走去，马上就听到塔拉猛烈的狂吠声。不到一分钟，木京一副悻悻然的样子回来了。

"哎哟，塔拉要不是这种不管对谁都叫个没完的笨狗的话，就能派上用场，辨别出稀人拟态成谁了……真是的，都说了我不是稀人了，它干吗要叫啊。"

佑树耸耸肩。

"没办法。塔拉好像除了古家社长之外跟谁都不亲近，而且现在主人死了，它正处于惊恐状态。"

"我们也差不多吧……像我很少会胃疼，现在却觉得不舒服。"

佑树也是如此。

茂手木最后一个接过笔记，他说没精神看，把笔记还给了佑树。然后他躺到铺在帐篷里的睡袋上低喃："看来第一阶段接近尾声了？"

不知道他要说什么，所有人的视线都集中在他身上。

用八名川的话说，可能是因为伤口的影响……茂手木好像烧到了三十八度。因此，很有可能他自己都不知道自己在说什么。

茂手木又继续道："'袭击之谜'的第一阶段接近尾声了，我们得知了几乎所有的特殊规则，之后只要利用这些找出谁是稀人就行了。"

木京拿出一根烟，捂着肚子笑了起来。

"你这位最佳稀人候选人在说什么呢！"

"不，我不是稀人。我要是没受伤，能好好思考的话，就能亲自查明那个生物拟态成了谁……"

说到后来，他的声音越来越低，几乎听不见了，然后响起了轻微的鼾声。看来茂手木睡着了，木京显得很扫兴。

"一见情形不好就装睡啊。"

八名川手里玩着瓶装茶，开口道："不过茂手木教授说的话某种意义上也是对的吧？"

西城似乎也持相同意见，他点头说："通过这份笔记，我们掌握的信息增加了不少，这是事实……能不能把到现在为止弄明白的事情梳理一下，查出稀人拟态成了谁呢？"

正在整理行李的三云嘀咕了一句："可我觉得不管怎么分析，茂手木教授很可疑这点都是不会变的吧？"

佑树也有相同的想法，同时又觉得就此断言为时尚早。

"……到这时候也许差不多该从头重新分析一下了。"

他这样一说，三云便露出"那是在浪费时间"的表情，又一次率先开口道："杀死第一个遇害者海野D的，是化身成黑猫的稀人,这点没有异议吧?"

没有人提出异议。

"接下来要弄明白两点。一个是稀人是化身成何种模样杀死古家社长的。另一个是稀人现在的样貌为何。"

听了她的发言,木京提出了一个新的疑问。

"不管稀人拟态成了谁,是否能认为它依然维持着那个人的样子?"

"应该是这样的。因为海野D的尸体还在露兜树旁边,所以被丢在路边的那具肉和皮都没有了的尸体……应该是在这里的七个人中的某个人。要不试着假设我是稀人拟态而成的?"

说了这样一个有些欠妥的假设后,三云继续道:"那样的话,要是我解除拟态,这个岛上就不再有外表是三云绘千花的人了。因为真的三云绘千花已经成了肉和皮被剥掉的样子,而稀人一旦解除拟态,就无法再次化身为同一模样。"

不知道是不是觉得这个例子很有趣,木京嘿嘿一笑。

"我听明白了。既然七个人齐聚在多功能厅……那就说明稀人还没解除对第一个人的拟态。"

一直盯着"有关稀人的十四条特性"的西城丢出来一个新问题。

"我想问一下,稀人有可能保持着黑猫的样子杀害古家社长吗?"

这个问题三云和木京似乎都答不上来。佑树借机整理一下自己的想法,开口道:"倒是有可能……但我认为杀害古家社长的时候,稀人无疑已经拟态成了人类。"

木京犀利地插嘴道:"你的依据呢?"

"如果只是撬开后门的门锁和转动门把手的话,以猫的形态应该也能做到。因为稀人的针能伸长到五十厘米，又有比普通猫高得多的智慧。"

木京像是在品味这句话，沉思片刻后点头道："确实。锁孔位于猫站起来就能够到的高度，猫跳起来抓住门把手，再用前爪转动，能做到这点事也不稀奇……那你认定杀害古家的时候稀人已经化身成人的理由是什么？"

"因为小房间的门上留有血手印。"

佑树从三云手中拿过油性笔，在节目策划书背面画了一幅公民馆的内部结构示意图，然后用笔尖不断敲打标记为那扇门的地方。呜哇哇跟着他的动作左右晃着脑袋。

佑树看着呜哇哇那副样子，表情柔和了一些，继续道："我说的那个手印是印在房间内侧的门把手上的。信乐发现尸体的时候血迹好像已经干了，但遇害的古家社长手上并没有沾血……所以可以认为是稀人拟态成人类的时候印上去的吧。"

"还不能妄下结论。稀人能自由改变模样，那有没有可能并未化身成其他生物的形态，只是长出了人类的手或手臂呢？"

对于木京提出的问题，佑树用笔指着稀人特性中的一条：

· 若在原有拟态形态之上再变形，则用于拟态的肉和皮会脱落，稀人会恢复原貌。

"按这份笔记所说，稀人应该做不到维持着猫的形态，却长出人类的手这么高明的事哦。而且，门把手上还留下了掌纹。从掌纹的逼真程度来看，我觉得应该是拟态成人类后留下的。"

"如果是这样……那它拟态成了谁的样子呢？"

插嘴说这句话的是信乐。佑树低下头继续道："很遗憾，这还不清楚。"

木京轻哼一声。

"就算不能锁定某一个人,应该也能一定程度地缩小范围吧……之前我也说过,出事的时候身在神域的我、龙泉还有西城不可能是稀人。"

"正是如此。稀人有可能拟态的对象可以缩小到三云小姐、八名川小姐、信乐和茂手木教授四个人之中。"

佑树这么一说,木京马上用一直拿在手里的撬棍指着其中一条:

· 拟态所需时间为,猫那么大体型的要两分钟,人类要十四到十五分钟。

"之前听你们说,三云单独行动的时间最长的一次是十分钟,对吧?"

听到木京这么说,三云轻轻点头,道:"因为只有去洗手间的时候我是一个人行动的,我想应该是这样。"

可信乐犀利地反驳:"不,三云小姐第一次去洗手间那次,用了十五分钟左右哦。"

八名川也没有否定这点。对此三云掩饰不住困惑的表情,大概她本人不觉得用了那么长的时间。

"确实……我不会用简易厕所,还看了看使用说明书,可能花的时间比我以为的要长。"

"搞什么,原来三云也有单独行动十五分钟的时候啊。"

说着木京笑了起来,见他如此,佑树抛出了自己的疑问。

"可是还不知道那个时间段后门的门闩是不是已经被取下来

了吧？要是门闩还插着，那稀人就还没入侵到馆内，也无法袭击三云小姐。"

木京不以为然地回道："不不，也有可能是真的三云被稀人骗开了门嘛。不能断定她是清白的。"

"……好像是这样呢。"

见三云这样小声说了一句后垂下头，佑树决定也要想想另外两个人的可能性。

"信乐为了准备晚饭，好像在外边待了四十五分钟左右，跟古家社长在一起的约两个小时也没人能证明。八名川小姐说出去活动了活动……最长的时间好像有十五分钟吧？"

"嗯，稀人有可能拟态成我或者信乐。"

大大方方承认很符合八名川的风格。佑树觉得继续追问下去有些过意不去，可他还是继续道："那天晚上，稀人除了杀人，还干了三件事。分别是撬开后门的门锁，把为了拟态而杀害的人的尸体丢到路边，以及破坏墓地并纵火……以八名川小姐为例，她出去过两次，还可以趁着去洗手间的时候从后门溜出去动手脚。如果是这样，那撬开门锁就是为了造成稀人是从外面进来的假象而做的伪装，可不管怎么说……要完成这一系列事情……"

八名川露出极为苦涩的笑容。

"这一套体操可让我吃到苦头了，从今以后绝对不做啦。"

佑树转向信乐，继续道："信乐也一样。做饭的时候以及从古家社长的小房间回多功能厅的路上都有可能被袭击，然后拟态。而且虽然晚上十点多时古家社长应该还活着，可信乐完全可以在那之后借口去洗手间，实际溜到外面去作案，总之他也有机会。"

信乐做的晚饭是"焖饭",不用炒菜,只要提前处理好,点火把锅放上去,就算一段时间不守在锅旁应该也没有问题。

信乐本人大概也明白这点,在一旁沉默不语。

"三云小姐也是,虽说时间上比较紧张,但她去洗手间的次数多达五次,只要分几次实施,也并非没有机会完成一系列行动……顺便问一下,发现墓地起火的时候有人单独行动过吗?"

佑树提出了问题,八名川眯起眼睛回答:"那时我们三个人都在多功能厅。啊,不过在那二十分钟之前我出去做操了。"

剩下两个人在那段时间前后都没去洗手间。

"我知道了。就是说八名川小姐可以在那段时间去墓地放火。"

木京似乎不太赞同,嘴巴一咧笑了起来。

"不,也有可能稀人早就动过手脚,利用时间差来点火。"

"……说得对。另外两个人或许也有机会点火。"

待关于三云、八名川还有信乐的讨论告一段落,众人的视线一下子全都集中到了打着鼾的茂手木身上。西城像是代表佑树等人说出心声般小声道:"茂手木教授从昨晚到今早一直在单独行动。只有他,不管是杀人还是放火,或者其他什么事,都能为所欲为。"

木京也摸着下巴眯起眼睛说:"不管怎么想,茂手木都最像是稀人……因为在公民馆的三个人,无论谁单独行动的时候,另外两个人都随时有可能找来。在这种情况下,杀害古家或者破坏墓地都实在太靠运气了。"

佑树也认可这个想法。三云、八名川还有信乐尽管在时间上有作案的可能,但可行性不高。

木京又继续说道:"而只有这位教授先生,可以不受运气因素左右。稀人好像爱假装受伤，这一点也完全符合……唉，要不趁着这家伙睡着的时候把他扔到海里去怎么样？"

佑树不由得皱起眉头看着笑嘻嘻的木京。

"你说什么呢！茂手木教授最可疑是事实，可既然知道其他人并非没有作案的机会，就不能断定茂手木教授是稀人。如果茂手木教授不是稀人，那不是白白把受了重伤的人推进海里了嘛！"

三云、西城和八名川都表示同意这一看法，木京好像也明白按少数服从多数自己没有胜算，于是无趣地耸耸肩，没再坚持下去。

最终，关于茂手木，大家说好继续一起监视他，就算达成共识了。

那之后他们又继续讨论了一个小时左右。

其中讨论得最为热烈的话题是有没有办法一下子就查明稀人拟态成了谁。虽然知道稀人怕火怕水，可总不能把在岛上的人挨个烧一遍。而除了伤员茂手木以外……用水来辨别是不是人类也很困难。

佑树等人从墓地回来的时候，顺道去港口看了看海上的情况。尽管知道幽世岛周边水流极快，他们仍抱着一丝希望，想着港口附近会不会相对平缓一些。

然而，与他们想的正相反，港口附近掀起了大浪，海上波涛汹涌。恐怕是受到从稍远处经过的低气压的影响。岛上的天气倒是没受到太大影响，但照这个情形，浪变小之前谁都无法入海……当然了，也无法以此辨别某人是否是稀人了。

当初在船上听到的天气预报说，此次低气压的前进速度极为缓慢，接下来的好几天很可能都会受影响。这么一来，接他们的船来之前海上的情况能不能平稳下来都不好说。

就在他们翻来覆去讨论有没有什么其他办法的时候，三云说出这样的话。

"唉，除非切断手指或手腕看横切面，否则压根没办法辨别是真的人还是稀人拟态的人不是吗？"

那口气完完全全是在破罐子破摔。佑树听罢怔住了，西城甚至少见地发出忠告："就算是开玩笑，在这种情况下也最好别这么说。"

被西城一说，三云好像才反应过来自己脱口而出了些什么。她红着脸低下了头。就连平时听到越不正经的发言反而越觉得有趣的木京此时似乎也没有闲心开玩笑了，他依然绷着脸，开口道："刚才说的话最好忘了吧……这么继续讨论下去也解决不了问题，要不要休息一下？"

不觉间已经是中午十二点多了。

从昨天被未知的神秘生物袭击，遭遇这莫名其妙的冲击后，佑树等人就没合过眼。等到了今天，一波未平一波又起……他们发现身边也许已经混进了稀人。

事态已经不容许他们松懈一丝一毫了。而毫无疑问，每个人的神经都几乎被折磨到了极限。

佑树本人也是，若不是带着"复仇"的目的来到这座岛上，他大概也不能像现在这样带着破釜沉舟的心情去考虑事情。岂止如此，他甚至有可能成为第一个因惊恐过度而冲入树林的麻烦人物。

……话虽如此，佑树也没打算放弃报仇。

最后一个复仇对象木京叹息着说只剩下七根烟了，正边发着牢骚边吃鲣鱼干。

可事实是，就算重新推进计划，问题依然很多。

若贸然对木京下手，大家会飞快得出"稀人＝佑树"这一结论，然后把他抓住。因放下心来而疏于防范，接下来的事情就正中真正的稀人的下怀了。

这么一来……看来只好伪装成稀人杀掉木京，然后在船来之前查明稀人拟态成了谁。

佑树摸着呜哇哇的脖子，一直在思考这些可怕的事情。

"喂，你们也关心关心塔拉呀。"

佑树转头看向声音传来的方向，只见西城单手拎着便携宠物包站在那儿。

看来他把一直关在木京的小房间的塔拉带过来了。他另一只手上握着狗绳，应该是在古家的行李中翻出来借用的。

塔拉气势汹汹地狂吠个不停，西城透过黑色网格布看向里面，一脸若有所思。

"它好像从昨天傍晚开始就没排泄过。"

"是身体不舒服吗？"

"不，可能是受过训练，只能在散步的时候上厕所。我试着带它出去一下。"

"那我也一起去。"

佑树决定把呜哇哇留在多功能厅，因为塔拉一直不停吠叫，他觉得带上呜哇哇会给它造成压力。

佑树抱着装塔拉的宠物包，和西城二人合力给塔拉系上了狗绳。塔拉虽在博美犬中体型算大，但体重也不过相当于一只成年猫。相比佑树的笨手笨脚，养过狗的西城手法娴熟。

到了公民馆外边，他们把塔拉放到地上。然而它大闹起来，一个劲儿咬西城的裤腿，根本散不成步。

佑树和西城看着塔拉这个样子，笑了。

"没办法，装在宠物包里带着走吧，这样它的情绪可能会稍微好一点。"

等确认屋里面的人从内侧插上了正门的门闩，两个人迈开步子向村落所在的方向前进。时间是中午十二点半刚过。

他们也可以往港口走，不过佑树想找到查明稀人身份的线索，因此脚步自然而然就往发现被剥皮的尸体的方向走去。

两人在塔拉连吼带叫的背景音中前进，来到了一大早发现尸体的那一带。出来散步后就抽起烟来的西城似乎没注意到，但佑树发觉附近有股烧煳的味道。

"怪了，这儿离墓地明明有段距离啊。"

他们先去看了看倒在路边的那具血肉模糊的尸体，没什么异样。依然是木京拨动尸体查看时的样子，头也落在相同位置。

确认完这些，佑树偏离道路，往露兜树的方向走去。

"喂，怎么了？"

尽管听见西城在叫自己，可佑树懒得解释，自顾自前行了五十米左右。

露兜树旁边的那丛灌木被烧了。

正中央是一具烧得焦黑、头和四肢已分崩离析的尸体。周围残留着浓烈的烟味，人一走过，积在地面上的灰就纷纷扬扬地飘起来。

稍迟一步，佑树就听到西城重重地踩着落叶走过来的脚步声。他依然单手拎着便携宠物包，见状马上低声惊呼："是稀人干的吗！"

佑树先用手轻轻摸了摸烧过的地面。一片寂静之中，只有手摸过积在地上的灰发出的唰唰的声音。

"差不多没温度了。火估计早就灭了。"

一部对讲机被丢在距离灌木几米远的地方，仿佛在宣告有人用完了，不要了。见状西城皱着眉道："昨天傍晚的时候对讲机应该是放在灌木下面的，现在换了地方，就是说……"

"果然稀人拿到了对讲机，偷听了我们的对话。"

以防万一，佑树把对讲机捡起来收好了。

之后他随手捡起一根树枝，查看了尸体的手腕部分。手腕已干瘪得像是木乃伊的手，整具尸体完全碳化了。

"唔，稀人好像把尸体烧得相当彻底呢。"

西城看样子没胆量靠近尸体，他把宠物包放在地上，跑到露兜树旁边，捂着嘴道："可状况这么糟，根本连是不是海野D的尸体都不知道啊！"

正如他所说，有十足的可能这并不是海野的尸体。

佑树把尸体的头部和身体也彻底检查了一下，但在化成焦炭的尸体上找不到任何能指认出身份的东西。

他进一步思索着，自言自语般说道："我们过来查看海野D的尸体是早上六点左右。稀人在这里纵火、分尸是在那之后……"

"现在是十二点半，所以时间上有大概六个半小时。"西城低头看着手表说。

佑树点点头："这期间，在公民馆里的人基本都没出来，只有去墓地的时候是个例外，可那时大家是在一起行动的，没人有机会来放火。"

"这么一来，有机会焚烧及破坏尸体的……就只有茂手木教授一个人了啊。"

茂手木与其余人会合应该是在七点多，从时间上来说来得及去焚烧尸体。

"眼下……似乎只能这么想了。"

突然，博美犬发出与之前截然不同的低吼。佑树和西城停止交谈，互看了一眼。

"是感受到了稀人的气息吗？"

西城急忙蹲下来，打开了放在地上的宠物包。塔拉一边汪汪叫着一边冲了出来，钻到露兜树后边不见了。

西城握着狗绳探头看了看树后，哭笑不得地说："不是啊……它只是上厕所而已。"

正如他所说，过了十秒钟左右，塔拉一脸舒服了的表情回来，又开始对着佑树和西城吼了起来。

西城想把塔拉赶进宠物包，可它东躲西藏就是不肯，似乎是想要多自由一会儿。

佑树露出苦笑。

"一直被关在宠物包里，让它稍微自由一会儿吧。"

"也是，那就用狗绳牵回去吧。"

之后塔拉稍微听话了一些，可不管是谁、见人就叫的毛病还是改不了。西城牵着它回公民馆的路上它也时不时对着西城或佑树狂叫……回到多功能厅后也一样。

在狗叫声中，佑树和西城向大家讲述应该是海野的尸体遭到焚毁一事，他俩的声音都听不太清。想到稀人可能就在屋子里，塔拉会这样或许是自然的反应。

可这给小猫造成了压力。呜哇哇不住地发出恐吓的声音，于是西城硬是把塔拉拽到了多功能厅的另一侧。然后尽管险些被咬到，还是成功地把塔拉赶进了宠物包。

幸好这个宠物包也能当狗屋用，塔拉不情不愿地进去之后，就冲着墙缩成了一团。

视线被遮住的塔拉总算安静了下来。

而问题人物茂手木被置于比之前更为严密的监视之下。并且所有人说好，只要他做出一丁点可疑的举动，就当场认定他是稀人，不顾手段方法进行处理。

这主要是木京提议的，可这次谁都没有反对。因为从情况来看……能够焚烧尸体的只有茂手木一个人。

可奇怪的是，没有一个人露出"这下可以暂时放心了"的表情。

为何会如此，佑树很清楚原因。因为他们曾有过一次被稀人狠狠耍了一把的经历。如今如此简单就能把稀人的人选锁定在茂手木一个人身上，反而让大家不安。

就像之前让他们误以为"稀人逃到了神域"一样……这次会不会也是故意让茂手木看起来像是稀人，好让他们掉以轻心，背后其实有别的企图？

能让人这样想，那个怪物就有这么可怕。

稀人的独白（二）

没想到三云英子会用那样的方式留下笔记。

在我所知的范围内……笔记里关于我族特性的信息全部是正确的。

但与此同时，我似乎也受到了幸运之神的关照。

有一个办法能够简单地分辨出人类和稀人，如果这个办法让人类知道了，饶是聪明如我，也会被逼上绝路。幸好这一部分内容已经无法辨识了。

不管怎么说，三云英子这个人真是异常敏锐。

就事实而言，她对我们的推测相当接近靶心。首先，稀人是穿过时空裂缝而来的这一想法是对的，另外我们所处的世界和这个世界的时间前进方式不同，她也说中了。

要说偏离事实的部分……应该只有稀人的数量吧？

她以为我们的数量有几百，但实际上，在被人类称为异世界的地方，处于极度饥饿状态下的稀人有一万左右。当然了，前往幽世岛的队伍也相应的很长。万一我失败了，四十五年之后将又会有一个稀人来；九十年后又有一个……

寿命只有我们十分之一长的人类压根儿没有胜算。

要是没有那个叛徒，要是一千年前它没把杀死自己族人的方法传授给人类……这个富饶的世界大概就会更轻易地落入我们手中。

本应千年之前达成的目标，如今要靠我亲手来实现。已经没有人能阻止我了。

第八章　本岛　袭击对策

二〇一九年十月十七日（周四）13:40

稍晚的午饭是速食鸡蛋粥。佑树没吃完。

就像发高烧的时候一样，几乎吃不出味道。大概不仅仅是因为睡眠不足，还有精神上的问题，从今天早上开始他就一直觉得有些反胃。

他无意间看到三云的鸡蛋粥一口都没吃。她手里拿着黄色和蓝色的便携式药盒，正呆呆地思索着什么。

"身体不舒服吗？"

佑树担心地问道，三云露出有气无力的微笑。

"没事。我有逆流性食道炎，只是在想吃饭前要不要吃药。"

黄色的药盒上用油性笔写着"胃药"，里面放着很多白色的药片。她低头看着药盒，深深叹了口气。

"这种情况下还在担心生病，也挺滑稽的。"

"没那回事。"

"你不用安慰我。"

她闷闷不乐地轻声说了这么一句，又拿起蓝色的药盒给佑树看。

"另外，我容易失眠，所以还带了安眠药来……可完全成了无用之物。"

稍早前她就开始说些颓丧的话，现在这种倾向好像又加重了。此时她的表情和声音都死气沉沉的。

蓝色药盒上也有手写的字，是"安眠药"，里面放着圆形的白色药片。

木京冷不丁嘿嘿笑了起来，佑树心中一惊。

佑树也带了安眠药到岛上来，但只是为了复仇。尽管那是三云的个人物品，可是让木京意识到了岛上有安眠药……这不是件好事。

不过幸好，木京感兴趣的不是安眠药，而是失眠这件事。

"现在你该庆幸自己容易失眠，总好过睡着的时候遭到稀人的攻击。"

"可能吧。"

遗憾的是，伪装成维生素带来的安眠药……之后佑树要想用就费劲了。

刚才也是，佑树准备了咖啡分给大家，可木京拒绝了。

虽然他知道佑树不会是稀人，但仍保持着很强的戒心。吃早饭的时候他也是这样，只吃刚开封的东西，别人碰过的食物或饮品他都绝对不会碰。

原本因为这种情况下下安眠药也没有意义，佑树就一直没尝试……可照这么下去，之后再想给木京下药，将会困难至极。

三云似乎决定不吃胃药了。

她把药盒扔进自己的包里，又把包随手丢到帐篷旁边。然后开始用勺子搅拌鸡蛋粥。

佑树则决定吃不下去就不吃了，转头去看茂手木的情况。

被所有人都当成稀人后,茂手木彻底心灰意冷了,鸡蛋粥也几乎没吃。体温是三十七度三……比之前降下来了一些,但还是有些低烧。以防万一,佑树给他留了些退烧药。

不久后茂手木睡着了,其余五个人看向他的帐篷的视线冷冽如冰。

木京提议了好几次应该赶紧把茂手木丢进海里,每次佑树都费劲地劝住他。佑树认为,茂手木是不是稀人仍有待商榷,哪怕犯错误,也不能把受伤的人推进波涛汹涌的海里。

而且……木京也并非打从心底认为茂手木就是稀人,他好像仅仅觉得把人推进波涛汹涌的海里很有趣才会那么说的。

在茂手木的鼾声中,三云小声问佑树:"回去的船是明天的这个时候到吧?"

"嗯,按计划是下午两点到。不过那位船长可能会稍微早一些过来。"

尽管他尽量用上了轻快的口气,八名川仍旧怅然地嘟囔:"该不会要带上这位教授一起走吧?他要是稀人的话,那可不得了啊。"

等来接他们的船到了之后,茂手木要怎么办?众人说好在明天中午之前大家一起商量着定下来。

当然,如果在那之前海浪能平息的话,应该就可以所有人都从港口跳入海中,来证明自己的清白。可是……低气压前进的速度缓慢,要脱离其影响极大可能还需要一段时间,不能保证船来之前风浪能平息。

正因如此,佑树更不打算束手干等。

"我知道,在那之前我会想办法,不用火或者水来确定稀人拟态成了谁。"

然后，当然了……他还要完成复仇，再迎接船来。

* * *

把监视茂手木一事交给木京和八名川，佑树等人决定再查看一遍公民馆内的所有房间。当然了，先要插好正门和后门的门闩，把公民馆完全封闭。既然已经清楚了稀人的真面目，保险起见应该重新检查一次。

行李、帐篷下面，掏取式厕所里面……墙壁、天花板、发电机下面的缝隙，连便携式汽油桶都打开来看了，可还是没找到任何动物或可疑物品。

之后为了保存体力，所有人决定轮流休息四十分钟。

除了茂手木以外的六个人只要一个一个轮流去睡觉，就能保证安全。算下来四个小时左右能轮一圈。这期间佑树和西城两个人去港口看了看情况，海上依旧波涛汹涌，跟预想的一样，这种状态大概还会持续一段时间。

等第五个人休息完，房间里已经暗了下来。大家在多功能厅的四角摆上LED露营灯，为过夜做准备。

最后轮到木京休息的时候，他说出这么一段话："先跟你们说好，我是不会睡觉的，而且我可不打算在这里休息。我要去里面小房间的帐篷里待着。"

这话完全与之前大家的商议结果相悖，让所有人都哑然了。只有佑树心中窃喜，但要努力掩饰，以免露馅。

想完成报仇，没有什么比木京要单独行动更值得高兴的了。但这也是一把双刃剑，说不定会给稀人杀害木京的机会。

再加上……木京此举很反常，也让佑树心生疑惑。

木京表面上看起来是个冲动的人，实际上却是能够冷静看清情况的那类人,而且相当会算计。这样一个人,会没有任何理由就说出这番话吗?

正在佑树摸不准他的真正用意时,八名川言辞犀利地插嘴道:"大家一起监视茂手木教授才是最安全的。"

"我也基本认定那位教授先生是稀人……不过,也有可能我们看漏了什么,其实稀人拟态成了其他人吧?"

"就算是那样,我还是觉得一个人关在小房间里很危险。"

不肯善罢甘休的八名川似乎让木京觉得可笑,他笑了起来。

"你说得对。如果对手只是稀人的话。"

佑树听出话里带刺,不由得有些狼狈。不知为何,木京的视线移向了佑树,继续道:"我不知道你们怎么看我,可恨我的人数不胜数,这我心知肚明。毫不夸张地说,我随时都有可能被杀。"

这是事实,大概跟J电视台有关的人无人不知。

证据就是西城、八名川以及信乐都表情僵硬,不再作声。三云不知是不是也听过些传言,嘴唇抿成"一"字,什么也没说。

虽然觉得木京对自己起了疑心,但佑树仍努力保持坦然的表情看着对方,说道:"就算你说的是事实,可木京P是不会在乎那些的吧?"

这话让木京吃惊地挑起了眉,可马上又笑了起来。

"你这讽刺得够狠的。我还没厚颜无耻到那个地步。我担心的是'会不会有小喽啰假装成是稀人干的,趁乱来要了我的命'。要是有人合起伙来对付我,我可不堪一击。"

实际上,他面前的佑树就正好是他所担心的情况……想想他至今为止犯下的恶行，会担心些别人都不会担心的事，似乎也不奇怪。

如果是海野或古家活到了现在，应该都想不到这么多。最棘手的木京留到了最后，对佑树而言只能说运气不佳。

不过不管怎么说，他想单独行动并不一定是坏事。佑树假装妥协，开口道："你要是不相信我们的话，那也没办法。"

可木京是个不好对付的家伙。

"当然了，我会采取一定的对策。要是什么都不考虑就把自己关在小房间里，只会步古家的后尘。"

"对策？"

"为了能既与你们保持距离，又完美地保护好自己不被稀人攻击……我决定用小型摄像机和监视屏。"

这话让八名川愣住了，她皱着眉插嘴："因为计划要观察野生动物，所以带来了好几种小型摄像机。可你不会是认真的吧？"

"谁会拿这种事开玩笑啊……我要在多功能厅和走廊都装上小型摄像机，这样就能监视你们有没有可疑的行动了。"

这是个棘手的提议。如此一来，佑树就不可能在不被木京发现的情况下接近他了。

最终，八名川用不情愿的口气道："下点功夫的话，带来的连接线和电线应该够用。然后监视屏你想咋弄？"

"我带一台到小房间去。"

"那就要用到发电机了。"

他们带到岛上来的发电机能连续发电二十小时左右。如果是监视屏及摄像机的耗电量，大概能轻松供电到明天早上。然而发电机工作时会产生一氧化碳，所以不能在室内使用。

"……发电机你打算怎么办？"

佑树提出了这个尖锐的问题，但木京只是笑眯眯地说："放在正门附近不就行了。如果稀人在你们之中，大概也不会干出烧发电机这种自杀行径。就算万一稀人不在你们之中，也只是你们被牺牲掉，不在这个房间里的我有时间逃跑。"

尽管这个提议过于自私，可用上发电机就意味着可以在馆内设置光源。这对佑树等人而言多少也有些好处。

大家商量之后决定接受木京的提议。可刚说好，三云就提了个意外的建议。

"等等……只是这样的话，要防止稀人入侵可能还是太薄弱了。"

木京露出惊讶的表情。

"什么意思？"

"摄像机不知道有没有被稀人动过手脚。要是真动了手脚，那还不如塔拉可信。狗能看穿稀人的拟态……而且就塔拉而言，它不是见人就叫吗？有人去走廊的时候也能当警报来用。"

这又是一个棘手的提议。

在保护木京不受稀人或其他人伤害的意义上，监视摄像机和塔拉组合起来大概是万全之策。可是过于万全对佑树而言就成了问题。

木京定定地看着放在多功能厅角落的狗屋。从狗屋入口处能看到博美犬的后背。过了一会儿，木京撇了撇嘴，嘿嘿一笑。

"我突然想啊，那家伙有没有可能是稀人啊？体型应该比猫大吧。"

尽管不情愿，但关于这点，佑树有确凿的信心。

"……塔拉没问题的。去散步之前我把它抱起来过，它的体重很轻。在那之后也没有被拟态的机会。"

出去散步的时候塔拉一直跟佑树及西城一起行动，散步回来之后也都和众人一起待在多功能厅。

其实说出这话对佑树而言是不利的。

如果能让木京放弃用塔拉来监视走廊的念头，对复仇计划而言要更有利。可要是因为误会导致塔拉被木京虐待，那也太可怜了……而且佑树很清楚，就算自己不说，西城迟早也会说出来的。

果不其然，西城也极力证明塔拉不会是稀人，见状木京满意地点点头。

"那为了保险起见，就装好摄像机……然后走廊的监视交给那只狗，这样应该不错。"

设置小型摄像机和准备发电机由西城和佑树负责。

用木京的话说，就是"至少知道他们两个人不是稀人"。

西城先是拿来内置存储器型的小型摄像机，木京听完说明后表示他不喜欢这种。

"好不容易录了下来……万一把数据从相机里拷贝出来的时候相机坏了，那证据不就都没了吗？这像什么话啊！其他栏目，比如《入住幽灵旅馆》节目组，是把监视屏和存储器放在不同房间的。不能弄成那样的吗？"

虽然西城一脸不以为然，但还是重新设置了摄像机，佑树在旁边帮忙。木京则一直寸步不离地监视着他们。

为了干这些活儿，他们又拿来两个LED露营灯照明，可即便如此，光线依旧昏暗，进展很慢。

先在多功能厅的墙上安装了两台小型摄像机，然后在走廊的墙上也装了一台。用的都是非内置存储器的机型。

连接线及电线这类东西尽可能从窗外绕过去。但装在走廊上的摄像机没办法这么做，连接线及电线是从门缝穿过去的。

正好古家的小房间与走廊相连的那扇门关不严，门的右侧有条缝。当然，那条缝很窄，只是穿过连接线及电线就被塞住了，连小老鼠也钻不过去。

佑树先拿一条浴巾盖在了古家的尸身上，才去设置线路……他们的神经着实没有那么粗，能被尸体盯着还安然做事。

设置发电机的工作则由佑树主导。

他先把发电机和一桶汽油搬到外边，放在正门的右侧。接着提着便携汽油桶往发电机里倒汽油，做这个事情的时候需要格外小心。

过来看他们干活的木京偏偏拣这个时候掏出烟盒，佑树慌了。

"请不要抽烟。要是汽油着起来了怎么办。"

"我不抽……切，烟没剩几根了啊。胃也开始疼了。"

也许是因为安装摄像机和发电机花费的时间比预想的要久，木京眼看着越来越不高兴。可能是想安抚他，西城从口袋里拿出一盒没拆封的"七星"。

"不介意的话，抽吗？"

木京抢夺般接了过去。

"新的啊。给你个面子，我要了。"

因为有了烟，木京的心情看起来好了不少。

接下来佑树和西城转移到木京的小房间，设置监视屏和存储器。按照木京的要求，监视屏放在从帐篷里能看到的位置。

这期间木京也一直监视着他们，佑树没办法轻举妄动。他懊恼得要发狂,看向帐篷,看到里面放着整整五瓶红酒,应该是木京的私人物品,全都未开封。木京似乎对品酒颇有心得,全都是味道好的名酒。

之后佑树从正门出去,拉动启动绳让发电机运作起来。伴随着沉闷的马达声,发电机开始供电。

这样一来,多功能厅、走廊和木京的小房间里的照明就都亮了起来。佑树为这次外景拍摄准备了两盏小型作业灯,分别放在了多功能厅和木京的房间。尽管用了好几个插座,线连得乱七八糟的,但公民馆里一下子亮堂了不少。

木京的小房间也亮起来了,西城在里面做最后的收尾工作,那就是调节监视屏和存储器。木京自己也检查了机器的运作情况,之后声音雀跃地说:"好了……万无一失啦。差不多吃饭吧。"

时间已经快晚上八点了。

速食食品不够了,于是他们决定借用村公所准备的应急食品……不必加热就能吃的速食咖喱配即食米盒饭。顺便他们还把放着应急储备品的纸箱也搬到了多功能厅。

各自准备咖喱饭的时候,木京冲了一大杯咖啡。

之前明明拒绝喝佑树冲的咖啡的,看来到底是忍不住了。大概他觉得自己冲比较放心吧。

这对佑树而言是个非常好的机会。

要是能让木京喝下安眠药,那就至少不会遭受他本人的抵抗。如何避开塔拉的监视依然是个问题……但毫无疑问能降低实施复仇的难度。

佑树窥视着木京,找寻可乘之机,可木京的防御很牢固。

他依然选择使用没开封的纸杯，冲咖啡的时候不许任何人靠近。

结果什么都做不成……佑树接过木京递过来的纸杯——到最后他只是拿了一杯别人冲的咖啡而已。

虽然心情极为不爽，佑树还是喝下了咖啡。大概由于是平时不会自己动手的人冲出来的咖啡，味道之糟糕甚至怪不到速溶咖啡头上。

不知道是不是期待就算是这样的咖啡也有提神的效果，八名川和西城都喝了两杯。也许他们俩都是味觉白痴。

佑树决定暂时忘掉安眠药的事，再去看看茂手木的情况。

茂手木的脸色有所好转，也基本把饭都吃完了。可能是退烧药起了作用，体温降到了三十七度。换绷带的时候纱布上也没有脓水了。

话虽如此，可受伤后才过了一天，真正开始化脓可能要在这之后。当然……茂手木如果是稀人拟态而成的，那就没必要担心这些了。

接着佑树开始给呜哇哇准备狗粮。

呜哇哇在毛巾上蜷成一团睡着了，一闻到食物的味道就睁大了眼睛。它的食欲依旧很旺盛。

塔拉是三云喂的。不肯放下"我怎么可能相信你"之姿态的博美犬连容器一起咬住，带进了狗屋。看来是打算在里面吃。

等所有人都喝完咖啡，困倦的睡意就来纠缠他们了。虽说都休息过一会儿，但事实证明身体积累了过多的疲劳。

也许是为了摆脱困意，西城站了起来。

"好啦，接下来就要让塔拉努力了。"

他给狗屋里的塔拉套上狗绳，拉着绳子好不容易把它带到了走廊。在狗屋里一直很安静的塔拉又开始声势浩大地叫了起来，并冲着西城和过来帮忙的三云龇牙咧嘴。

趁着那两个人成为诱饵的时候，佑树把狗绳绕在了走廊上原本装电灯的地方。狗绳长度有富余，所以塔拉应该不会不舒服……可它似乎不喜欢这样，一边又叫又闹，一边在原地打转。

"……真吵得人受不了，不过也算靠得住吧。"

木京边说边来到了走廊上，然后趁着西城拉住塔拉颈圈的时候往走廊里面走。那边光线有点暗，所以木京拿露营灯照着脚下。他的左手握着原本放在多功能厅的对讲机。

这个对讲机是便于他在小房间时与多功能厅里的人联系的。虽然这么近的距离用对讲机也挺傻的……

木京厌烦地挥挥手，进了自己的小房间。

心情复杂地目送木京进了小房间，佑树关上了连接走廊和多功能厅的门。

被独自留在走廊的塔拉安静了下来，坐在门边。要说为什么在多功能厅的佑树等人会知道……那是因为那扇门上嵌着毛玻璃。

因为是毛玻璃，所以完全看不清走廊上的情形，不过紧贴在玻璃上的东西还是能看得很清楚。现在就能看到白色博美犬毛茸茸的屁股。

看着这个画面，信乐觉得好玩，笑出声来。

"这小家伙也有可爱的一面嘛。"

塔拉不时甩动的尾巴似乎有安抚人心的效果，除了裹着睡袋躺在门边的茂手木以外，所有人都为了看到塔拉的尾巴而面向着门——有毛玻璃的那扇门——坐着。可能是觉得孤单，塔拉时而冲着门这边咔嚓咔嚓地刨着门下方的缝，那动作也很可爱。

此刻的多功能厅，被装在靠走廊那扇门旁边的摄像机和装在正门旁边的摄像机共两台摄像机监视着。

佑树摸着跳到他膝盖上的呜哇哇，看着门沉思。

在这种情况下，不管是稀人还是人，要想不被察觉地闯入木京的小房间，是不可能的。真要那么干，肯定会迎来杀气腾腾的木京的反击。

就算今天不得不放弃复仇……佑树还剩下一个办法，就是在回程的船上把木京推进海里。得救后彻底放下心来之后马上又被打入绝望的深渊，以此作为复仇的方法也不坏。

就算没能顺利淹死他，反正他是最后一个复仇对象，可以假装去救他，反而把他按在海里，这么做应该就能成功了。只要能实实在在地结束木京的性命，佑树觉得怎样都无所谓。

当然，这些都是等他找出稀人的真正身份，为毁掉卫星电话完成最低限度的赎罪之后的事了……这应该是留给他的最后一个任务了吧。

佑树突然感觉小猫好像不在膝盖上了。

低头一看，呜哇哇正拖着后腿在多功能厅里散步。它伤口的情况确实有所好转，但这个时期肯定最好静养。

佑树这么想着，拎起小猫，把它放回铺好了尿垫和毛巾的随身包里。

留在多功能厅里的六个人先是三言两语地交谈着，都是些可有可无的话，即便如此也没坚持多久。每个人都身心疲惫，没有精力聊天。

这种状态持续了半个多小时吧。众人透过毛玻璃看到塔拉突然站了起来，同时开始吠叫。

佑树等人慌忙打开门，看向走廊，马上松了一口气……只是木京从小房间里出来了而已。

木京双手分别拿着露营灯和红酒瓶，拖长了声音说："我就是想上厕所了。别在意。"

事先他们已经商议好，木京使用放在公民馆洗手间内的简易厕所，佑树等人使用放在休息室的简易厕所。他们这边的使用人数多达六个人，所以以防万一，休息室里放了三个简易厕所。

休息室与多功能厅直接相连，佑树等人不必经过走廊就能去厕所。而木京每次去厕所都要经过走廊，所以他一上厕所塔拉就会大闹起来……不过考虑到这样就能确认他还活着，倒也不是坏事。

而且狗绳伸到最长也到不了走廊尽头，不用担心半夜经过走廊的木京被博美犬扑倒。

佑树他们干脆打开了门，塔拉高兴地想要进多功能厅，狗绳差点儿缠到了一起。西城轻手轻脚地把低吼着的狗送回到走廊，然后关上了门。

之后大家都下意识地竖起了耳朵，几分钟后听到不大的"砰"的一声，好像有什么东西撞在了一起。还夹杂着木京嘟嘟囔囔的骂人声。

几乎与此同时，毛玻璃的另一边，塔拉站起来开始叫。

"……木京P，你怎么了？"

透过毛玻璃看不到走廊上的情形，佑树隔着门问道。而回答是这样的。

"没什么大事，就是把红酒弄洒了……算了，帐篷里还有一瓶，不管了。"

话到后面变得有些听不清了，紧接着就听见小房间的门被粗暴地关上的声音。木京应该回了房间，证据就是塔拉回到了它原本所在的位置，坐在了门旁边。

信乐拿出手机，深深地叹了口气。

"唉，才十点半啊。"

到天亮还有很长一段时间。呜哇哇在佑树的随身包里，很安静，几乎一动不动。佑树看了看，它睡得很熟。

"新发现的那具被焚烧的尸体……真的是海野D吗？"

过了一阵子，八名川挑起话头，大概她是想借此提提神吧。难得醒着的茂手木用淡然的口吻回答："焚烧尸体，一般来说是为了隐藏尸体的身份。分尸的做法也很可疑。"

坚信他就是稀人的信乐和八名川摆出"你别说话"的表情，瞪着茂手木。

塔拉突然又挠起门。这时佑树开了口。

"先想想看，那具尸体除了是海野D之外，还有可能是谁？……幽世岛上除了拍摄人员之外，应该没有其他人了吧？"

"嗯，这里禁止擅自登岛。"

西城小声地说了一句，三云也跟着补充。

"正常来想应该只有我们……岛上有我们九个人，死的活的都包括的话。"

不知是不是因为她说的话有些吓人，多功能厅里安静了下来。佑树露出苦笑，再次开口："现在这栋房子里，包括我在内，有七名'表面上的幸存者'。其中六个是人类，可以说是'真正意义上的幸存者'。不过还剩下的一个人，是稀人拟态而成的。"

"如果'真正意义上的幸存者'有六个的话，那也就是说，到目前为止有三个人被杀了。"

三云这么说道，佑树点了点头。

"是的。海野D、古家社长，以及稀人为了拟态而捕食的'某个人'……这三个人遇害了。"

听到这里，学不乖的茂手木又说话了。不管他是稀人还是人类，都拥有非常强大的精神力量。

"而如果稀人对第四个人下手的话，算下来'表面上的幸存者'就将减少为六个人。"

"正是如此。'真正意义上的幸存者'减少为五个人，算上稀人的拟态在内，共有六个人。"

塔拉好像在门边慢悠悠地一会儿向右转一会儿向左转，透过毛玻璃能模模糊糊看到它那棉花糖一样的身影，大概正追着自己的尾巴玩儿呢。

八名川猛地抱头呻吟起来。

"好复杂啊。这个房子里有七个'表面上的幸存者'，也就是说尸体有三具……所以遭到焚烧的那具尸体果然是海野D吗？"

"我们去为摄像机布线的时候确认了，古家的尸体还在那里。所以应该可以认为，外面的两具尸体是被稀人拟态的'某个人'，以及海野D。"

"唔，把本来就不明身份的尸体和海野D的尸体对调好像也没啥好处。两具尸体本来就离得近，而且都难辨身份，不知道是要搞什么。"

"我也有同感。要是'某个人'的尸体不能被我们仔细检查，那烧掉那具就够了啊。就算两具尸体都不希望让我们仔细检查，那也不用对调，把两具都烧了就行了。"

像是受到佑树的话的启发,西城开口道:"会不会是海野D的尸体上留下了对稀人不利的证据,是为了销毁那个证据才焚烧尸体的呢?"

"现阶段来看,这是最有可能的一个假设了。"

关于这一话题的讨论告一段落后,感觉时间过得更慢了。

大家又聊了聊事件,可不管哪个要素,感觉能说的都说完了,也没产生有助于弄清真相的意见。

关于上厕所,所有人商议后定下了"一个一个去"的规矩。这是考虑到这样才能确保各自的安全。只有茂手木例外,因为他是稀人的嫌疑最大,所以由佑树陪着他去,好监视他。

其间,信乐的身体出现了不适。

那是凌晨两点多,他去了洗手间之后一直没回来。过了十多分钟,佑树等人开始担心的时候,信乐脸色苍白地回来了。他发现大家都盯着自己,露出一个苦笑,说道:"对不起,让你们担心了。我觉得不太舒服。我不太能承受压力,偶尔会这样。"

话虽如此,但吐了一次之后他的身体状况好像好了不少,很快就重新加入到闲谈中。

……凌晨四点前,有两个人说着说着睡了过去。

状态不佳的信乐靠着墙睡熟了,茂手木在睡袋里轻轻打着鼾。

剩下的四个人没有去打扰他们两个,继续守夜。

继续监视期间,西城好像会趁着去洗手间的时候补充尼古丁,因为他每次都带着一身烟味回来。

而所有人去洗手间花的时间都要比平时长一些,主要原因应该是用不惯简易厕所。因为是遇到灾害时用的应急厕所,需要更换塑料袋和处理纸巾、湿纸巾等垃圾。

时间如同鼻涕虫一般缓缓地向前蠕动。

在这种情况下，帮助大家保持心情平和的居然是塔拉。靠在门边寸步不离的白色博美犬有时会一下一下地舔毛玻璃，有时还会把可爱的右腿搭在门上，让人看不腻。

佑树一边望着塔拉，一边想要找出线索，弄清事件真相。

他指出杀害海野的凶手是黑猫（稀人），是前天下午四点左右。那之后他便一直和西城共同行动，能彼此证明没有被稀人拟态。

木京也一样。他去了神域，回到本岛之后尽管跟佑树分开行动过，但也都是至少两个人在一起。所以他应该不是稀人。

而剩下的四个人，跟之前分析的一样，每个人都有被稀人拟态的可能。

茂手木超过十四个小时不知人在哪里，在公民馆的三云、八名川和信乐都有超过十五分钟独自一人的经历。他们也都有机会杀害古家，将尸体丢到外边，到墓地放火。

重点在于他们能去烧之前那具尸体吗……佑树总觉得针对这一部分好像遗漏了什么。

真的除了茂手木以外就没人能做到了吗？

* * *

早晨五点多的时候，塔拉压低身体，发出低吼。

因为之前它都不曾有过这样的行为，感到不安的佑树打开了通往走廊的门。

塔拉已恢复成平时的状态，又冲着佑树汪汪叫了起来。佑树的视线落到走廊的尽头……洗手间前面积了一摊水。

佑树脸色变了。

"不会是血吧?"

西城拉着塔拉的狗绳,佑树和三云急急忙忙跑到走廊尽头。八名川说要叫醒信乐和茂手木,冲回了多功能厅。走廊尽头虽然有些昏暗,但还不至于黑得看不清脚下。

佑树来到洗手间前,小心地蹲了下来,避免踩到那摊发红的积水。刚一蹲下来,一股很有特点的味道就冲进鼻孔。

"什么啊,不是血,是红酒。"

他松了一口气说道。三云微微眯起眼睛。

"木京Ｐ去洗手间的时候,好像说过弄洒了红酒。"

"好像是有这么一回事。那个时候还听到咣的一声,也许是红酒瓶掉到地上的声音。"

走廊上铺着灰色的塑胶地板,红酒在地板上扩散开来,形成一个椭圆形,一部分已经干了。

慎重起见,佑树打开手电筒查看了一下,没看到踩到红酒后留下的脚印。

……木京捡起掉落的红酒瓶时似乎没踩到洒在地上的红酒。

等佑树查看完站起来的时候,除了木京,其他人都聚集到了走廊上。

塔拉一圈圈打着转,同时大叫起来,那叫声震得睡眠不足的众人耳朵发疼。无奈之下,他们决定把它关进休息室。西城不顾塔拉激烈的叫声,拉着狗绳把它带了过去,然后把绳头绕在了窗格上。这时塔拉不知是不是累了,安静了下来,趴在了休息室的地上。

室内恢复安静后,信乐不安地轻声道:"走廊上动静这么大……为什么木京Ｐ还这么安静呢?"

这事任谁都觉得疑惑。

佑树敲了敲木京房间的门，心里祈祷他只是在熟睡。没有回应。

打开门一看，众人惧怕的情形就展现在眼前。

首先闯入眼帘的是掉在房间左边的两个空红酒瓶，然后是监视屏和存储器周围的红色液体……在作业灯的照耀下，这些都一览无遗。

然而佑树的视线没在这些东西上多停留，他马上看向靠里放着的帐篷，然后就定住了。

木京倒在地上，胸前全是血。

佑树怀着一丝希望摸了摸木京的脉搏，期盼他还活着。可惜愿望落空了，木京已经没有了脉搏，体温也已开始下降。

……又一次被抢先了。

这个打击实在太大，佑树甚至站不起来了。

他来幽世岛是为了为菜穗子报仇，可是实际上他在这个岛上都干了些什么呢？计划中真正执行了的只有破坏卫星电话，这一行为还将与复仇无关的人置于危险之中。

除此之外就是为了保护复仇对象不受稀人伤害而奔波……他一直在干这种傻事。而更让人看不下去的是，甚至连这种傻事都彻底失败了。

不知是不是注意到佑树的状态不对，西城低头看着他，小心翼翼地问："……你没事吧？"

佑树一时间说不出话来，只是勉强点了点头，慢慢站了起来。

菜穗子从小就是一个会将自己相信正确的事贯彻到底的人。就算在旁人看来不过是奇言异行，在她的世界里也总是有理有据的。这在她长大之后也没有变……结果就是,菜穗子被那三个人害死了。

如果她和自己一起来到幽世岛,遇到了稀人,会发生什么事呢?答案不用想也知道。就算豁出性命,她也会想方设法不让稀人逃离这座岛,以防岛外有人遇害。

还有必须要做的事等着他。要是不能阻止稀人,要是出现更多的死者……

佑树再次环视木京的小房间。

已成为尸体的木京躺在帐篷里,没有任何挣扎过的痕迹。衣服不见凌乱,除了胸口被刺中以外没看到别的外伤。

佑树在帐篷里检查了一番,除了之前看到过的没开的红酒外,还放着对讲机和撬棍……以及一把切肉刀。

信乐轻声叫了起来。

"那是我带来的刀,想烧烤的时候用的,怎么会在这里?"

"大概是木京趁人不注意的时候顺走的,可能是打算拿来当防身的武器。"

西城这样说,但佑树难以释怀。

"用来防身的话,这两样东西的杀伤力会不会都太高了?特别是切肉刀。"

"……确实。"

"看起来稀人是趁木京Ｐ迷迷糊糊睡着的时候发起袭击的,木京Ｐ都没抵抗过。"

闻言信乐露出不知是同情还是惊愕的表情。

"这种情况下还能睡着……是因为喝了红酒吧。"

佑树也有同感。木京很能喝酒,干掉几瓶红酒也若无其事,可在身心俱疲的情况下,酒精在身体里发挥的效果也许会不一样。

接下来佑树检查了木京的衣服。

自昨天早上换过衣服以后,他一直穿着深蓝色的外套和黑色棉质长裤。因此乍一看很难看出是否染上了血。

丢在帐篷旁边的运动鞋有点旧了。在佑树的记忆中,木京来电视台的时候也喜欢穿这双运动鞋。鞋面是黑色的,鞋底的商标是灰粉色的。

佑树拿起运动鞋看了看。鞋底稍有磨损,但几乎没有灰尘,像是刚洗过一样。

佑树指出这点之后,开始检查木京的物品。

他从黑色棉质长裤的口袋里翻出一支打火机和一盒压扁了的"七星",里面只剩一根烟了。胸前口袋里还放着一盒没开封的烟。

"这盒新的'七星'是西城给他的吧?"

大概是想起了昨晚的事情,西城表情复杂地点点头。

"真可怜,连一根都没抽上就被杀了。"

佑树又在木京的外套口袋里翻找,翻出来一件意料之外的东西。信乐看到后也瞪圆了眼睛。

"咦,这不是三云小姐的药吗?"

正如他所说,这个便携药盒看着眼熟。感觉用油性笔写着"胃药"的黄色药盒里药片没怎么减少,而写着"安眠药"的蓝色药盒几乎空了。

见状佑树几乎发狂,他搞不明白到底发生了什么。

一副沉思模样的西城开了口。

"这么说来,木京好像说过他胃疼。"

"这可以解释他为什么要偷胃药,可安眠药呢?里面的药少了很多，不对劲啊。"

信乐一针见血的反问似乎让西城有些词穷，他用不太自信的口气说："莫非是木京P吃掉了？"

"啊？他明明说什么失眠才好呢。"

"……会不会是木京P把里面的东西扔进厕所了。"

佑树这么一说，信乐和西城都露出一副惊讶的表情。他又继续道："木京P不仅害怕稀人，还不相信我们所有人。所以，他可能想着要是被下了安眠药可就麻烦了，就偷走了药。但扔的时候又想万一日后什么地方能用得上，就留下来了一些。"

佑树忽然发现信乐和西城二人都直勾勾地盯着自己。

"之前我就觉得龙泉你有推理的天分啊。"

"真的，十足就是个侦探啊。"

西城和信乐说这话的时候一脸正经，佑树只能苦笑……刚才的假设是他一瞬间想到的，其实他自己都感到惊讶。

"别笑话我了。吹捧我我也没什么好处给你们。"

佑树岔开话题，轻轻挪了挪装着呜哇哇的随身包，把三云的药装进了牛仔裤的口袋。

接下来检查窗户。

为了让连接线和电源线通过，窗户稍微打开了一条缝，不过窗框和玻璃都没有任何异样。帐篷距离窗户超过半米，尸体则离得更远了，所以稀人不可能从窗外把针伸进来杀人。

"唉——这下可没辙了。"

闻言佑树回头一看，只见八名川正低头看着监视屏和存储器，表情阴沉。他走过去仔细一看，发现存储器一团糟。稀人用针刺了很多次，之后又泼上了红酒。

八名川叹息着说道："拆开来看的话，或许有的部分还没坏，但不管是我还是西城，都没办法恢复数据。唉，在这种无人岛上，不管多么专业的人，也彻底束手无策啦。"

可能是听到了这句话，从走廊传来茂手木的声音。

"稀人毁掉了监视屏和存储器，那也就是说……摄像机肯定拍到了它前往小房间行凶的样子，所以它要彻底毁掉录下来的数据后才离开。"

这话只能信一半，佑树的关注点转移到了地上的空红酒瓶上。两瓶红酒是同样的品牌，其中一瓶的标签被红酒染脏了。

记得木京去洗手间的时候，弄洒了红酒后他说过"还有一瓶"。

如果标签上染了红酒的是掉在走廊上又被他捡回来的那瓶，那另一瓶要么是木京新打开准备喝的，要么就是稀人为了毁掉存储器打开的。

一通检查全结束后，佑树决定再去走廊看看。

之前只要提到关于调查的话题，茂手木肯定会插嘴，而此时他居然都没来小房间，这让佑树觉得蹊跷。

茂手木靠墙坐在地上。似乎是长时间的站立让他痛苦不堪，只能暂时待在走廊，无法再行动了。他五官扭曲，伤口似乎疼得厉害。

三云在旁边陪着他。三云留在走廊，好像是不想让动弹不得的茂手木一个人待着。

佑树对她说："保险起见，我想再确认一下馆里有没有可疑的地方。三云小姐，请你和茂手木教授在这里等着。"

之后余下的四个人巨细无遗地检查了一遍公民馆。

稀人曾焚烧过尸体，可对古家的尸体大概实在无从下手。古家的尸体还保持着昨天晚上佑树等人为他盖上浴巾时的样子，看不出有什么不同的地方。佑树把盖在尸体上的浴巾拿了起来，叠好放到旁边。跟尸体放在同一个房间里的两罐汽油也没什么异样。

四个人把两个小房间、走廊、多功能厅和休息室都检查了一遍，确定没藏任何可疑的小动物或金属物体。

最后就剩下洗手间了。他们绕开地上的红酒，走了进去。这里也没有疑似稀人的身影。

这时三云过来了解调查的进展，她从走廊探头进来，问："找到什么线索了吗？"

佑树正在察看洗手间出口左侧墙壁上的污渍。他拿手电筒一照……那看上去像是少量红酒泼到了洗手间内侧的墙上，又流下来后形成的痕迹（见图一）。

"肯定是木京P弄洒红酒的时候搞上去的。"

三云难过地说道，佑树点点头。

"我也这么想……差不多就检查到这儿，我们回去吧。"

回到走廊，佑树对聚集在走廊上的五个人说："这次稀人的作案手法比之前更为巧妙……稀人能通过吸血获得对方的知识和记忆，所以跟最开始的时候相比，它的智力有了突飞猛进的提高。"

听了这话，八名川用力点头道："可就算如此，稀人是咋进入木京P的房间的？走廊上有'猛犬'塔拉，不可能避得开它的监视啊。"

正如她所说，狗能看穿稀人的拟态并且会冲稀人吼叫，况且塔拉本来就是一条见人就叫的狗。不管是不是稀人，应该都不可能不引发塔拉的吠叫而进入木京的小房间。

实际上每次有人去洗手间的时候，佑树等人都会隔着门确

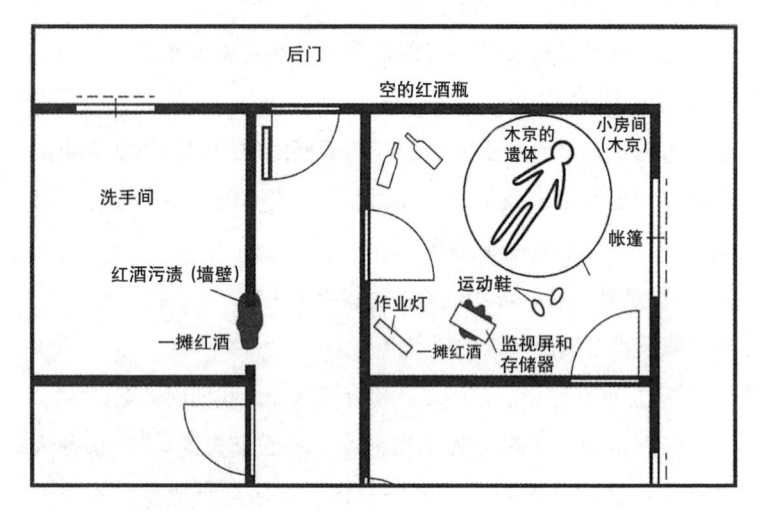

图一

认塔拉的状况。虽然他们并没有事先商定要这么做，但似乎成了大家心照不宣的约定。佑树清楚地记得，有人去洗手间的时候塔拉一次都没叫过。

信乐似乎难以释怀，他不满地说："有没有可能那只狗睡着了？"

八名川立即反驳："我觉得不会。昨晚我闲得无聊，一直看着门那边，塔拉没从门边离开过。塔拉的情形我清楚得很，它没有长时间静止不动过。"

一直看着塔拉的不只她一个，西城也点点头道："我也几乎整个晚上都看着塔拉，它没从门边离开过，也没有睡着了的样子。"

佑树也是为了打发时间才一直看着塔拉的，而且对于塔拉的状态他持相同意见。最后他总结性地开口道："既然被我们这么多人看着，那么应该可以断定塔拉整个晚上都在门前守着，这么想没问题吧？"

在木京被杀一事上，塔拉也同时拥有了完美的不在场证明。

"……这么一来好像就成了货真价实的不可能犯罪了？"

三云一脸困扰，小声说了这么一句。

佑树冲她微微点头。

"很遗憾，但事实就是如此。总之……确认一下木京Ｐ进了小房间之后，其他人从多功能厅出去的次数和时间吧。我们只有去洗手间的时候是单独行动的，也许能搞明白些什么。"

之后大家各自说出自己记得的事情，再相互求证，终于搞清楚了从昨晚到今天早上每个人的行动。

木京	PM10:20 左右（约五分钟）	
龙泉	PM11:00 左右（约五分钟）	
	AM03:20 左右（约五分钟）	
三云	PM10:30 左右（五分多钟）	
	AM00:50 左右（五分多钟）	
	AM04:40 左右（五分多钟）	
西城	PM11:20 左右（约十分钟）	
	AM03:50 左右（约十分钟）	
八名川	PM10:50 左右（五分多钟）	
	AM02:30 左右（五分多钟）	
茂手木	无单独行动	
信乐	PM11:40 左右（约五分钟）	
	AM02:05 左右（约十五分钟）	

结果与之前的情况截然相反，这次只有茂手木没有单独行动过。因为他去洗手间的时候佑树会陪着。

看着这个结果，八名川心灰意冷地叹了口气。

"看来教授不可能行凶呢。龙泉和西城原本就没有被稀人拟态的机会……所以有嫌疑的是三云、我和信乐啊？"

只是刺杀睡熟中的木京、毁掉监视屏、往存储器上泼红酒的话，五分钟应该能做到。要是分几次进行，比如第一次杀害木京，第二次毁掉监视屏之类的东西，那就更容易了。

……可把这些信息汇总起来，也可以说没有进展。

这次袭击最大的问题是"稀人是如何进入木京的房间的"。而这张行动一览表完全无法为查明其方法提供直接的线索。

茂手木坐在浴巾上，开口说："估计稀人还是玩弄了某种诡计。它利用自己所具备的能力及特性，也就是设定的规则……'袭击之谜'的第二阶段终于也到了最后一幕了。"

他是不是又要发烧了？他脸色发红，语调也像是在说梦话一样。只是那既像胡说八道又像玩笑话的发言中……有一种难以名状的恐怖。

距离船来接他们，只剩七个多小时了。

霍拉大师致读者的挑战

身为故事的领路人，恕我逾越，在此我要向各位读者递上一封挑战函。

在幽世岛上遇害的人……第一个是海野，已经知道杀死他的是稀人，当时拟态成了一只黑猫。

希望各位读者通过推理而非直觉解开下述三个谜团：

①稀人在杀害古家和木京的时候拟态成了什么？
②现阶段稀人拟态成了怎样的形态？
③稀人是如何完成这一系列犯罪的？

用于看穿真相所必需的线索都已经展示在各位面前了。分析目前手头的信息，再按正确顺序组合，就能推导出真相以及背后的一切。

为了更公平一些，我还要加上一句，那就是稀人现在仍拟态成"出场人物表"中的某个人的样貌。并且故事中三云英子的笔记及稀人的独白都是真实可信的，其中不含谎言。当然，稀人也没有人类或动物同伙。

话虽如此，这"袭击之谜"……需要进行分段推理才能解开全部谜团，是一个形式特殊的故事。因此，情况过于笼统的话也不好推理，是吧？

要弄清真相，稀人的特性格外重要。其特性共有以下十四条：

・每四十五年会有一只出现在神域。
・无法通过小于五厘米的网眼。
・无法破坏插了门闩的门。
・通过吃掉动物的皮和肉，覆盖到自己身上进行拟态。
・体重有二十公斤左右，无法拟态成比猫更小的动物。
・无法使用尸体的皮和肉进行拟态。
・拟态所需时间为，猫那么大体型的要两分钟，人类要十四到十五分钟。
・拟态时经常假装受伤。
・若在原有拟态形态之上再变形，则用于拟态的肉和皮会脱落，稀人会恢复原貌。
・一旦解除拟态，就无法再次变为同一模样。
・除了用于观察的感觉器官，体内还有专门用于拟态的高性能感觉器官。
・稀人的针最长能达到五十厘米。
・稀人能通过针释放毒素，被注入毒素的动物会呈假死状态。
・狗能看穿稀人的真面目，并因讨厌稀人而狂吠。

最后，我向大家保证，这次的故事与时空旅行无关。
那么，祝愿各位读者武运亨通，英勇奋战。

第九章　本岛　公开推理

二〇一九年十月十八日（周五）06:55

"那么，就如你所愿……开始'袭击之谜'第二阶段的推理吧。"

佑树边说边看了一遍走廊上的每一个人。就连提出这个建议的茂手木都呆住了，仿佛已忘了疼痛、忘了一切。

"难不成你知道稀人拟态成了谁！"

西城说着，差点儿咳嗽起来，佑树微微点头道："从前天傍晚起稀人都干了什么，还有它是怎么杀害木京Ｐ的，我想我都能解释。"

话音刚落，八名川就露出半信半疑的表情。

"无论如何，在多功能厅里的人都是不可能行凶的，那你说稀人到底是怎么做的？"

"确实，谁都无法避开塔拉的监视通过走廊。那么，是不是可以更单纯地去思考……稀人不是在多功能厅的几人中的一个，而是在别的地方。"

"多功能厅之外只有塔拉。可你自己不也说稀人没有机会拟态成塔拉嘛！"

八名川口气很冲，佑树不禁耸了耸肩。

正如她所说，带塔拉去散步之前佑树确认过它的体重，散步的过程中塔拉身边一直跟着佑树和西城，然后直到坐上监视的岗位为止，它都和大家一起待在多功能厅。

这时西城开口道："而且昨晚塔拉没从毛玻璃前面离开过吧？就算假设塔拉是稀人，可稀人用来当武器的针最多只能伸长到五十厘米，没办法杀害在小房间里的木京P。"

"你说得对。不过也许不用想这么多……因为强行变形的话拟态就会崩溃，因此稀人不可能把身体变大来靠近小房间。也就是说，塔拉不可能杀害木京P。"

"那谁是稀人呀？"

八名川又火药味十足地问道。佑树刻意避开这个问题，说道："昨天稀人烧了海野D的尸体，要展开推理，我觉得最好从稀人为什么要这么做开始。"

八名川以沉默表达不满，三云则点点头。

"我也觉得这件事很蹊跷，也想过这么做的目的会不会是想让我们去怀疑没有不在场证明的茂手木教授，可又觉得稀人不会仅仅为此就那么做。"

"你说得对。其实……稀人焚烧那具尸体的原因，是想把其他人的尸体伪装成海野D的尸体。"

话刚说完，在场的所有人就都露出无法接受的表情。西城像是替大家说出心声般开口道："不不，龙泉你自己也说过吧？那个时候岛上只有三具尸体，从现实情况考虑，能用来对调的应该只有那具被剥了皮的尸体。而那具尸体就在海野D的尸体旁边，焚烧之后再对调也没有什么用。"

"你说得很对……但这是在错误的前提下组建的推理。"

"也就是说，那个时候岛上还有另一具尸体吗？"

西城露出了意外的表情，佑树苦笑道："倒也不是这么单纯。那具尸体的真正身份会在接下来的推理中揭晓……我们首先假设当时'岛上有一具尸体可用于对调'，再听我往下说。"

虽然大家都是一脸不情愿的样子，但也暂且接受了这个假设。三云再次开口。

"就算在这个假设之上来想，仍然会有疑问啊。稀人为什么要把海野D的尸体和别人的尸体对调？真正的海野D的尸体又去哪儿了？"

"鉴于必须专门准备另一具尸体，可以认为海野D的尸体'在那个时候已经不存在了'或'变成了若被我们看到会很麻烦的状态'。实际上的情况同时符合我说的这两点。"

闻言茂手木和三云换上了一副愕然的表情，看来他们俩听明白他的意思了。

佑树又继续道："先公布答案的话，那就是海野D的尸体成了皮和肉都被吃掉的状态。"

"啊？也就是说，稀人曾拟态成了海野D吗？"

信乐惊叫了一声。

"……结束对海上石子路的监视，回公民馆的路上，我、西城还有木京P发现了'被剥了皮的尸体'。那个时候我们怀疑那是茂手木教授，或是留在公民馆里的四个人中的某个人。"

说到这里佑树停顿了一下，做了个深呼吸之后才又犀利地继续说道："但实际上，那具'被剥了皮的尸体'正是海野D。"

西城呻吟了一声。

"那我们以为是海野D的'胸口被刺的尸体'，莫非……？"

"嗯，那个是稀人。它擅长伪装成受伤的样子，拟态成海野

D之后再装成胸口负伤应该也很简单……而且我们自认为已经确认过海野D的尸体，也弄明白了杀害他的凶手是黑猫，稀人便认准了我们不会再去检查海野D的尸体。"

八名川似乎还是无法接受这个解释，她皱着眉说道："可前天下午稀人还是黑猫状态，也就是说那个时候'胸口被刺的尸体'是真的'海野D的尸体'……然而稀人不能用死人的皮或肉进行拟态对吧？就算他能甩掉茂手木教授的追踪回到海野D的尸体边，也无法拟态成他了。"

佑树的视线变得飘忽，他摇了摇头。

"其实，我们找到躺在灌木上的海野D的时候……他还没死。"

"啊？"

"稀人有先把毒素注入拟态对象体内的特性，海野D因被注入毒素而处于假死状态，生命体征降至最低。"

英子的笔记中记载着"不管是受了致命伤的动物（中略）让其呈假死状态"。海野也是，心脏被刺中，肯定也符合这个条件。

佑树继续道："那时我检查了真的海野D的脉搏，没有感觉到脉动，可因为怎么看都是致命伤……所以手指仅在他的颈部按了五秒左右，就结束了确认。"

三云面部扭曲，语气沉重地说道："难道说因为'真的海野D'处于假死状态，脉搏微弱，所以你没有意识到其实他还活着？"

"很遗憾，就是这么回事。"

"抱歉，我没听明白。你说从前天傍晚开始，稀人采取了什么行动？"

西城提出了疑问，佑树深吸了一口气之后开始解释。

"黑猫从我们眼前逃走，是前天下午四点多的时候。黑猫假装逃往神域，其实留在了本岛。我、西城还有木京Ｐ三个人被骗了过去，浪费了差不多十二个小时。"

"……只有我没受骗，在本岛继续追稀人，却中了埋伏，被稀人袭击了。"

茂手木小声插嘴。不知是不是烧得比刚才厉害了，他呼吸时明显很吃力，似乎还冷得发抖。三云给他拿来了睡袋，茂手木把睡袋铺开盖在了膝盖上。

这期间佑树仍在继续解释。

"茂手木教授被稀人砍伤之后昏迷了约十二个小时。我认为就算是因为受伤，他失去意识的时间也太长了……恐怕是稀人为了绊住他，给他注入了毒素，让他进入了假死状态。"

"既然都特意注入毒素了，稀人为啥没拟态成茂手木教授呢？"

八名川插嘴问了个一针见血的问题。

"应该是觉得留一个长时间单独行动的人对自己有利吧。实际上我们确实一直在怀疑茂手木教授。"

此话似乎让八名川无从反驳。佑树又开口道："就这样，稀人甩掉了追兵，回到了那棵露兜树附近。然后他拿到了对讲机，监视着我们的动向，并拟态成一直处于假死状态的海野Ｄ。"

它先要解除黑猫的拟态，应该是在树林深处进行的。

本岛上有大片亚热带植物林，稀人大概算准了佑树等人只会沿路检查周边、公民馆及墓地周围。

"花了十五分钟左右，稀人完成拟态，成了海野Ｄ的样子。就把拟态成海野Ｄ的稀人叫作假海野吧。"

为了叙述方便佑树决定这么称呼，他又继续道："这么一来,露兜树旁边就出现了假海野和变为'被剥了皮的不明尸体'的海野D。接下来,稀人把成了'被剥了皮的不明尸体'的海野D搬到了路边比较容易被发现的地方……做完这件事后,假海野又做了两件事。一是在墓地乱挖一气并放火,另一件就是刺死古家社长。"

所有人都在全神贯注地听佑树说话,佑树觉得大脑有些缺氧,开始发木。他又深呼吸了一次,之后重新展开说明。

"挖墓地应该是在假海野通过对讲机偷听到了密码一事之后,时间是前天晚上十点以后。"

听闻密码一事,假海野大概慌了神,他想阻止对自己不利的资料落到人类手中。

"假海野在墓地乱挖,想要找到密码所指的资料隐藏之处,却未能成功解读密码。不得要领地一通寻找之后,他发狠烧了墓地。"

貌似一直在沉思的三云开口道:"火是昨天凌晨四点多的时候烧起来的,假海野在墓地翻找应该是在那之前吧?"

这个问题佑树目前无法回答,他含糊地应道:"假海野也有可能去墓地找了好几次,不过我知道为什么到了凌晨四点,假海野下决心要放火。"

"为什么?"

"因为去了神域的我们马上就要回来了,没有时间了。它知道天一亮我们就会来调查墓地,所以想在那之前把藏起来的资料烧掉。"

"结果假海野此举失败了呢。"

三云小声说道,佑树点点头,继续往下说:"幸运的是,密码所示的资料隐藏之处跟墓碑还有一点距离……另外,假海野在墓地乱挖时应该也在监视公民馆。"

听到此话的瞬间，信乐微微地抖了一下。

"真可怕。假海野说不定还走到了多功能厅旁边呢，对吧？说不定还从窗外偷看我、三云小姐和八名川小姐吃晚饭。"

有这个可能。假海野很可能在窗外偷看他们、偷听他们的谈话。那个时候佑树在神域，可一想到他们三人处在多么危险的情况下，他就觉得脊背发冷。

"所幸，假海野似乎放弃了袭击大多数时间都结伴待在一起的你们三个，而是把一个人躲在小房间里的古家定为了目标。"

对稀人而言，喝葡萄酒喝得烂醉的古家看上去一定是极合心意的猎物。

"拔下后门门闩的，应该就是古家社长。也许他半夜醒来从后门出去了，也有可能是喝醉之前想出去呼吸呼吸新鲜空气，却忘了插上门闩。"

"对古家社长而言，就是运气到头了。"

八名川心有戚戚焉地嘟囔。

"……嗯。因为后门的门闩没插，假海野只需撬开门锁就能进入公民馆了。"

进入公民馆之后，稀人畅通无阻地走进了古家的小房间，然后在睡着了的古家的心脏上刺了一针，并吸血夺取了古家的知识和记忆。

"古家社长被杀应该是在信乐离开房间之后……所以应该是前天晚上十点以后，到尸体被发现的昨天早晨五点半之前。"

八名川双手抱胸，重重点头。

"可以认为凌晨四点墓地起火之前它就已经完成行凶了吧？因为我们发现起火后很可能会去墓地查看情况，也就很有可能发现古家社长的尸体。"

"你说得对……在墓地放火后假海野马上回到最初的那棵露兜树旁，扮演起'胸口被刺的海野D的尸体'。"

"然后，从神域回来的我们发现了'被剥了皮的不明尸体'，误以为又有人遇害了。"

失魂落魄地说出这句话的是西城。

"实际上，我们发现的正是皮和肉都被吃了个精光的真的海野D的尸体，可我们彻底被骗了……之后看到稀人假扮成的'胸口被刺的海野D的尸体'时也没有丝毫怀疑。"

佑树的口吻变得阴郁了起来，西城露出一个温和的苦笑。

"龙泉，你不必觉得那是自己的责任。在那种情况下，是不可能注意到这些事情的。"

"不，我应该更早注意到'不对劲'的……用于拟态的尸体放在那儿，就像特意要展示给人看一样，这么做对稀人而言是有百害而无一利的。"

"唔，为什么有百害而无一利啊？"

"要是稀人想拟态成我们之中的某个人，那只要小心不惊动其他人，偷偷袭击那个人，再把拟态后造成的'剥了皮的尸体'藏到森林深处就好了。这么做的话，我们也许甚至不会发现有人被拟态了。"

"确实是这样呢。"

"稀人宣告'我拟态成了人类'，是为了让我们搞错遇害的人数……看来我们在不知不觉中陷入了'稀人肯定是想混在幸存者中逃离幽世岛'这样一个错误观念中，所以没想到它可能拟态成死者这一层。"

这时三云换上一副怅然的表情，摇着头说："而实际上……

比起假扮成幸存者，假扮成尸体能保证有更多自由活动的时间，对吧？"

"嗯，死者是怀疑的盲点。"

八名川从刚才开始就在嘟嘟囔囔地自言自语，此时她冷不丁大声说道："说来说去，就算稀人拟态成了海野D，情况不也一样嘛！木京P的尸体距离窗户可不止五十厘米，要远得多，所以假海野也不可能从窗户外面把针刺进来杀人啊……这不是依然不知道杀害木京P的方法嘛。"

信乐也不满地嘀咕："而且刚才龙泉说'岛上还有一具用来对调的尸体'，这个也还没解释清楚呢。你说说那具烧掉的尸体是从哪儿来的？"

被他们两人怀疑地瞪着，佑树苦笑道："这些接下来就要说到了。"

"真的？"

"怎么还不相信啊……不过，我还以为各位听了刚才的推理之后，已经猜到杀害木京P的时候稀人拟态成了谁。"

八名川和信乐对视了一眼，但还是一副不知道佑树在说什么的样子。

没想到三云开口道："莫非是又拟态成了别的尸体？"

佑树微微一笑。

"正是如此。"

"果然。那应该是……古家社长的尸体吧？"

除了佑树、三云和烧得迷迷糊糊的茂手木以外，另外三个人的脸色变了，纷纷望向右边那个小房间。"古家的尸体"应该还躺在里面。

三个人一副恨不得马上突击小房间的架势，但佑树认为这么做并非上策，连忙制止住他们。

"请冷静。虽然不知道稀人能不能听到我们说话，但只要看住两个小房间的门，就相当于把稀人关在了里面。"

"可要是它打开门冲出来呢？"

信乐仍无法把目光从房门上移开。

"我们有六个人，对方应该也知道轻举妄动的结果将是遭到我们的围攻……总之，先继续推理下去吧。"

"可是龙泉的推理对不对还不好说呢。"

八名川似乎仍有所怀疑。而刚才一直眯着眼睛思索的西城开了口。

"八名川小姐说得对，龙泉的推理其实说不通吧？我们昨天早上六点左右看到了稀人在外面扮演的'胸口被刺的海野的尸体'，而同一时间，在公民馆内的三云小姐他们发现了古家社长的尸体，对吧？"

"你说得没错。那个时候，小房间里的尸体毫无疑问……是真的古家。"

"哦？如果我没记错的话，在跟我们会合之前，三云小姐他们应该一直在古家社长的小房间里，那之后的一段时间好像也有人在那个房间里。"

"嗯，我们去查看后门的门闩的时候也是，八名川小姐和信乐留在小房间里讨论着什么。"

佑树依然一脸平静，反而是西城像是有所顾虑，声音变小了一些道："之后我们分头展开大搜查，看公民馆内有没有混入动物或可疑物品，对吧？我想那个时候稀人应该并不在公民馆里。"

"当然，那个时候稀人不在公民馆里。"

"哎哟，这不就说不通了嘛！……正门和后门的门闩一直插着，除了有人进出的时候会打开一下。公民馆里也一直有人在，根本没有让稀人进入的机会。也就是说，稀人没有机会拟态成古家社长。"

大家都支持西城的意见，一时间喧闹了起来，佑树费了好大的劲才安抚下众人。

"喂喂，先听我说下去好吗……若以假海野的状态，稀人无论如何也无法进入公民馆，但如果是以真身状态的话，难度就降低了。稀人的真身很小，而且柔软，只要有大于五厘米的缝隙，它就能钻过去。"

三云似乎终于忍无可忍，她柳眉倒竖，说道："你别净说些不着边际的话了！门闩好好地插着，窗户外有防盗网。不管是真身还是什么，都无法进入啊。"

"稀人能做到……或者该说是我们把它请进来的。"

"啊？"

"三云小姐应该也看见了，从墓地回来以后，我们把发电机和便携式汽油桶搬进了公民馆，对吧？就是那时候，连同稀人一起搬了进来。"

搬运发电机的信乐听了这话，一副打从心底感到害怕的样子问："稀人藏在了哪里？"

"发电机上装了四个轮子，下面多少有些缝隙。稀人就贴在发电机底部，等着我们把发电机搬进来。"

"怎么会！居然是我亲手把稀人搬了进来……"

听到信乐难以置信地嘀咕，佑树的愧疚感更强烈了，他低下了头，虽说对于古家和木京之死，他全无痛心之感。

三云立即接口道："可就算稀人贴在发电机底部等着，也不能保证会被我们搬进来吧。发电机大多数情况都是放在屋檐下用的吧？"

"并非如此。"

"为什么？"

"稀人在墓地放了火，我们看到起火，迟早会意识到把便携式汽油桶放在外边很危险，所以稀人判断我们会把汽油桶跟发电机都搬进来……虽然不知道稀人是不是考虑到这一点才放火的，但它完全可以预知我们的行动。"

无人提出反驳。佑树淡然地把该说的说了下去。

"装成'胸口被刺的海野D的尸体'把我们糊弄过去之后，稀人在树林里恢复了真身，然后趁我们不注意，藏到了发电机下面。昨天上午十点半左右我们从墓地回来，那之前稀人大概一直在发电机下面等着。"

把发电机搬到古家的小房间里之后，佑树等人一直待在多功能厅讨论英子的笔记。

"直到中午十二点半左右带塔拉去散步，我们都没离开过多功能厅。也就是说，稀人足有两个小时自由活动的时间。"

这时三云叹息着开口："这期间稀人拟态成了古家社长，对吧？"

"是的。古家社长……应该跟海野D一样，先是被稀人注入毒素后进入假死状态。然后稀人袭击了假死的古家，并拟态成了他。"

"又是为了拟态成尸体啊！"

低声说出这话的是西城。

"这次拟态应该也花了十五分钟左右完成。之后假古家把成了'被剥了皮的尸体'的真古家搬到了露兜树旁，连同灌木一起烧掉了……这就是我们以为是海野D的那具遭到焚烧的尸体的真正身份。"

不知是不是觉得头疼，八名川用手指按着眉心，说道："确实，要是有两个小时的时间，应该能完成你说的那些事……抱歉，情况太复杂，我脑子里已经是一团乱麻了。"

佑树从多功能厅拿来油性笔和节目策划书，在上面画了个简单的图并写了些说明（见图二）。

"简单画一下就是这样……十二点半我们带塔拉去散步的时候，稀人在小房间里假扮成古家的尸体，而真正的古家的尸体在灌木附近，呈现出已被焚烧的状态。"

信乐探头过来看了看那张图，有气无力地说："哇，要是稀人进了古家社长的小房间，那昨晚的努力岂不是都白费了。"

正如他所说，木京和古家的小房间之间有一扇门相连，所以稀人不必经过走廊就能够杀害木京。这么一来无论是塔拉在走廊监视，还是用小型摄像机拍摄，都变得毫无意义了。

佑树感到疲惫，他又继续解释道："昨天晚上，木京P一个人躲在小房间里，不久就睡熟了。在隔壁房间的稀人，也就是假古家，大概发现木京P睡着了，连忙抓住这个机会刺穿了他的胸口，之后又破坏了监视屏和存储器。"

西城似乎听明白了，他用力点头。

"稀人消除录像内容不是因为'从走廊进入小房间的样子被录了下来'，反而是'为了掩饰没有任何人经过走廊'啊。"

"嗯。因为要是把录像留下来，就暴露了凶手现在仍在两个小房间中的一间的真相。"

茂手木依然是一副梦游般的口吻插嘴道："想不通啊。稀人假扮成古家社长的尸体……之后打算做什么呢？"

	公民馆·小房间		室外·灌木		室外·道路	
10月17日 AM6:00 左右	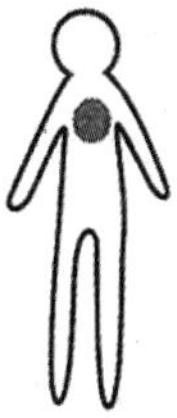		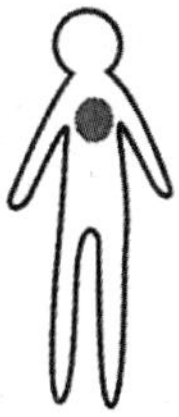		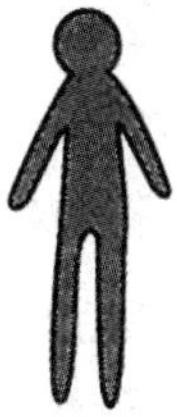	
	状态	胸部被刺	状态	胸部被刺	状态	全身皮肤损伤
	错误	古家（尸体）	错误	海野（尸体）	错误	幸存者中的某人（尸体）
	正确	古家（假死）	正确	假海野（稀人）	正确	海野（尸体）
	公民馆·小房间		室外·灌木		室外·道路	
10月17日 PM0:30 左右	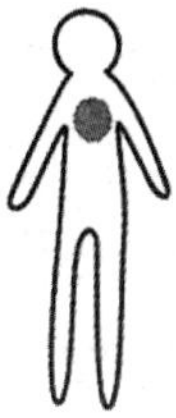		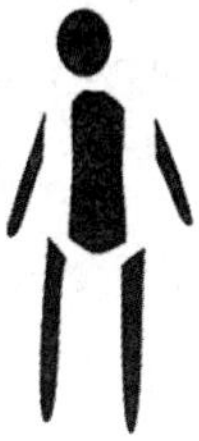		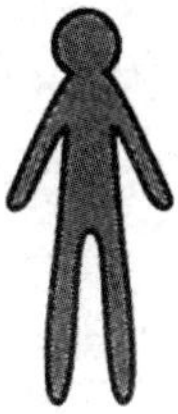	
	状态	胸部被刺	状态	遭到焚烧的尸体（损坏）	状态	全身皮肤损伤
	错误	古家（尸体）	错误	海野（尸体）	错误	幸存者中的某人（尸体）
	正确	假古家（稀人）	正确	古家（尸体）	正确	海野（尸体）

图二

佑树的心情复杂起来。

受伤之前，茂手木总说些不着调的推理。然而他发高烧迷迷糊糊说胡话的时候，观点反而犀利起来。他似乎具有这种稀有体质。

像是被这句话点醒了，八名川双手抱胸道："真的欸。要是一直假装成尸体，船来接我们的时候，它不是就坐不上了！"

她说得很对。

接他们的船到来后，佑树首先会用船上的无线电报警。不知道到时警察会说什么……可既然有一名伤员茂手木，船应该会调头开往有医院的Ｔ港口。

佑树等幸存者大概会找个理由上船，但他们应该不会把尸体搬到船上去。

沉思了一会儿之后，佑树开口道："我想有几个可能……对稀人而言最安全的应该是把我们一个不剩地消灭干净。"

在场的所有人都面色苍白、哑口无言。佑树又淡淡地继续道："从我们之前的行为模式能预测到，发现木京Ｐ的尸体后，我们大概率会待在多功能厅里。因为我们进行长时间讨论的时候总是在多功能厅。"

八名川的声音微微发抖，说道："确实，很可能船来之前我们一直在多功能厅讨论。"

"那样的话，稀人就有时间到处活动了。然后……说不定这次它打算拟态成木京Ｐ。"

听到这里，三云皱起眉。

"为什么会这么想？"

"因为木京Ｐ是我们之中拥有最厉害的人脉和关系的人。既然要拟态，那就装成一个最有权力的人，我想这是拟态生物的心理。也许现在胸口被刺的木京P也是假死状态。"

一行人无言地望着木京那个小房间的房门。

就算木京因为毒素而处于假死状态，也没办法救他了。毒素早晚会失去效用，到那个时候，"因身负致命伤而死亡"的结果就会降临到他身上。

"……稀人没有装成一个活着的人，而是接连装成死人欺骗我们？"

三云用弱不可闻的声音如此说道。佑树露出苦笑。

"唉，最后'拟态成木京P'这点不过是我乱想的……可不管怎么说，稀人还可以在我们讨论的时候从后门出去，浇上汽油放火烧房子。只要把正门和后门堵上，我们就无路可逃了。"

西城的脸扭曲了。

"它打算这样把知道稀人的人一网打尽，然后坐上来接我们的船吗？"

"嗯。稀人可以喝下船长的血获得知识……大概打算驾船逃出幽世岛。"

这样总结之后，佑树垂下头，闭上了嘴。已经没有什么要说的了，沉重的沉默在屋中流淌。

"谢谢你……为我们找出了真相。"

听到三云耳语般的声音，佑树抬起了头。不知为何她一副要哭出来的表情。

她打开了通往古家房间的门，动作甚至显得有些优雅。房间里面，呈古家模样的尸体仍躺在原地，跟佑树等人之前查看的时候一样，像是不曾动过。

三云忽然露出苦笑。

"你还要继续扮演尸体吗？还是说……六对一过于不利，吓得你都不敢自报家门了？"

边说她边缓缓走到房间里面。三云的眼中现出充满信心的光芒，镇住了佑树，他呆立于原地。而八名川等人似乎也都和他一样。

然后三云把手放在了便携汽油桶的盖子上。

"……你要干什么？"

八名川问道，可三云似乎不打算回答，只是静静地盯着呈古家模样的尸体。

终于，三云把汽油桶的盖子丢到房间角落，一步一步退到门边，然后迅速举起右手。不知什么时候……她的手里出现了一支打火机。打火机上画着某美漫人物，是海野Ｄ常用的那支。

昨天佑树等人去墓地检查的时候，发现这支打火机被丢在小路上。看来她偷偷捡了起来带在身上。

信乐的视线落在打火机上，惊恐地叫起来："不是吧，三云小姐！"

"……你是想烧掉那具尸体吧？"佑树问道。三云难过地点点头。

"稀人怕火，所以只要在它逃出这个房间之前放火，应该就能逼它解除拟态并使它昏迷……让我来结束这一切，各位快逃出去。"

信乐带头往多功能厅的方向退，大概是因为三云的表情阴森，让人觉得她随时可能点着打火机。

实际上，佑树也真真切切地感受到三云是认真的。这不是虚张声势或表演，她宁可丢掉性命也要消灭稀人……就像四十五年前，三云英子做的那样。

佑树回头看向留在走廊上的西城和八名川。茂手木一脸呆滞地坐在他们旁边。

"你们两个,请带上茂手木教授从正门出去。"

西城让茂手木扶着自己的肩膀站起来,担心地望着佑树。

"可是,龙泉……"

"没事的,我来劝劝三云小姐。"

佑树边说边解下了随身包。虽然感觉到鸣哇哇在里面又抓又挠地剧烈挣扎,可他刻意不去理会,把随身包交给了西城。

西城接过随身包,尽管犹疑,但最终还是用力点了点头。他带着茂手木和八名川一起逃回了多功能厅。

佑树目送他们离开,之后透过门缝看向汽油桶。

小房间里共有二十升备用汽油。汽油是非常容易挥发的液体,三云刚才打开了盖子,此时室内应该已经充满了挥发的气体。

佑树缓缓把右手伸向她。

"来,把打火机给我。你不是不知道汽油有多可怕吧?你这么干的话,自己也不可能全身而退。"

"无所谓。一开始我就是这么打算的。"

她的话语中带着率真,口气是之前从未有过的温柔。

与之相对,佑树的声音抖得厉害,连他自己都吓了一跳。

"要消灭稀人,还有很多别的办法……所以,算我求你,把打火机给我。"

好不容易才看到消灭稀人的曙光,想着大家能一起逃出幽世岛,怎么能让她这个时候死呢……而且佑树最清楚不过了,做这种事不是自我牺牲,什么都不是,只不过是白白送死而已。

佑树拼命劝说,可三云似乎完全听不进去。

她不肯看向佑树，像是怕一看佑树就会削弱意志一样。她一直盯着呈古家模样的尸体。

她的眼睛里燃烧着让人望而却步的黑色火焰。

"这样挺好的。引发这次事件的责任在我。要是我相信父亲的话，跟大家好好说明稀人的事，就不会发生这么可怕的事情了。"

"不，三云小姐没有错！其实……"

破坏卫星电话的是我，我来幽世岛是为了复仇……佑树打算全都坦白。可三云像是要阻止他开口一般，露出一个凄美的微笑。

"别再说了。谢谢你，龙泉先生。"

"三云小姐！"

"麻烦你照看大家。等公民馆彻底烧毁之后……请找到稀人的真身，丢进海里。"

她往多功能厅瞥了一眼，应该是在确认茂手木等人已经平安躲到了外边。

佑树看准这个机会，猛地扑了过去……可三云的动作要更快，不等他伸出手，她已经点燃打火机，丢进了小房间。

随着巨大的爆炸声响起，佑树感觉到头顶上方卷起一阵热浪。

小房间的门似乎被炸飞了。随着一阵暴力的轰响，细碎的木头碎片四散落下。

耳朵里嗡嗡作响，头也疼得厉害。等爆炸卷起的风停息，佑树抬起了头。

天花板及墙壁上星星点点冒出火舌，周围弥漫着黑烟，看不真切。烟幕已降至地板附近，不过还不算太浓……难怪眼睛和喉咙都火辣辣的。

佑树拍了拍倒在旁边的三云的肩膀。

"你没事吧？"

她愣愣地看着佑树，似乎尚不敢相信自己还活着。

那一刻，佑树放弃了从她手中抢夺打火机。他将把三云带出现场作为优先事项。

这个判断好像奏了效。在更大规模的爆炸发生、红色火焰吞没整栋房子之前，他们成功地逃到了多功能厅。

那之后，佑树不记得自己做了什么。他不知道是自己主动趴到地上的，还是被放在地上的塑料瓶绊倒了……不管是前者还是后者，倒在地上让他们二人避免了大面积烧伤。

三云的背部没有烧着的痕迹，头发似乎也无恙，见状佑树松了一口气。他自己可能多少有些烧伤，但现在没有闲暇去慢慢检查。

"总之，在火烧过来之前逃出去吧。"

他对三云说道。可三云仍是一副魂不守舍的样子，没办法，佑树几乎是拖着她，往透出光亮的方向——正门——爬去。

对他们而言，幸运的是爆炸气浪震碎了所有的玻璃窗，浓烟迅速地散到屋外，新鲜空气一点点涌了进来。

终于能透过烟雾看到正门了，西城、八名川和信乐站在门口。

他们三人正要把佑树和三云往外拉的时候，响起了一阵如同用力拉小提琴般嘎吱嘎吱的怪异声音，又像是临死前痛苦的叫喊。

佑树心惊胆战地回头一看……只见有什么东西正从走廊

方向慢吞吞地往他们这边靠近。那东西动作迟缓，好像哪里受伤了。

而之所以隔着烟雾也能看清楚那东西的动作，是因为它被裹在橙色的火焰中。它比猫略小一点儿，但似乎格外有分量，每次跳起来木地板都响起沉闷的咚咚声。

那东西发出令人耳朵发痛的叫声，动作越来越慢，不久后没了声音，只剩一个骨碌骨碌滚动的球体。滚到正门停了下来，包裹着球体的火也熄灭了。

那东西的表面像是金属质地，泛着既非金也非银的奇妙光泽。

佑树不禁跟三云对视了一眼。她也从茫然的状态中恢复了过来，正震惊地圆睁着双眼。

那东西肯定就是未能避开大火，现出了真身的稀人。

* * *

佑树等人俯视着美丽清澈的大海。尽管此时海浪依然很大，但跟昨天比起来，大海正慢慢恢复平静的样子。

此时他们所有人一起抓着裹着稀人的卫衣。球体异常沉重，确实如英子笔记里所说，有二十公斤。

因发烧而体力消耗殆尽的茂手木在西城的搀扶下加入其中，呜哇哇也从佑树的随身包里探出了头……只有塔拉不在，因为它被关在休息室里，卷入了爆炸之中。

西城和八名川似乎为一时忘了塔拉的存在而悔恨不已。

但佑树明白，这种事该发生就会发生，在性命攸关的情况下，无论是谁，都无法做出冷静的判断。

从公民馆遗迹不断冒出黑烟，那情形从港口也能看到。他们离开的时候,整栋房子都开始剧烈地燃烧起来,早晚会全部烧毁、倒塌。

结果,他们带来的行李中只有发电机安然无恙。

直到房子发生爆炸的前一刻,发电机还放在正门右侧,是八名川在逃难的时候机灵地把它挪开了。

万一发电机还放在正门旁边,里面的汽油一旦燃起来,就有可能引发更大规模的爆炸。那样的话,在多功能厅的佑树和三云应该也没救了。

对八名川,佑树除了感激还是感激。所以他格外不希望她为塔拉的事过于责怪自己。

六个人握紧裹着稀人的卫衣,互相看着。

已经不需要语言了。

他们摇动了几次,慢慢加大幅度,终于把球体抛进了海中。只听扑通一声轻响,稀人被无边无际的美丽大海吸了进去。

在球体完全沉入水中的前一秒,稀人发出吱嘎吱嘎的惨叫。看来有短短一瞬间,稀人恢复了意识。

可球体无从抵抗,沉了下去。随着海浪翻涌,撞上岩石才停下……最终归于寂静。几个气泡从稀人身上升起,很快又消失了。

第十章　船上　事件终结

二〇一九年十月十八日（周五）14:25

佑树在甲板上望着渐渐远去的幽世岛。

接他们的船是下午一点四十分到的。幸好那个时候海浪已经平稳多了，船能勉强靠岸。在驶向幽世岛的途中，船长注意到了升起的黑烟，于是报了火警……他们上船之后又让船长报了一次警，大概几小时之内警察和消防队就会到达幽世岛吧。

活下来的六个人以送伤员去医院的名头全部上了船。

茂手木反复高烧，他那个状态必须尽快送往医院。另外佑树和三云受到爆炸的波及，手臂轻度烧伤……剩下的三个人也被爆炸气浪震飞的玻璃碎片割出了小伤口。

做完紧急处理之后，佑树叫那五个人到甲板上来。

尽管听从他的指示来到了甲板上，可信乐好像想起了来时晕船的痛苦滋味，脸色已经早早地苍白了起来。

"不用再碰头讨论要怎么跟警察解释了吧，不是已经讨论得够多了嘛。"

实际上，在接他们的船到来之前，佑树等人一直将时间耗费在决定"要怎么对警察说"上。

当然不能跟警察说出实情。就算竭力强调"稀人是凶手"，警察也只会认为他们是被事件打击得头脑混乱，或者被当成可疑人物，一举登上嫌疑人名单榜首。

像这些不能跟警察说的部分要如何省略，要拿谁来代替稀人当凶手，他们都一起细细讨论过。

结果是……木京被选中扮演凶手角色。

因为他是第三个受害者，可以让他顶下杀害海野和古家，以及烧掉公民馆遗迹这两桩罪名。是不是因为平时积累下来的怨恨呢？总之没有任何反对意见，没有人想替木京出头。

不管怎么说，海野被杀害的地方，还有发生另两起杀人案的公民馆遗迹都已被烧毁了。现场应该没有留下任何证据可供查明事件的真相，警察大概也只能听信佑树他们的证言了。

八名川已筋疲力尽，声音失了锐气，她说："我也同意信乐说的。连细节都一丝不差地说好了，再没啥可说的了吧？"

佑树首先确认了一下船长此刻依然在驾驶室，没有在听他们说话。之后他压低声音说："很遗憾……这起事件还没有结束。"

"什么意思？"

听了这话，最受打击的似乎是三云。她前所未有地乱了阵脚。

"很抱歉，我骗了你们。我在公民馆里口若悬河说的那一大堆推理……离真相差了很远。"

佑树的话让西城困惑地眨着眼睛。

"呃，我觉得你的推理没有哪里不对劲啊。龙泉，你是刚发现推理错了吗？"

"不是。"

甲板上的全员都目瞪口呆。这倒也能理解,要是他们听懂了佑树在说什么反而不正常。

"在公民馆的时候我就知道那番推理不是真相,只不过因为形势所迫,我才说出来的。"

正坐在向船长借来的坐垫上的茂手木微笑着说道:"怎样都无所谓吧?从结果来说,我们消灭了稀人,也平安离开了幽世岛,没有任何问题啊。"

对此佑树含糊地点点头,回应道:"这倒是……但我还是觉得应该让大家知晓一切。除了让大家知道我的推理是错的,还应该告诉大家我不得不胡乱推理的理由。"

五个人的表情有怀疑、有不安、有恐惧,都看着佑树。

佑树望着浮于地平线上的幽世岛,说:"接下来我要说明的真相,有很大一部分跟在公民馆里告诉大家的一样。具体说来,一直到稀人拟态成海野D杀了古家社长为止,都是一样的。只是杀害木京P的方法有所不同。"

在之前的推理中,锁定凶手的决定性因素是"木京之死"。只有这起杀人案怎么看都是不可能犯罪,结果正是那无法解释的现场把稀人逼上了绝路。

听到这里,三云狐疑地开口:"就算杀人方式不一样,但当时稀人在两个小房间中的一间,这点应该不会变吧?"

"不。杀害木京P的凶手当时跟我们一起待在多功能厅。"

意外的是,竟没人反驳这爆炸性的发言。

可能佑树说出"真相不同"的时候,他们就隐约猜到了事情会是这样。或者……也许大家都已经筋疲力尽,不管是体力还是精力,都无力反驳。

佑树依次看向五个人的脸，继续道："杀人凶手是经过走廊进入木京Ｐ的小房间的。"

"怎么做到的？"西城勉强反问。

"首先，我们先忘掉稀人和稀人的特性吧，这样才能更简单地去看待事情，对吧？这么想的话，根据现场情况，最先会怀疑的是……塔拉和杀人凶手是共犯关系。"

茂手木突然高兴地接过话头，他仍是一副像在做梦的样子说道："我明白了……你说的是推理小说中有名的那个诡计的应用啊。我至今仍忘不了第一次看到的时候有多惊讶。对，那部古典名作——"

佑树慌忙打断了他的话。

"请别再说下去了。会严重剧透的。"

听着他们二人的对话，三云似乎生气了。她脸色可怕地瞪了佑树一眼。

"确实，只要跟塔拉混熟了，大概就能自由地经过走廊。可这个假设不成立……这次的事件毫无疑问跟稀人这一特殊存在有关，把稀人排除在外来看问题，是没有道理的。"

"为什么？"

"要这么说的话，那就是稀人和狗成了朋友。难道你想说我祖母留下的笔记是胡编的吗？"

三云连珠炮似的说完，似乎思绪相当混乱。佑树静静地摇摇头。

"我当然没有怀疑英子女士笔记的意思。狗能看穿稀人的真身，因厌恶而吠叫，这一点没错。特别是塔拉，见人就叫，是一条除了自己的主人之外绝对不肯亲近他人的狗。"

"那就只能认为塔拉才是假的，是稀人拟态而成的。你总不会想说……稀人把人类当成同伙来利用了吧？"

"那应该不会。对稀人而言，人类不过是食物。我们也不会把秋刀鱼或南瓜当成同伙，把重要的犯罪计划交给它们完成吧？"

三云无言以对。剩下的四个人也都半张着嘴，僵住了。佑树明白为什么，因为他说的话推翻了之前推理的前提。

八名川猛地回过神来，开始使劲摇头。

"这不能够啊！那样的话，岛上就是有两个稀人在互相帮忙了。"

佑树冲她微笑了一下。

"答对了。我们的对手是两个稀人。"

"……不可能。你是想说偏偏这次，神域里出现了两个稀人？"

三云一边喋喋不休地说着，一边在风衣口袋里翻找。口袋里放着由她保管的英子的笔记。

三云听父亲讲过，笔记上也清清楚楚写着：稀人每隔四十五年会在神域里出现，且仅出现一个。

"不，并不是说那个规律被打破了。这次出现的依然只有一个……另一个是四十五年前，'幽世岛的野兽'事件时出现的稀人。"

"啊？"

西城不由自主地叫出声来，他露出不明所以的表情继续道："前天晚上在神域的时候，龙泉你自己不是说过嘛！四十五年前出现的稀人被英子消灭了……呃，这话其他人可能都没听到。"

佑树把曾对西城和木京说过的话简要地告诉了其余四个人。

如果说四十五年前出现的稀人没有被消灭，那稀人应该会袭击上岛的祖谷氏，然后夺走船，优先考虑逃走。因为要离开幽世岛，那是最省事快捷的手段。

然而，祖谷氏报了警，并在警察来之前留在了岛上。稀人应该不会采取这样的行动……从上述情况可得出结论：等待警察来的祖谷氏是真的，祖谷氏到岛上的时候稀人已经被消灭了。

可此时佑树深知，这个推测是错误的。

佑树拿出勉强还有剩余电量的手机，打开一个文件夹，里面存有转成了PDF文档的《未解之谜》。他将某张照片放大给众人看。

〇黑白照片 事件发生后的永利庵丸（被警方船只拖到T港口的永利庵丸浮在水面上）

三云看着照片，用力皱眉。

"这怎么了？"

"问题在于，祖谷氏的船是被警察的船拖回来的。"

拿出自己的手机看着同一篇文章的信乐轻声惊呼："被拖回来，也就是说……莫非永利庵丸出了故障！"

"对。如果在到达幽世岛的时候，永利庵丸因某种原因出了毛病的话，就从根本上推翻了刚才的推测。"

说到这里，佑树喘了一口气，然后盯着那张照片继续说道："如果'永利庵丸出了故障'，不叫人救援的话就没办法离开幽世岛。也就是说，不管是稀人还是人类，都有了报警并等待警察到来的理由。"

信乐的声音颤抖起来，他小声道："难道稀人想利用警察离开幽世岛？"

"正是如此。因为有准确的死亡推定时间，它大概有把握，拟态成祖谷氏就不会被当成杀害岛上居民的嫌疑人被捕。实际上，一切都如假祖谷所想。"

佑树边说边滑动手机上的画面。

"据这篇文章所说，祖谷氏在事发两个月后投水自杀了。我想这应该是伪装，是伪装成了自杀，其实是稀人制造出了新的牺牲者，并拟态成了那个人的模样。"

五个人中最为抗拒的是三云。她极力反驳道："不，祖谷氏没有被稀人拟态。"

"你为什么能一口咬定？"

"因为尸体。稀人拟态成祖谷氏的时候会留下'被剥了皮的尸体'吧？就算稀人把那具尸体抛到海里……因为船不能用，所以它只能从岛上把尸体扔进海里。那样的话，谁也不知道尸体会不会漂离海岸，也有很大可能被近处的岩石拦下或被冲回幽世岛岸边。"

"嗯，说得对。就算把尸体沉入海中，当时警方仔细调查了整座幽世岛和附近海域，如果不是干得格外漂亮，我想应该是藏不住的。"

"那你说稀人是怎么把真祖谷氏的尸体藏起来的？"

这个问题很犀利，佑树却偏要把话岔开，他回答道："在四十五年前的事件中，稀人巧妙地藏起了祖谷氏'被剥了皮的尸体'。另一方面，你们没发现我们正面对的事件中也有关于尸体的矛盾吗？或者说……矛盾重现了。也许这么说才准确。"

三云似乎有些畏缩，但马上就找到了答案。

"如果说有两个稀人，一个拟态成了塔拉，另一个是杀害木京P的凶手，在多功能厅……这样一来，只能认为小房间里的古家社长的尸体是真的了？"

"就是这么回事。在原本的推理中,我们认定露兜树旁边被烧掉的是古家的尸体,之后的一切推理都是在这一基础上展开的。然而,真正的古家的尸体在小房间里,所以那具被烧掉的尸体应该是其他什么人。"

从刚才开始就一脸发蒙的西城嘟囔道:"也就是说,虽然我们没发现,但岛上还有一具不明身份的尸体?"

闻言佑树用力摇头。

"还有一具?怎么可能?那座岛上的尸体多到我都不知道有多少呢。"

"呃,呃,你这是什么意思!"

信乐像是喘不过气来似的叫道,三云也睁大了眼睛,结结巴巴地说:"莫非是……墓地?"

"对。不必多说,墓地里自然埋着许多尸体。"

听佑树这么一说,信乐换上一副扫兴的表情。

"说什么傻话呢?埋在坟墓里的哪里是尸体嘛,是遗骨或者骨灰吧?"

"正常而言是这样。然而在离岛上并不一定如此,幽世岛到战后还在用棺材举行简易火葬。"

这些内容《未解之谜》中也有写,佑树记得自己在墓地跟三云和西城说过。

一九七四年,幽世岛上还没有火葬场,岛上居民在地上铺上柴火,将棺材置于其上,以这种露天焚烧的形式进行火葬。

"……露天焚烧的话,温度应该不会太高,所以下葬的尸体就算保留了一定的人形也不出奇。"

"龙泉说得对。说起来,墓地有被挖开的痕迹呢。"

这话是西城说的,他看起来失魂落魄。佑树冲他点点头,继续道："我们以为那痕迹是稀人想找出密码所指的隐藏地点而留下的,对吧?然而实际上,那是把尸体从墓地里挖出来而留下的痕迹……我们发现的那具被焚烧的尸体已经炭化,像木乃伊一样。可普通的火应该烧不成那个样子。是因为把四十五年前的尸体又烧了一次,才会变成那样(见图三)。"

一直不间断地说话让佑树有点儿喘不上气,他停顿了一下后才再次开口。

"切下尸体的四肢和头我想也不是稀人干的。应该是把火葬后的尸体放入墓地的时候就已经是那样了。"

一直像要睡着了似的茂手木迷迷糊糊地发出如同梦话般的低喃:"说不定……稀人在墓地放火也是……?"

"嗯,可能也想把英子的笔记烧掉,但主要目的应该是为了不让我们一眼看出挖开的规模有多大。"

不知为何,茂手木突然笑了。

"这样啊,我总算明白了……四十五年前祖谷氏的尸体消失,同样是利用了墓地吧?"

"正如你想象的那样。"

说完刚才那句话茂手木就呼呼睡去了。没办法,佑树继续对其余四人说道:"四十五年前,稀人也挖开过墓地,从棺材里取出一具陈尸,并且露天烧掉了祖谷氏的尸体。取出陈尸的空棺材里……埋入了被焚烧过的祖谷氏的尸体。"

四十五年前岛上的墓地也留下了被挖开的痕迹。

那时警方推测,挖开墓地是为了取出陈年棺材里的金子等陪葬品,但这是个极大的错误。

当时的警方大概并没有把墓地里所有的棺材都检查一遍,所以没发现被焚烧过的祖谷氏的尸体混迹其中,这也情有可原。

	公民馆·小房间	室外·灌木	室外·道路
10月17日 AM6:00 左右	状态 胸部被刺 错误1 古家（尸体） 错误2 古家（假死） 真相 古家（尸体）	状态 胸部被刺 错误1 海野（尸体） 错误2 假海野（稀人） 真相 同上	状态 全身皮肤损伤 错误1 幸存者中的某人（尸体） 错误2 海野（尸体） 真相 同上
	公民馆·小房间	室外·灌木	室外·道路
10月17日 PM0:30 左右	状态 胸部被刺 错误1 古家（尸体） 错误2 假古家（稀人） 真相 古家（尸体）	状态 遭到焚烧的尸体（损伤） 错误1 海野（尸体） 错误2 古家（尸体） 真相 墓地的尸体	状态 全身皮肤损伤 错误1 幸存者中的某人（尸体） 错误2 海野（尸体） 真相 同上

图三

因为以当时的情况来看，并没有这么做的必要。

之后警方发现了稀人丢在洞窟里的陈尸，判断其与"幽世岛的野兽"事件没有关系，就处理掉了。

"……就这样，四十五年前出现的稀人彻底伪造出了自己已被英子消灭的假象。我想它在岛外也一直警惕着有没有人类知道它们的存在。"

当时的报纸上还刊登了一些奇怪的事情。

祖谷氏是五号到幽世岛的，可他次日清晨才用无线电报警。他找借口说是因为晕过去了，所以报警才会晚……但实际上肯定是稀人重新挖开墓地，把真祖谷氏的尸体埋好之后才报的警。

佑树又继续解释："稀人从幽世岛逃了出来，之后的四十五年一直潜伏着。"

不知是不是依旧无法接受这番说辞，西城不断摇着头。

"那就怪了。稀人喜欢袭击人类，喝人类的血，对吧？那样的话应该会有新闻吧？"

"我想应该有新闻，只是没人把那些事跟稀人联系到一起。"

"……不会吧？"

"比如东京这五年来不断发生流浪汉被害事件，《未解之谜》上的报道推测凶手也许就是五年前在关西地区引发骚动的连环随机杀人案的凶手，还成了热门话题……我想这数起事件的真凶很有可能就是稀人。"

甲板上一阵沉默。吹来的海风温热，可佑树感觉到了轻微的寒意。即便如此，他也不能停止说明。

"那么，说回我们所面对的事件上吧。"

此刻八名川的脸色已是前所未有的苍白。

"我们中，到底谁是稀人？"

"要辨明谁是稀人，最重要的是……'木京Ｐ的运动鞋''木京Ｐ弄掉的红酒瓶'和'英子女士留下的密码'这三点。"

西城摇摇头。

"什么和什么啊，能靠这几样东西锁定谁是稀人？"

"当然可以。首先让我们想想'木京Ｐ的运动鞋'吧。木京Ｐ很喜欢穿那双黑色运动鞋，可是灰粉色的鞋底没有任何污垢或异物。"

听了这话，三云皱起了眉。

"这确实奇怪。到了幽世岛之后木京Ｐ曾横穿整座岛，还去了神域，鞋底多少都应该留下些污垢的。"

"然而他的鞋底就像是用毛巾或什么擦拭过。这让我觉得很蹊跷。"

"可能只是因为他洗过鞋子而已吧……那'木京Ｐ弄掉的红酒瓶'呢？"

"三云小姐也一起检查过，还记得洗手间门口，左侧墙面上沾的红酒渍吗？"

"嗯，有一道像是红酒淌下来形成的痕迹。是木京Ｐ弄洒红酒的时候弄上去的吧？"

见她记得此事，佑树放下心来，语调犀利地说道："我本来也以为是木京Ｐ弄上去的，可是污渍沾在洗手间内侧的墙壁上（见P234图一）。这意味着木京Ｐ拿着红酒瓶撞上了洗手间内侧的墙壁，然后失手弄掉了酒瓶。"

"……似乎是这样。"

尽管口气不以为然，三云还是承认了这点。

"那样的话，木京Ｐ应该是左手拿着红酒瓶，要从洗手间出来的时候碰到了墙吧？如果他在那个位置弄掉了红酒瓶，几乎可以肯定他的脚边也会洒满红酒。"

八名川点着头插嘴道："还真是。要是正要从洗手间出来的时候弄掉了瓶子，鞋子没理由幸免。毕竟洗手间门口那儿积了那么大一摊红酒。"

"然而走廊上没留下踩到了红酒的脚印。木京Ｐ的运动鞋鞋面和棉质长裤都是黑色的，即便沾上了红酒也看不出来，可他的鞋底干净得不自然……于是我就想，是不是有人把走廊上踩到红酒后留下的脚印擦掉了，也把鞋底残留的红酒痕迹擦掉了。"

说到这里佑树停顿了一下，垂下眼帘看着甲板，又开口道："其实，在留意到这件事之前，我一直以为只有一个稀人……可如果说有人到走廊去擦掉了脚印，那这个人就只可能跟塔拉是同伙，不然就无法解释。于是我终于意识到，稀人有两个。"

八名川发出了呻吟，说道："可还是很奇怪啊。为什么稀人要擦去木京Ｐ的脚印，又清理了鞋底呢？红酒又不是洒满了整个走廊，只要避开积在地上的红酒和木京Ｐ的脚印进小房间不就好了？"

"这里就轮到'英子女士留下的密码'出场了。信乐曾说过这个密码过于简单，对吧？实际上，这个密码对人类而言是过于简单了，可是……如果这是稀人绝对解不开的密码呢？"

三云一脸狐疑地反问："这是什么意思？"

"创造出密码的英子女士最害怕的是笔记被稀人抢走，那么，做事万无一失的她应该不会不采取任何措施就写下密码吧。"

这次轮到信乐歪头思索。

"可是，那首和歌的内容在场的所有人都知道哦，之后只要找到墓地里发红的地砖就好了。"

"如果说稀人认不出红色……只能看出明暗度呢？"

看到所有人都倒吸了一口气，佑树刻意保持淡淡的口吻继续道："英子女士的笔记里也写了，稀人拥有两种感觉器官。还说存在于体内用于消化和拟态的感觉器官，其功能远远高于用于观察外界的感觉器官。虽然笔记中有一部分看不清了，不过原本应该是这样写的，'稀人观察外界时所使用的感觉器官无法识别红色'。"

摄影师八名川抱着头喃喃道："原来是这样。如果只能分辨出明暗度，那红色看上去只是发黑，粉色也只是灰色。"

"而且，墓地里的地砖没有颜色相同的，几乎集齐了所有种类的灰色……在那种情形下，稀人不可能找出橙红色或梅红色的地砖。"

"莫非我的祖母连这都算到了，才留下了那个密码？"

三云睁大眼睛说了一句。佑树冲她点点头。

"就是这样……多亏了那个密码，我们获得了锁定稀人所需要的最后的信息。"

"原来如此啊。"茂手木喃喃道。

大家都以为他已经睡熟了，没想到他还在听着。茂手木又含含糊糊地继续说道："这次的事件是'袭击之谜'……是一种需要分段推理才能解开真相的特殊谜题。第一阶段的推理总算结束，集齐所有特殊规则了，对吧？"

听着他一如既往地说着胡话，佑树露出了苦笑。

"也许在某种意义上，正如茂手木教授所说……不管怎么说，这样一来就知道稀人为什么要把留在走廊上的脚印擦掉了。走廊上铺着灰色的塑胶地板，对吧？对稀人来说，肯定很难分辨出踩到红酒留下的足迹。"

略作沉思后三云开口道："可红酒和灰色的走廊地面亮度应该不同啊。就算是稀人，应该也能分辨出来吧？"

"嗯，稀人大概能分辨出积成一摊的红酒和走廊地面。但应该无法辨别渐渐变淡的脚印，看起来大概都是相同的灰色。"

"也就是说……稀人认为自己无法彻底避开木京Ｐ留下的脚印，为了不把自己的脚印留在木京Ｐ的脚印之上，就把可疑的地方全都擦了一遍？"

"正是如此。简易厕所里有卫生纸、湿纸巾和塑料袋等物品，只要把用过的纸巾和洗手间里的垃圾混在一起，就不用担心被人发现。"

"可地上那摊红酒的形状有点歪，是个椭圆形。要是木京Ｐ踩在了上面，我觉得形状应该更不规整才对啊。"

"哦，我觉得那是因为稀人修整过地上的那摊红酒。"

佑树的话让三云睁大了眼睛。

"修整？"

"小房间的地上有两个空酒瓶，是相同品牌的。一瓶是木京Ｐ在洗手间弄洒的，另一瓶是稀人为了修整不规则的酒渍，故意倒在地上的……剩余的还拿来破坏监视屏和存储器了。"

"擦干净木京Ｐ的运动鞋鞋底也是为了……"

"那双运动鞋的鞋底是灰粉色的，原本就不容易分辨是否沾上了红酒。稀人又只能看出普通的灰色……它不知道那上面沾了多少红酒，于是就用从简易厕所拿来的湿纸巾之类的东西仔细擦干净了吧。"

说完，佑树扫视着甲板上的五个人。

"剩下的问题就是，咱们之中谁是稀人了吧？"

佑树挨个指着众人，说道："首先，茂手木教授从昨天晚上到今天早上都没单独行动过，显然他没有去过走廊，所以他肯定不是稀人……信乐在墓地找地砖的时候，第一个找到了粉色的地砖。能够分辨出红色的信乐也不是稀人。同样，三云小姐找到了梅红色的地砖，所以她也不是……八名川小姐在阅读英子女士的笔记时，很自然地指出有红字写的部分，所以她也不是稀人。"

说到这里，佑树呼出一口气，转向剩下的那个人。

"所以说，西城，你就是稀人吧？"

即使被佑树这样指认，西城也只是一声不吭地低头看着甲板，没有肯定也没有否定。

"……回想一下，西城没有去找地砖，在多功能厅时还弄错了紫红色和蓝灰色帐篷的摆放位置。你应该看不出红色。"

虽然应该听不懂他们说的话，可呜哇哇从随身包里探出头来，冲着西城发出恐吓的声音。

见此情形，长成西城样貌的家伙笑了。

"看来只有这只小猫在看到我第一眼的时候就看穿了我的真身。之后每次见到我它都会发出恐吓声。"

然后他抬起头，目光灼灼地盯着佑树。

"明明知道真相，还在公民馆里滔滔不绝地说出假的推理……是为了让我掉以轻心，坐上船吗？"

"嗯。在船上你就无处可逃了。确信自己已经安全之后马上又被推入绝望的深渊，这条末路很适合你吧？"佑树用严肃的口吻这样说道。

他本来是想在回程的船上把木京推下去的，如今这个计划无法实现，这条末路却转用到了稀人身上。

然而西城模样的稀人平静地笑了起来。

"在船上就是在大海中央啊,从这里掉下去就没命了呢。"

听到这里,佑树第一次表情扭曲。

"真的西城……你把他怎么了?"

"哦,我吃了哦。吃剩下的残渣好像埋到山里了吧?不太记得了。"

明明已经想到了,可听到稀人说出口,佑树还是感觉未愈合的伤口又被掀开了。

不知是不是看懂了他的表情,稀人微笑道:"我吸收了西城的记忆,所以知道他把龙泉你当成合得来的伙伴。他担心你跟木京和海野纠缠不清,作为你的前辈和朋友一直守望着你……实际上,我到岛上之后也干得不错吧?"

佑树忍无可忍地瞪着稀人,可对方的口吻变得不耐烦起来,并移开了视线。

"感情用事是没用的……西城已经死了。"

稀人靠在甲板的扶手上,表情充满自信,似乎确信就算对手有五个人,它也稳操胜券。

"这段旅程还很长,机会难得,要不要我把来到这个世界之后的事情都跟你们讲讲?"

说完稀人又盯着佑树,道:"四十五年前我出现在了神域,险些被岛上的居民杀死。幸好外来者笹仓把堵住海上石子路的门给我打开了。说到笹仓,他好像坚信岛上藏着财宝。"

"然后你袭击了笹仓,拟态成了他?"

佑树问道,稀人点点头。

"嗯,因为他是我遇到的第一个人类。随着袭击村里的人,喝掉他们的血,我渐渐知道了这座岛的秘密……比起我们,人类才是欲望深重得可怕的生物。虐杀稀人,举办祭祀活动,连我们的尸体都被利用殆尽。"

"我的祖母也是被你杀死的？"

三云反问的声音因愤怒而颤抖。

"三云英子可不好对付。她把船弄坏了，想把我困在岛上，还拿猎枪打我哦。而且为了不让我喝她的血——大概是怕关于密码和笔记的记忆被我吸收吧——在知道自己已必死无疑的瞬间，她从悬崖跳进了海里。要是我在那个时候得到了英子的记忆，事情也不会变成这样了……"

恨恨地说完这些话，稀人又继续道："之后的事情就和龙泉推理的一样。祖谷虽然来到了幽世岛，但永利庵丸出了故障。没办法，我动了点手脚，让身为稀人的自己看起来像是已经死了一样，之后我报了警。"

"你挖开墓地，把祖谷的尸体藏在了里面，对吧？"

"是啊。以防万一，我还从墓穴里拿出了一些陪葬的金饰，我想这样警方的关注点就会转向宝藏传说。一切全都如我所料，我得以从幽世岛脱身。然后我让祖谷'自杀'，彻底潜伏了起来。"

说到这里，稀人像是想起了什么，微笑了一下才继续道："就和你说的一样，关西地区的随机杀人案和东京的流浪汉被害案都是我干的。《未解之谜》的那个写手竟把这两起事件联系到了一起，着实把我吓了一跳。"

"然后……你在就要开始这次外景拍摄之前杀害了西城并拟态成了他？"

"那是出发前五天左右的时候吧？我听闻有人要去幽世岛拍摄外景，想着这可不能不拿来利用啊。知道此事后的第三天我就干掉了西城哦。因为我知道差不多要到下一个稀人来的时候了，无论如何我都要去幽世岛……见到拟态成黑猫的那小子的时候我真是高兴啊，好久没和自己人说上话了。"

听到这里，佑树不由得皱起眉。

"说话？这么说来，我一直觉得奇怪，好像也没见你跟黑猫商量过，为什么能联手行动呢？"

"英子的笔记里不也写了稀人能发出人类听不见的声音吗？我们平时都用人类听不见的高音域交流……也就是所谓的超声波。所以就算在你们身旁没完没了地说，你们也听不见。"

"……居然能这样。"

佑树筋疲力尽地低喃了一句。稀人依旧是一副理所当然的表情，又说了起来。

"那小子想快点拿人类来充饥，我没办法，只好同意了。可那件事干得不太妙。我哪里想得到，只是杀了海野而已，就被龙泉看穿了凶手是黑猫。唉，那小子做事本来就有些马虎，也没办法……然后我故意放走仍是黑猫模样的那小子，决定去神域。"

"是为了打造铁证一般的不在场证明吗？"

稀人嘿嘿一笑。

"正是如此。只要之后跟着龙泉一同行动，就相当于证明了我的'清白之身'。虽然害我不得不一口气跑过马上要被海水淹没的石子路，但这险冒得值……然后按照我们商量好的，那小子拟态成了海野。只是在公民馆里用什么办法、袭击谁，都是那小子决定的。最终那小子决定袭击独自睡觉的古家，并喝了他的血。"

听了这些，佑树略做思索后说道："还有些事我不明白。挖开墓地是在听我们讨论密码之后，还是之前？"

"之前。我一来就让那小子挖开墓地弄具尸体出来，因为我知道刚好有一具尸体，仿如度身定做的一般。"

佑树不禁睁大了眼睛。

"不会是四十五年前被放入墓地的祖谷氏的尸体吧！"

"我其实并不知道那小子选择了哪具尸体，躺在灌木边的也有可能是祖谷……怎么了，你的脸色很不好啊，是哪里不舒服吗？"

这么说着，稀人似乎觉得有趣，眯起眼睛继续说了下去。

"听龙泉说到密码的时候我觉得太幸运了。这样一来，挖开墓地或放火的举动就都合理了。"

"可英子女士似乎更胜一筹呢。"

闻言稀人苦涩地笑了。

"三云英子是个狡猾的人类。我真没想到她把资料藏在了稀人不可能发现的地方……然后，龙泉和我还有木京从神域回来的时候，那小子拟态成海野的尸体，那个时候我们也是用超声波稍微商量了一下才分开的。"

"假海野瞅准时机，把从墓地挖出来的尸体连同灌木一起烧掉了，对吧？为了假装成海野的尸体。"

"就是这样的。之后再让那小子拟态成塔拉就好了，然而这一步比想象的要困难多了。只要一靠近，那只狗就会察觉不对劲，然后叫个没完，真是棘手。"

"出去散步之前塔拉的体重还很轻……所以是趁散步的时候拟态成塔拉的吧？"

"当然了。把塔拉带到外面就是为了制造拟态的机会。我知道龙泉会一起跟来……所以决定故意让你看到被焚烧的尸体，这样你会完全被尸体吸引，顾不上我和塔拉。"

听了这些话，佑树不由得低下头。

"是我大意了。你这么一说……我在检查那具遭到焚烧的尸体的时候，好像有一段时间四周很安静。只有那一小段时间，本来叫得很欢的塔拉不叫了。"

"就在你专心致志看尸体的时候，我把塔拉从宠物包里放出来，让那小子吃掉了。拟态成猫大概要花费两分钟，拟态成那只狗用的时间也差不多。在你结束现场调查之前它就完成了拟态，还有空干点别的事呢。"

稀人挑衅地说道，可佑树没被刺激到，他没有理会，而是问道："那塔拉的尸体呢？"

"塞到草丛里去了啊。即使被发现，你们也搞不清那是什么动物的残骸……只是就算能把那小子装进宠物包，也没法拎起来带走。我们本身的体重有二十公斤，宠物包会坏掉的。所以那之后只能牵着狗绳移动。"

佑树不由自主地哼了一声。

"那之后，你主动承担起照看假塔拉的责任，基本上都是由你牵狗绳，这是为了不让我们发现狗的体重变了吧？"

"聪明。之后那小子就继续扮演一只笨狗……你们决定守在公民馆里后，木京和三云提出了一个有趣的建议，把我们逗笑了。你们制造出的条件简直就像在叫我和那小子来杀了你们。我决定好好利用这个机会。"

"假塔拉一直待在门边，确保我们能看到它的身影，来证明它不可能行凶。而另一方面，你假装去厕所，实际上经由走廊去了木京P的小房间，对吧？"

西城总共去了两次厕所，每次十分钟。有二十分钟的话，应该足够完成一系列罪行。

稀人轻轻地点头。

"只要没人怀疑我们是同伙,在那样的情况下,不管是那小子还是我,都是不可能行凶的……只是木京踩到了红酒,留下了脚印,这是我没想到的。就跟龙泉推理的一样,我不得不擦干净走廊,还要仔细擦干净木京的鞋底。谁知道却因为这些,让你认出了我是稀人。"

"破坏监视屏和存储器果然也是为了破坏装在走廊上的摄影机录下的内容吧?"

"当然。只有一件事让我惊出了一身冷汗。其实我在那盒没开封的烟里放了安眠药……而木京居然没有抽。"

这一信息让佑树愣了一下。

"呃,那盒'七星'里下了药啊!"

"我想着说不定能用得上,就事先准备了一盒……照他平时抽烟的速度,我还以为那时候他老早就抽了烟,睡过去了呢。可我去杀他的时候,那盒烟的塑料外膜都还没撕开。幸好碰巧赶上他睡着了,只是一想到有可能被他伏击,就有点后怕。"

说完这段话,稀人耸了耸肩,又继续道:"如果在多功能厅的人全都不可能行凶,那就只能认为稀人'拟态成了古家的尸体'。所以我一直紧张地等着,看有没有人能起个头,开始瞎推理。我的计划就是这样的。"

听到这里,三云一针见血地插话道:"可是你的计划有漏洞。就算我们相信了假推理……但只要没有亲眼确认稀人已变成一具尸体,我们是不会停止寻找稀人的,这你应该也知道吧?"

佑树也点点头。

"确实如此。莫非……打从一开始你就打算把自己的同伴,另一个稀人,当成牺牲品推出来交给我们?"

稀人换上了一副无比狰狞的笑脸。

"我就是这么盘算的。为此,我把拟态成塔拉的那小子塞进休息室的时候,还偷偷让他受了点伤。"

确实,那时塔拉突然安静下来,趴在了地上。想起这些,佑树说不出话来。而稀人还在继续:"万一没有人出来说'稀人拟态成了古家的尸体',我就打算主动扮演侦探的角色呢。之后我打算亲手在公民馆里放火,把受了伤、行动迟缓的那小子一起烧掉。"

八名川的脸扭曲了。

"为什么?另一个稀人是你的同伴吧?"

"因为它的任务已经完成了,只剩下把它交给人类了。只要把那小子沉进海里,你们就会认为事件结束了,彻底放下心来……实际上,人类结伴行动对我们而言很麻烦哦。与其鲁莽地冒险杀掉所有人类,还不如装成你们的同伴堂堂正正地离开,这样要安全得多,也更有效率。"

可有件事佑树怎么也想不明白。

假西城宁可冒着风险也要回到幽世岛来迎接新来神域的稀人,然而又说什么任务完成了?

想到这里,佑树想到了某种可能性,不禁打了个寒战。

"说起来,英子女士的笔记里写着,稀人'为了生殖繁衍而有性别区分'……莫非!"

西城模样的稀人似乎吃了一惊,然后笑了起来。

"连这都被你看穿了,龙泉你这人果然很有意思。人类可真是个体差异极大的生物啊……我虽然拟态成了人类男性,可身为稀人的我,性别是能够怀孕的那种哦。就在龙泉的注意力被焚烧的尸体吸引过去的时候，一切都结束了……如果是在地球这个富饶的世界，肯定能把我可爱的孩子们养大。为了守护我身体里的五百个新生命，那小子怎样都无所谓。"

听到这句话的瞬间，佑树觉得他明白了一切。

英子的笔记上写着，幽世岛上流传着这样一句话：

"失败会造成许多牺牲，反复失败会招来无可挽回的灭亡。"

这难道不是意味着仅仅让一个稀人从幽世岛逃脱，就会造成很多人牺牲……而放走第二个稀人，让它们得以繁衍，稀人的数量就会爆炸式增长，那时这个世界会迎来无法挽回的灭亡吧？

哪怕多给稀人留一秒钟，都是危险的。

佑树向背靠栏杆的稀人走近……当然，他打算一下子把它推进海里。

然而稀人看懂了佑树的用意。大概话说到这个份儿上，它已预料到佑树等人会采取怎样的行动。

稀人毫不慌张，随随便便伸出左手就掐住了佑树的脖子。它微笑道："我拟态成人类已经很久了，知道在这种状态下如何有效地行动，也知道人类的弱点是什么。哪怕是五对一我也不会输哦。"

稀人准确地按住了佑树的颈动脉。佑树虽然还能呼吸，但意识已经涣散。

除了茂手木以外的三个人都不敢抵抗，大概是因为稀人用佑树当人质在威胁他们。佑树模模糊糊地知道，却连挣扎都做不到。

就要失去意识的瞬间，佑树好像看到一块灰色的东西飞了出来。

"你!"

听见一声大叫后,脖子恢复了自由,佑树的意识马上清晰起来。

他抬起头,只见呜哇哇扑到稀人的脸上,伸出了指甲。

佑树向前迈步,几乎同时八名川跑了过来。看不清前方情形的稀人直接被二人撞倒,身子翻过栏杆,一头栽了下去。

海面上溅起一大片水花……呈西城样貌的稀人瞬间被大海吞没,消失了。佑树立刻翻过了栏杆。

"你干什么!"

他听见三云在喊他。

"我去救呜哇哇。"

只留下这么一句话,佑树就跳进了海中。

尾声　在船上

二〇一九年十月十八日（周五）17：10

　　身体随着船身晃动，佑树呆呆地望着地平线。尽管海风不大，但今天空中有云，海面颜色灰暗。

　　听到轻轻的一声"喵"，他低下头，看到裹着毛巾的呜哇哇正抬头看着自己。

　　猫不擅长游泳，不过幸好呜哇哇是野猫，佑树游到稀人沉下去的那一片海域时，呜哇哇正笨拙地用狗刨式划水，勉强浮在水面上。

　　接着呜哇哇就一副"找到陆地啦"的样子，想要爬到他的头上，让佑树很无奈。佑树伸直了右臂，把小猫举出水面，身体被海浪拍打着，脚下踩水，这时飞来了一个救生圈。

　　……是船长停下船回来救他了。

　　回到船上，佑树用瓶装水冲了一下身子，可还是觉得头发黏糊糊的。他又用纯净水仔细地冲洗了一下呜哇哇，然后擦干，可小猫似乎觉得自己格外脏，之后就一直心无旁骛地打理着身上的毛。

　　"还有一个多小时就能到T港口了吧？"

三云站在佑树旁边,她穿着风衣和牛仔裤。佑树则穿着向船长借来的T恤和牛仔裤。

"回去了还会有回去的问题,警察肯定问个没完,感觉也够受的了。"

关于呈西城样貌的稀人从船上跌落一事,他们跟船长解释说是投海自杀。八名川和佑树想去救他,可没来得及,立即跳进海里的佑树连他的尸体都没找到。大致是这么说的……现在看来,船长像是暂时相信了这些话。

佑树看向客舱,露出苦笑。

"话说,好像又出现同样的情形了。"

客舱的地上,有三个人趴在毛毯上。茂手木因受伤消耗了太多体力,正在沉睡;八名川和信乐则又一次被晕船放倒了,他们哼哼唧唧地呻吟着,爬不起来。

三云叹着气笑了。

"晕船药好像还是不起作用呢。"

船长反复叮嘱他们不要靠近甲板上的栏杆,佑树他们老实照做。船长似乎时不时会接到警方或医院的联系,在驾驶室里非常忙碌。

望着船长忙碌的身影,过了好一会儿,佑树对三云说:"其实……关于这次事件,还剩下几件事让我记挂着。"

三云望着在空中飞舞的海鸥,回答:"什么?"

"诱导两个稀人杀害古家和木京P的……三云小姐,是你吧?"

* * *

绘千花顿时僵住了。

站在旁边的龙泉看起来不像是在威胁或恐吓她,似乎只是在等她回答……这反而让绘千花更加摸不透龙泉说这话是出于何种目的。

"为什么你会这么想?"

绘千花勉力答了这么一句,龙泉淡淡地说:"最开始让我觉得奇怪的是,古家被杀的那天晚上,后门的门闩被拔了下来。拔下门闩的多半是你吧?"

"你这是血口喷人。"

"我插拔过那个门闩,知道后门的门闩很紧,不好拔。古家的右手指关节受伤了,左脚也扭伤了,我觉得他可能拔不动。"

"那也有可能是八名川或信乐拔下的啊。"

分明很有这个可能,但不知为何,龙泉无视这点,继续道:"描述堵住海上石子路的那道门的时候,三云小姐是这么说的吧。'插着铁门闩'……一般都会说'门被锁上了',可三云小姐选择使用铁门闩这个词描述。因为那时你已经知道'稀人打不开插上了门闩的门',不是吗?"

绘千花若有似无地笑了一下。

"父亲好像说过这些,但我不记得了。"

这是假话。她小的时候怕稀人怕得不得了,曾要求父亲在房间里装一个小门闩……当然那是因为她知道只要有门闩,稀人就进不来了。

"下面我要说的仅仅是假设,你可以认为不过都是我的妄想。"

撂下这么一句开场白之后,龙泉继续说道:"假设三云小姐知道'稀人打不开有门闩的门',如果是那样……就可以怀疑你拔下后门的门闩是为了把稀人放进来。进而怀疑你是不是想引导稀人去袭击躲在小房间里的古家。"

绘千花皱起了眉。

"怎么可能呢？那个时候我也相信黑猫逃到了神域啊。"

"这不好说吧？那个时候，只有三云小姐知道稀人能拟态成人类，还知道它有极高的智力。那么你也有可能想到稀人是虚晃一枪，留在了本岛。"

三云垂下了视线，但没有反驳龙泉的话，而是换了一个问题。

"什么？你想说我是稀人的同伙吗？"

"不。稀人应该甚至没注意到自己被你诱导了。岂止如此，大概还以为是出于自己的意愿，把袭击对象定为了古家……也就是说，不是稀人把人当成同伙利用，是人利用了稀人。"

"我可不认为能如此顺利地诱导稀人。"

"确实，稀人会不会进入公民馆，可能性是一半一半。不过倒是可以猜到稀人进入公民馆之后的行动。"

"比如说？"

"基本上来说，要对三云小姐你们三个抱团行动的人下手的话，对稀人而言是有很大风险的。不管怎么说，至少在行凶过程中很可能会有惨叫声吧？恐怕是等信乐从古家的房间回来之后，你拔下了后门的门闩。把简易厕所搬到休息室也是你提出来的吧？这样一来，稀人就更加不好对你们三个人下手了……而一个人在小房间睡熟的古家就另当别论了。稀人只有袭击他，才能安全得手。"

听了这话，绘千花微微缩了缩脖子。

"可这种诱导方法会导致我自己，甚至连带八名川小姐和信乐都有危险啊。"

"嗯，如果是我的话绝不会如此谋划。可是你做了。"

两个人互瞪了一会儿。最终绘千花再次垂下眼帘，看着甲板发问："然后呢，你觉得木京Ｐ被杀的时候我做了什么？"

"……我想那是木京Ｐ自作自受。"

听到这句话的瞬间，绘千花愕然了。她意识到龙泉已看穿自己所做的一切。她突然觉得浑身使不上力气，这期间龙泉仍在继续。

"你似乎比我早得多……想到了稀人可能在拟态成海野Ｄ的尸体之后又拟态成了古家的尸体。"

"如果是的话呢？"

"首先，你假装乱了阵脚，说了这样的话。'除非切断手指或手腕看横切面，否则压根没办法辨别是真的人还是稀人拟态的人'。这话很可能让嗜虐成性的木京Ｐ上钩。"

绘千花说这话的时候，木京装作没什么兴趣的样子。可她很清楚他只是装的，木京已经结结实实地咬住了诱饵。

"然后你故意在大家面前展示装着胃药和安眠药的药盒。你认为这么一煽动，木京Ｐ就会想偷走药盒……顺便一提，我在木京Ｐ的遗物中找到了这两样东西。"

龙泉边说边拿出一黄一蓝两个药盒，上面分别写着"胃药"和"安眠药"。

"我不知道木京Ｐ偷我的药有何用意。"

"是为了给我们下安眠药……那天晚饭的时候，木京Ｐ往咖啡里放了大量的'安眠药'。难怪味道那么糟糕。"

龙泉轻轻晃着装"安眠药"的蓝色药盒，里面已所剩无几。

"不可能吧。我们都喝了咖啡，也没觉得困啊。"

龙泉莞尔一笑。

"不管怎么说，三云小姐给木京Ｐ下的圈套很有效果。唔，我要是也那么做就好了。"

"你说什么呢?"

"抱歉,是我自己的事……另外,当然没人会觉得困,因为木京给我们下的是胃药。三云小姐展示给我们看的时候,黄色的'胃药'盒子里放的是安眠药,蓝色的'安眠药'盒子里放的是胃药。"

尽管知道龙泉已经看穿了真相,绘千花仍在装傻。

"你是说我把药盒里的药掉了包,木京P以为下在咖啡里的是安眠药,其实却是胃药?"

"而另一方面,木京P上岛之后说了好几次胃不舒服,所以你算准了他会偷走两个药盒。你的预想完美地应验了,躲在小房间里的木京P吃了黄色盒子里的'胃药'。当然了,里面放的其实是安眠药。"

不知为何,龙泉边说边在笑。

"现在想来,木京P会在洗手间弄酒红酒也是因为受了安眠药的影响吧?虽然他本人似乎都没发现自己昏昏沉沉的不对劲……你设下的安眠药圈套先一步发动,导致稀人在'七星'里下的安眠药都没派上用场。"

听到稀人的坦白时绘千花也吃了一惊,她和稀人竟然都给木京下了安眠药,不管事情往哪个方向发展,木京都必然会睡死过去。

她双臂抱胸,继续问道:"我还有不明白的地方。木京P为什么想给我们下安眠药,然后自己躲进小房间里呢?"

"他想迷晕我们可能是为了确认我们是人还是稀人……也许他真想像三云煽动的那样,把我们的手指剁下来确认切面。木京P嗜虐成性,酷爱打击伤害人和动物,他的帐篷里还有一把切肉刀呢。"

绘千花微微颤抖了一下,摇了摇头。

"没人会真的那么干吧。首先都不知道安眠药对稀人起不起作用。"

"如果没起作用,木京P可能会把没睡着的人判定为稀人。"

"可看到别人都睡着了,稀人可以假装药起了作用啊。然后趁木京P走近的时候出其不意地反击。"

"木京大概有信心,就算出现那种情况,他也能干掉稀人吧……他一直很期待稀人现出真身,也许是出于更为单纯的'想揍稀人一顿试试'的理由。"

绘千花深知木京嗜虐成性,即便如此,她还是尝试做最后的抵抗。

"就算如此,木京P躲进小房间的理由也站不住脚。他那种没人性的人,应该不会通过小型摄像机来观察我们的动向,他会留在多功能厅,看着我们慢慢睡着吧?"

"关于这个,让我相当伤脑筋。不过……大概是这样的。"

龙泉罕见地露出了不安的表情,然而他似乎下定了决心,继续道:"其实木京过去曾犯过罪,他给两名女性下了安眠药,而其中一个人药效发作较迟,她剧烈反抗,却遭到了毫不留情的反击……这次木京同时给六个人下安眠药,根据那次的经验,他考虑到药效发作的时间会因人而异。而且他知道给大家冲泡咖啡的自己会遭到怀疑,可能会受到围攻。"

"也就是说,他是因为戒备药效发作之前我们之中会有人抵抗或奋力挣扎,才躲在易守难攻的小房间里?"

说到这里,绘千花露出了冷笑。龙泉对此略有不解,但还是继续说道:"要是照这个思路去想,那就是说你事先预料到了木京会躲进小房间。只是，要是不知道木京过去在国外犯的罪，这个假设就不能成立。难道说……三云小姐，你认不认识一个叫续木菜穗子的女性？"

比起自己的所作所为被揭穿，这个名字更让绘千花惊讶。

"你怎么会知道这个名字？"

听到她的反问，龙泉稍微放心了一些。

"果然是这样。你和菜穗子都是KO大学毕业的，年龄也相仿，所以我就想你们会不会认识……菜穗子死之前写了一封信，交给了一位她信赖的大学前辈，请那位前辈在自己万一出了什么事的时候把那封信寄出去。那位前辈就是三云小姐你吧？"

一头雾水的绘千花惊讶得一口气喘不上来。

"你，怎么，会知道那封信？"

"要是你也看过菜穗子的信，就能解释为什么你会了解木京以前犯罪的事情了……那封信的最后提到了一个名字，叫'小佑'对吧？那就是我。我跟菜穗子青梅竹马，我从菜穗子的父亲那儿看到了那封信。"

听着龙泉悲痛至极的叙述，绘千花当场身子瘫软。

"我早就觉得菜穗子不太对劲了。所以得知她出了事的时候，我就想到应该是发生了什么，导致她没能遵守我们的约定……我把她交给我的信拿出来看了。"

"然后知道了那三个人犯的罪？"

"嗯。我按照菜穗子的遗愿把信寄了出去，可菜穗子的父亲也马上在可疑的火灾中丧生。于是我就想，只好由我来报仇了。"

绘千花已经不打算隐瞒了，随即将事实娓娓道来。

"邀请那三个人到幽世岛来拍外景的……是我。为了说动木京和古家来幽世岛，我跟他们鼓吹说幽世岛是南国的乐园。我本打算这样，向海野那伙人复仇。"

"可幽世岛上有稀人。"

绘千花点点头，表情渐渐扭曲。

"我不相信父亲说的是真的。所以……我做梦也没想到，会让你们这些跟复仇计划无关的人也陷于危险之中。"

听到这话，龙泉露出苦笑。

"啊，我可不是跟复仇无关的人哦。怎么说呢，我也打算在幽世岛上对那三个人展开复仇，还做了不少计划呢。实际上……我真的觉得非常对不起大家，破坏卫星电话的是我。"

"啊？"

看到绘千花愣住了，龙泉露出做恶作剧的表情。

"看来三云小姐跟我是同类呢……只是我拘泥于亲手完成复仇，所以决定优先消灭稀人，等一切平息之后再重新开展复仇计划。"

"原来是这样，你想保护木京不受稀人伤害是出于这个理由啊。你是怕被稀人抢了先？"

"是啊……可不管怎么说，看来我不太适合当个复仇者呢。"

"反而是扮演侦探角色大展身手了？"

"我适合往这个方向发展吗？唉……对了，三云小姐是中途改变计划，决定利用稀人复仇的吧？"

"嗯。海野被稀人杀掉让我吓了一跳，但我很早就想到稀人也许拟态成了海野，所以就唆使稀人去袭击古家。"

龙泉只能靠自己去收集关于稀人的特性及生态环境方面的信息，而绘千花拥有从父亲口中听来的知识，可以说她从一开始就比龙泉更有优势。

"木京也是……我期待他给我们下完'安眠药'之后,怕遭到抵抗而躲进小房间。这一点让我料中了,可那个时候我一心认为稀人拟态成了古家的尸体,所以提议让塔拉在走廊监视。"

"你是想着这样一来,稀人就无法从小房间里出来了吧?"

"嗯。这样稀人能袭击的就只有木京了,就能保证其他人的安全……第二天早上,确认木京死后,我还剩下一件事不得不做。"

"那就是把稀人连同公民馆一起烧掉,对吧?"

龙泉说得怅然,绘千花闭上眼睛点点头。

"尽管是为了报仇,可我把两个活生生的人逼上了死路。而且因为我不相信父亲的话,把大家都带到幽世岛上来,让大家面临生命危险,还让茂手木教授受了重伤。我想我已经没有活下去的资格了,所以……我想至少用我的命来交换,我要实实在在地烧掉稀人。"

"三云小姐……"

龙泉的声音几不可闻。三云睁开眼睛,冲他微笑。

"不过,龙泉先生把我救了出来。"

"肯定啊,因为你是相信了我那些胡编的推理才想要舍弃性命。我怀疑过三云小姐是不是也想对古家和木京报仇,但没想到你居然会那么做。"

"那个时候真是谢谢你了……多亏了你,我才知道自己错了。我发现我给木京设下的圈套被稀人利用了,而更重要的是……我必须在真正意义上消灭稀人。"

从龙泉夹在腋下的毛巾里传出"喵"的一声,本以为一直在睡觉的呜哇哇正看着绘千花。

"想想看，幽世岛上居然有三个复仇者呢。"

听到龙泉这么说，绘千花一愣。

"三个？"

"三云小姐和我，还有呜哇哇……毕竟这小家伙的妈妈和兄弟姐妹都被稀人杀害了。我们能成功把稀人从船上推下去，多亏了呜哇哇先扑了过去啊。"

明明听不懂这句话，可不知为何呜哇哇露出了看似得意的表情，绘千花见状不由自主地笑了起来。

"来，要不要把证据销毁？"

说着，佑树把剩下的"安眠药"扔进了海里，"胃药"也扔进了海里。接着一个黄色药盒飞出栏杆外，蓝色的药盒也紧跟其后。

绘千花睁大眼睛看着这一切，然后口气调皮地说："这么做倒是可以，可是，你该不会打算之后再来威胁我吧？"

"不会哦。我又不缺钱。"

龙泉说得干脆，奇怪的是听在耳里并不会让人觉得他是在挖苦。

"……也是啊。"

"不过，等回到东京，事情平息下来之后，如果可以的话……我能再跟你联系吗？"

尽管心里并不反对这个提议，但绘千花故意什么也没说。不知怎的，她不愿意马上回答。龙泉还在旁边嘟嘟囔囔地说着什么。

"那个，四十五年之后还会出现稀人，不如我们聊聊这些？"

绘千花终于忍不住笑出了声。

* * *

两个人和一只猫一同望着大海。

客舱里，茂手木依然在睡，八名川和信乐并排躺着呻吟。船长在驾驶室里忙着自己的工作。

"我在想啊。"

"想什么？"

"围绕着幽世岛的谜团几乎全部解开了……要说还剩下什么，那就是宝藏传说吧。如果岛上真的藏着基德的金币，你不觉得是个美梦吗？"

绘千花沉浸在幻想中，反应过来的时候发现龙泉正定定地看着自己。

"你想让谜依旧是谜，留下这个谜团，还是想听听我的假设？"

绘千花几乎毫不犹豫地回答道："你说。"

"你倒是很果断呢。"

"我就是这种性格。"

"记得稀人冲口而出的话吗？'比起我们，人类才是欲望深重得可怕的生物……甚至连我们的尸体都利用殆尽'，大概是这个意思。"

"哦，稀人是说过。不过，说人类欲望深重，把稀人的尸体都利用殆尽是怎么回事？真雷祭上应该没干那些事啊。"

闻言龙泉嘿嘿一笑。

"给你个提示，稀人的本体是以金属为主要成分的球体，体重足有二十公斤，几乎和重金属一样重。"

绘千花不由得发出一声低低的惊呼。

"所以，那个宝藏传说的真实情况是……作为原料加工成金子的,并不是什么基德的金币……?"

看她那么激动,龙泉只觉得有趣,就是不回答。

不知不觉间,地平线上出现了一座岛屿的影子,船正向着T港口靠近。

KOTO NO RAIHOSHA
Copyright ©Hojo Kie 2020
Chinese translation rights in simplified characters arranged with TOKYO SOGENSHA CO., LTD.
through Japan UNI Agency, Inc., Tokyo
Simplified Chinese edition copyright: 2023 New Star Press Co., Ltd.
All Rights Reserved.

著作版权合同登记号：01-2022-4997

图书在版编目（CIP）数据

孤岛的来访者/（日）方丈贵惠著；穆迪译．－－北京：新星出版社，2023.4
（2024.11重印）
ISBN 978-7-5133-5185-0

Ⅰ．①孤… Ⅱ．①方… ②穆… Ⅲ．①推理小说－日本－现代 Ⅳ．① I313.45

中国国家版本馆 CIP 数据核字（2023）第 038031 号

午夜文库
谢刚 主持

孤岛的来访者
［日］方丈贵惠 著；穆迪 译

责任编辑：赵笑笑
责任校对：刘 义
责任印制：李珊珊
装帧设计：人马艺术设计·储平

出版发行：新星出版社
出 版 人：马汝军
社　　址：北京市西城区车公庄大街丙3号楼　　100044
网　　址：www.newstarpress.com
电　　话：010-88310888
传　　真：010-65270449
法律顾问：北京市岳成律师事务所

读者服务：010-88310811　　service@newstarpress.com
邮购地址：北京市西城区车公庄大街丙3号楼　　100044

印　　刷：北京美图印务有限公司
开　　本：910mm×1230mm　1/32
印　　张：9.625
字　　数：150千字
版　　次：2023年4月第一版　2024年11月第5次印刷
书　　号：ISBN 978-7-5133-5185-0
定　　价：49.00元

版权专有，侵权必究；如有质量问题，请与印刷厂联系调换。